冬季里的春闱

——1977年恢复高考纪实

陈侃章　著

浙江古籍出版社

图书在版编目(CIP)数据

冬季里的春闱：1977年恢复高考纪实 / 陈侃章著.
--杭州：浙江古籍出版社, 2020.4（2020.5重印）
ISBN 978-7-5540-1664-0

Ⅰ.①冬… Ⅱ.①陈… Ⅲ.①纪实文学—作品集—中国—当代 Ⅳ.①I25

中国版本图书馆CIP数据核字（2020）第010281号

冬季里的春闱

——1977年恢复高考纪实

陈侃章 著

出版发行 浙江古籍出版社
（杭州市体育场路347号 邮编：310006）
网 址 www.zjguji.com
责任编辑 刘 蔚
文字编辑 郭大帅
封面设计 东 木
责任校对 吴颖胤
责任印务 楼浩凯
照 排 浙江时代出版服务有限公司
印 刷 浙江新华印刷技术有限公司
开 本 710 mm × 1000 mm 1/16
印 张 20.5
字 数 228千字
版 次 2020年4月第1版
印 次 2020年5月第2次印刷
书 号 ISBN 978-7-5540-1664-0
定 价 75.00元（精装）

序

恢复高考的来龙去脉

——序《冬季里的春闱》

刘海峰

1977 年恢复高考是一个大事件，是改写中国历史的大事件。恢复高考突破了“两个凡是”的思想禁锢，宣告尊重知识、尊重人才时代的到来，成为否定“文化大革命”的突破口，成为全国思想解放的先导，也是改革开放的先声。中国教育和全社会从此由乱转治，其重大意义再怎么高的评价都不为过。

恢复高考制度有以考促学的功能，能够保证高校新生的质量，加快和提高整个中华民族的文化教育水平。例如，恢复高考的当年，福建省文科的语文试卷有这样的一道 2 分的填充题：“《红楼梦》的作者是____，他是___朝的著名小说家。”如果是现在，大概连小学高年级学生都能答出这道题，但是经过“文化大革命”的破坏，1977 年的高考这么浅显的题目，还是有不少考生答不上来。然而，恢复高考两三年后，高考试题的难度已大大增加，考生的文化水平得到迅速恢复和提高。恢复高考，让“文化大革命”期间广泛流行的“读书无用论”一扫而空，大家都开始信奉知识就是力量。考试制度通过才学来选拔人才，会导致形成青少年一心向学的风尚。科举时代，“学则庶人之子为公卿，不学则公卿之子为庶人”。因此人们都明白“少小须勤学，文章可立身”的道理。在高考时代，大家也看到周围不少学子不是靠父辈的身份或关系得以升学，而是靠自身的努力，刻苦攻读来改变命运。因此高考能催人奋进、培养一种不畏困难的拼搏精神。

恢复高考不仅是一个重大的历史事件，而且具有戏剧性、故事性，因而过程激动人心，追忆引人入胜。它已经成为走入历史的永久记忆，但是有些记忆或传说并不够准确。虽然恢复高考这一重大历史事件去今不远，但是关于恢复高考的具体过程和一些细节，不同的人回忆有多种说法，有的还互为矛盾。例如，邓小平主持召开的科教工作座谈会地点是在人民大会堂江西厅，还是四川厅，抑或台湾厅？查全性在向邓小平建言前一晚到底是否受到刘道玉的提示？温元凯是否为建议恢复高考者？当年是否真的动用印制《毛泽东选集》第五卷的纸张来印制高考试卷？等等，这都需要辨章学术，考镜源流。

每一个 77 级大学生都有自己独特的高考故事，因此有成千上万个当年参加高考金榜题名历程的个体回忆，还结集出版或印制了许多回忆文集。学界也发表了大量的学术论文，也有相关的论文集。然而，至今尚无一本研究恢复高考的专著。现在，陈侃章所著《冬季里的春闱——1977 年恢复高考纪实》一书终于面世，其价值不言而喻。此书比较全面系统地梳理了恢复高考的史实，基本上讲清了恢复高考的来龙去脉，同时也纠正了一些误传。例如，作者发现对科教工作座谈会的叙述，相关书籍有不少抵牾，大多是回忆失误或采写者不慎引起，导致其后许多书籍和文章踵之原错，以讹传讹，于是做了认真的梳理辨正和史实复原，让人们得以认识科教工作座谈会的原貌。又如对邓小平在恢复高考中的作用，有流传甚广的网络文章说恢复高考不是邓小平拍板决策，本书也对之加以辩驳，厘清恢复高考过程中邓小平与华国锋的定位和作用，有理有据，令人信服。全书涉及面广，对恢复高考许多方面的考证和论说相当细致，是一本兼具科学性和文学性的好书。

作者陈侃章于 1977 年考入杭州大学（现浙江大学）历史系，对恢复高考有亲身的感受。77 级大学生大多对自己参加高考的经历刻骨铭心，对高考改变命运的体会尤为深刻，遇到同为 77 级大学生的人往往有一种亲切感，有如科举时代同榜中举或进士登科的同年。因此，我自与作者往来之后，都称其为同年。对 1977、1978 级大学生群体，我曾于 2012 年 7 月在《光明日报》上发表过《77、78 级大学生的命运与作为》一文，之后广为流传。侃章同年 2015 年 3 月在《文汇读书周报》上发表《77 级、78 级大学生的历史履痕》，也广受好评。2017 年，曾有出版社找我，希望我撰写或编出一本有关 77、78 级大学生群体的著作，我广泛搜罗了相关文章，比较各种同类文章，应该说还是我与侃章同年这两篇比较全面系统和有分量。由于这两文流传较广，网络上对这两篇文章多有抄袭者，例如有一篇《77、78 级大学生：一个时代的符号》，就基本上是将我们两篇文章糅合在一起，署名不断变化，每隔一段时间就在不同的公众号推送，进而在多个网站和微信圈反复传播，甚至到了以假乱真的地步，大多数读者都搞不清楚真正的作者是谁了。就知识产权受损这一点而言，我与侃章同年也是感同身受。

“春闱”是科举术语，特指科举时代春天举办的省试或会试。作者借用这一专有词汇，来指称中国高考史上唯一在冬季举办的高考。因为1977年的冬季，谱写了中国人才选拔史上“春天的故事”，而且这次考试如此重要，堪与科举会试相比，所以用“春闱”来形容颇为合适和典雅。这本书不是按学术著作来写，但查阅了大量的资料，讲求史实的准确；也不是报告文学的写法，但搜集了鲜活的案例，讲求文字的生动，体裁别具一格。因此，本书既有真实性，也有可读性。作为77级同年，作为考试研究者，乐见此书的面世。与作者惺惺相惜，特此为序。

刘海峰

（刘海峰，博士，福建泉州人。现为浙江大学文科资深教授，浙江大学科举学与考试研究中心主任。厦门大学历史系1977级考生。历任厦门大学教育研究院院长、考试研究中心主任，长江学者，特聘教授。兼任国家考试指导委员会委员等职。）

目录

中 篇 恢复高考回眸

下　篇　恢复高考文献辑存和释义

文献档案及参考资料

后　记

引言

冬季里的春闱

——1977年恢复高考纪实

1977年8月初，北京，暑气清益，蝉鸣如涛。全国各地33位科学教育界的大咖奉召赶来，下榻北京饭店。北京饭店坐落于长安街，左接王府井，右靠天安门，无论硬件软件在当时均首屈一指。伟大人物在这里指点江山，历史风云在这里掀起巨澜，重大的国事和外事由此播向世界。而这次参会者到达后才恍然明白，邓小平将主持科学和教育工作座谈会。对于本次参会者，邓小平有明确要求：第一，要有见解，敢于说话；第二，不是行政人员；第三，在自然科学方面要卓有才学；第四，也是非常重要的一条，不能与“四人帮”有牵连。与会人员年龄最大的为82岁的小麦育种专家、中国农业科学院院长金善宝，浙江诸暨人士；年龄最小的是31岁的化学研究工作者温元凯，中国科技大学助教，江苏无锡人士。可谓群贤毕至，少长咸集。邓小平恢复党中央副主席、国务院副总理等职务仅仅十多天，为何要召集这批重量级精英座谈开会？会议要商讨什么国计民生问题？源远流长的“春闱”，怎么会在夏日酝酿，秋天决策，冬季实施呢……说清这些，需先回溯那段发生不久，但又深具时代影响的大历史。

上篇

1977 年恢复高考，必然中的偶然

“文化大革命”发生，高考列车突然停驶

通过考试选拔人才是中国治国理政，推动社会进步的一项制度发明，是中国古代历史上对世界政治文明作出的重要贡献。

公元 605 年，为隋炀帝大业元年，中国开始建立“分科取士”的科举制，其后历经唐、宋、元、明、清，科举制度随着时代发展而完善。“太宗皇帝真长策，赚得英雄尽白头。”1905 年，也即清光绪三十一年，直隶总督袁世凯、湖广总督张之洞等联合上奏请废科举制，以便推广学堂，咸趋实学。清廷下诏停废科举。至此，这项运行了 1300 年（605—1905）的科举制寿终正寝。

任何历史文化都有传承。如果对照不同的时代，今天的高考就类似于古代的科举，古代的科举就相当于今天的高考。科举的废止与高考的兴起，取才方式朝着更加公平公正和科学的方向迈进，是符合时代潮流和历史发展规律的。

自清末至民国期间，新式学堂逐渐开办，新旧更迭，中西交融，人文和科学精神不断传播，国外办大学的先进理念和实践在中国一一落地。其考试采取单考为主流，兼有联考、统考等方式选拔学生到大学就读；即或到海外留学，也采取考试方式选拔，以期与西方教育接轨。

中华人民共和国成立之初，大学招生方式有些五花八门。从1952年起，大学走上统一考试入学之道，统一高考制度基本形成。自此直到1965年9月招收的那届大学生为止，基本平稳运行了14年。这14年中，报考人员408万，共录取新生221万。高考史研究专家、浙江大学刘海峰教授曾说："中国在1952年建立高考制度，在世界各国中最早主要采用统一考试成绩来录取高校新生，是世界高校招生考试史上的一个重大创造。"①

1966年5月16日，中共中央发出了《中国共产党中央委员会通知》，宣告"文化大革命"正式开始。于是红色风暴席卷大陆，各行各业狂飙突进。涉及高考的存废，从表面看来，起因于北京两所中学学生写给中央最高领导的信。实际上，最高领导人对现有大学教育早有自己的看法。1964年8月18日，毛泽东召集吴江、龚育之等哲学工作者谈话时就说：大学文科现在的搞法不行。所有文科的教授、助教、行政工作人员、学生统统都要下乡去，同吃同住同劳动同斗争。去

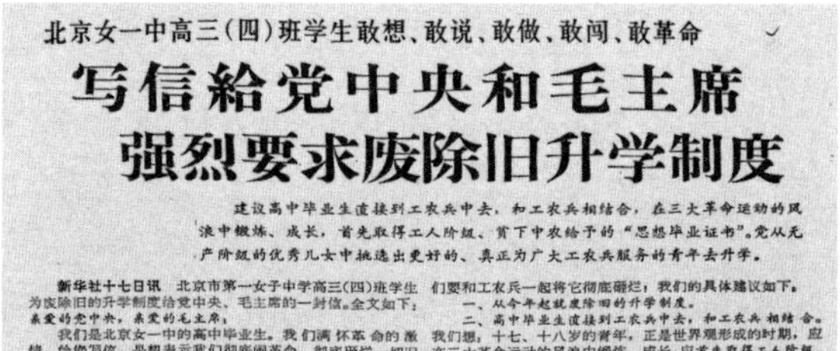

北京女一中高三（四）班学生敢想、敢说、敢做、敢闯、敢革命

写信给党中央和毛主席
强烈要求废除旧升学制度

建议高中毕业生直接到工农兵中去，和工农兵相结合，在三大革命运动的风浪中锻炼、成长，首先取得工人阶级、贫下中农给予的"思想毕业证书"。党从无产阶级的优秀儿女中挑选出更好的、真正为广大工农兵服务的青年去升学。

新华社十七日讯　北京市第一女子中学高三（四）班学生为废除旧的升学制度给党中央、毛主席的一封信。全文如下：

亲爱的党中央，亲爱的毛主席：

我们是北京女一中的高中毕业生。我们满怀革命的激情，给您写信，是想表示我们彻底闹革命，彻底砸烂一切旧教育制度的决心。

随着世界革命的发展，我国社会主义文化大革命的逐步深入，我们越来越感到：我们这一代青年的的确确是中国革命、世界革命继往开来的极其关键的一代。无产阶级革命的历史，把我们推向世界革命的舞台，把北京推向世界革命的中心，我们敬爱的毛主席成为当代世界革命的伟大旗手，我国人民成为世界革命的主力军，我们中国成为世界革命的红色根据地。无数革命先烈和革命前辈们用鲜血和生命打下的红色江山要我们保；老一辈们坚决革命、彻底革命的精神要我们继承；将中国社会主义革命进行到底，消灭帝国主义、修正主义、各国反动派，将世界革命进行到底的重担要我们承担，伟大正确战无不胜的毛泽东思想要我们接过来、传下去；我们这一代真是关键关键的一代！

亲爱的党中央，亲爱的毛主席，您把无限的希望寄托在我们身上："世界是你们的，也是我们的，但是归根结底是你们的。你们青年人朝气蓬勃，正在兴旺时期，好像早晨八、九点钟的太阳。希望寄托在你们身上。……世界是属于你们的。中国的前途是属于你们的。"

亲爱的党中央，亲爱的毛主席，我们是中学生，是即将高中毕业的学生。在这场文化大革命中，砸烂旧的高考制度的责任，首先落在我们肩上。我们想说说对于现行升学制度的看法。

我们认为，现行的升学制度，就是中国封建社会几千年来的旧科举制度的延续，是一种很落后的、很反动的教育制度。现行升学制度是和毛主席给我们制定的教育方针相违抗的。毛主席说，教育为无产阶级的政治服务，教育与生产劳动相结合。"我们的教育方针，应该使受教育者在德育、智育、体育几方面都得到发展，成为有社会主义觉悟的有文化的劳动者。"但是现行的教育制度并不是按毛主席的指示办的。实际上是在扩大并延续体力劳动和脑力劳动、工人和农民、城市和乡村这三大差别。其具体罪状如下：

（一）使许多青年不是为革命而学，是为考大学而钻书堆，不问政治。不少同学有严重的"唯有读书高"、"成名"、"成家"、"个人奋斗"、"走白专道路"等剥削阶级的反动思想。现行的考试制度助长了这种思想。

（二）使许多学校片面追求升学率，而造成许多"特殊"、"重点"学校，专收"高材生"，这种学校为一些只钻书本、不问政治的人大开方便之门，把大批优秀的工农、革命干部子女排斥在外。

（三）对学生德、智、体的全面发展起严重的阻碍作用，特别是德育。这种制度从根本上忽视青年的思想革命化，其实质是邓拓一伙黑帮所说的"量材而教之"，"量材而用之"。

因此，这种升学制度，是为资本主义复辟服务的，是造就新资产阶级分子、修正主义分子的工具。难怪邓拓反党黑帮把它奉为至宝，难怪美帝国主义洋洋得意地把"和平演变"寄托在中国的"技术官僚"、"意识形态专家"们的身上呢！

敬爱的毛主席，您一再教导我们："凡是敌人反对的，我们就要拥护；凡是敌人拥护的，我们就要反对。"敌人使劲为旧制度拍手叫好，难道我们还能让它存在下去吗？不能，一天也不能！就在今天，在这场史无前例的文化大革命中，我们要和工农兵一起将它彻底砸烂！我们的具体建议如下：

一、从今年起就废除旧的升学制度。

二、高中毕业生直接到工农兵中去，和工农兵相结合。我们想，十七、十八岁的青年，正是世界观形成的时期，应在三大革命运动的风浪中锻炼、成长。应首先取得工人阶级、贫下中农给予的"思想毕业证书"。党从无产阶级的优秀儿女中挑选出更好的、真正为广大工农兵服务的青年去升学。我们绝不同意等到大学毕业以后再到工农兵中去，因为那时一个人的世界观基本形成，再改造就困难了；而且有些人有了"知识"，就认为有了向党、向人民讨价还价的资本了。

三、假如今年一定要有一批人去升学，就请党在高中毕业生中直接挑选。我们的一切都属于党和人民，没有任何讨价还价的权利，党指到哪里，我们就坚决奔向哪里，在那里生根、发芽、开花、结果。

我们是用毛泽东思想武装起来的青年，我们有革命的自觉性。旧的考试制度只能束缚我们的革命要求，砸烂它，我们会更自觉地为革命学习。

我们认为，这样不但能给祖国的社会主义建设节约大量人力、物力，更重要的是杜绝了产生"技术官僚"、"意识形态专家"等修正主义的毒根，铲除了产生"名利思想"、"个人奋斗"、"白专道路"的重要条件，是教育界的大革命！

当然，我们知道，彻底砸烂旧的升学制度，是需要时间和经验的，更是需要人的思想觉悟的。但是，我们的无产阶级革命不允许它再继续存在下去了。如果现在在全国范围内的改变暂时不可能，那么，我们要求北京市做试点。如果北京暂时不能在所有的学校实行，那我们坚决要求让我们高三（四）班做试点。在这次社会主义文化大革命中，我们全班同学更进一步体会到：我们一定要做坚强、可靠的无产阶级革命接班人，绝不能让伟大的毛泽东思想在我们这代失传，绝不能让中国和世界的无产阶级革命在我们这代中断！我们也进一步体会到：这场文化大革命真是触动每一个人的灵魂的大革命，是世界历史上一个伟大的创举；我们知道，我们要走的路是空前未有的路。我们是毛泽东时代的青年，中国革命、世界革命要求我们成为世界青年的革命先锋，我们就应该做敢想、敢说、敢做、敢闯、敢革命的闯将。我们知道，这是一条新路，一条通向共产主义的新路。我们一定要并且一定能走出这条无产阶级自己的路。当然，革命的路上总会遇到许多拦路虎，但是革命青年岂能怕难？一切思想关、家庭关、舆论关，我们都不放在眼里，坚决冲破，压倒一切歪风邪气；我们就是要有"明知山有虎，偏向虎山行"的革命者的大无畏的英雄气概。

亲爱的党中央，亲爱的毛主席，请您千万放心吧：我们已经做好充分的准备，消灭一切拦路虎；我们有一个最强最强有力的武器——伟大的毛泽东思想。有了它，我们就会天不怕，地不怕，一切牛鬼蛇神都不怕；有了它，我们就一定能沿着这条路走下去，走到底，决不能让一个人掉队！亲爱的党啊，敬爱的毛主席，最艰苦的地方，最需要毛主席身边的青年去；请毛主席放心，我们整装待发，就等着您一声令下！

亲爱的党中央，亲爱的毛主席，请您放心吧，我们这一代是坚决革命、彻底革命的一代，我们一定要把毛泽东思想的伟大红旗接过来，传下去，世世代代传下去！

如果党中央、毛主席同意，请把我们的信，作为向全北京市高中毕业生和各校师生的倡议书。

祝最最敬爱的领袖毛主席万寿无疆！

北京市第一女子中学高三（四）班

一九六六年六月六日

《人民日报》1966年6月18日刊《写信给党中央和毛主席 强烈要求废除旧升学制度》

---

① 刘海峰著《高考改革的理论与历史》，华中师范大学出版社，2016年，201页。

彻底搞好文化革命　彻底改革教育制度

社论

中共中央和国务院在六月十三日发出通知，决定改革高等学校招生考试办法，并且决定一九六六年高等学校招收新生的工作推迟半年进行。这个决定，是彻底搞好教育界的文化大革命，彻底改革我国的教育制度的重要措施。

目前，北京和各地的许多大中学校，广大革命学生、职工和教师，高举毛泽东思想伟大红旗，冲破资产阶级保皇党的重重阻挠和压制，正在向教育界的反党反社会主义黑线猛烈开火。但是，这场斗争，还是刚刚开始，许多资产阶级的顽固堡垒还没有攻破。如果在这个时候还是按照常规进行升学考试，势必使教育界的无产阶级文化大革命半途而废，势必挫伤左派学生的革命积极性，助长资产阶级右派的反革命气焰。中共中央和国务院这个决定，对无产阶级文化大革命的发展，是一个极大的支持，对左派学生是一个巨大的鼓舞，对资产阶级右派是一个沉重的打击。

广大工农兵群众、革命学生和教师，早已对旧的招生考试制度，表示无比愤慨，迫切地要求把它彻底扔到垃圾堆里去。今天，本报发表的北京女一中高三（四）班和北京四中高三（五）班学生给党中央和毛主席的两封信，以及没有发表的大量群众来信，提出了废除旧的升学制度的强烈要求。这两封信，充满着对党对人民的无限忠诚，洋溢着高度的革命豪情，表现了毛泽东时代的革命青年敢想、敢说、敢做、敢闯、敢革命的精神。这两封信，反映了广大革命师生的心愿，代表了广大革命群众的呼声。

中共中央和国务院根据毛主席的指示和群众的要求，决定废止现行的高等学校招生考试办法，从今年起实行推荐和选拔相结合的新的招生办法，突出无产阶级政治，贯彻执行群众路线，把德、智、体三方面条件较好的学生推荐出来，从中择优选拔录取。高级中学的招生考试也采取这种办法进行。

党中央和毛主席一再指出，旧的资产阶级教育制度包括招生考试制度，必须彻底改革。这种旧的招生考试制度，对我们社会主义事业是危害极大的。这个制度，不是无产阶级政治挂帅，而是资产阶级政治挂帅，分数挂帅。实行这种制度，是严重地违反党的阶级路线的，会把大量优秀的工人、贫下中农、革命干部、革命军人和革命烈士的子女，排斥于学校大门之外，为资产阶级造就他们的接班人，大开方便之门。这个制度大大阻碍青年的思想革命化，鼓励青年走资产阶级个人奋斗、追逐个人名利地位的白专道路。

一小撮反党反社会主义的资产阶级代表人物，长期以来，抗拒党和毛主席的教育方针，以旧的招生考试制度作为武器，来同无产阶级进行阶级斗争，来对工人、贫下中农子女实行专政。在这次文化大革命中，那些资产阶级保皇党，又以"妨碍功课、荒废学业"为借口，以"不能升级、不能升学"相威胁，打击无产阶级左派，压制和破坏无产阶级文化大革命的群众运动。

事实证明，旧的招生考试制度，已经成为社会主义教育事业和无产阶级文化大革命运动的绊脚石。

无产阶级要通过学校来培养和造就无产阶级革命事业的接班人，资产阶级也要通过学校来培养他们实现资本主义复辟的接班人。这是无产阶级和资产阶级争夺青年一代的一场尖锐的阶级斗争。党中央和毛主席历来重视无产阶级的教育事业，历来重视教育制度的革命。毛主席提出了教育为无产阶级的政治服务，教育与生产劳动相结合的方针，并且指出："我们的教育方针，应该使受教育者在德育、智育、体育几方面都得到发展，成为有社会主义觉悟的有文化的劳动者。"毛主席关于无产阶级教育事业的一系列指示，对我国社会主义和共产主义事业，是伟大的指路明灯。

钻到教育界的反党反社会主义反毛泽东思想的资产阶级代表人物，对社会主义革命事业怀着刻骨仇恨，对广大工农兵的文化翻身深恶痛绝。他们利用所盘踞的教育阵地，坚持执行资产阶级、修正主义的教育路线，千方百计地阻挠和破坏党中央和毛主席所制定的教育路线。如果不搞掉这条反党反社会主义的黑线，毛主席的教育路线是贯彻不了的。

现行招生考试制度的改革，正是贯彻执行毛主席的教育路线，彻底搞掉资产阶级教育路线的一个突破口。我们将从这里着手，对整个旧的教育制度实行彻底的革命。不仅招生制度要改革，学制、考试制度、升留级制度等等也要改革，教育内容也要改革。要进一步研究如何贯彻执行教育与生产劳动相结合的方针。要把那些违背毛泽东思想，严重脱离阶级斗争、生产斗争和科学实验三大革命运动，宣扬剥削阶级世界观的一切旧教材统统埋葬。新的教材必须以毛泽东思想为指导，突出无产阶级政治。初小可以学些毛主席语录。高小可以学更多的毛主席语录和"老三篇"等文章。中学可以学《毛泽东著作选读》和有关文章。大学可以学《毛泽东选集》。不论是初级学校、中级学校还是高等学校，都要把毛主席著作列为必修课。

这次以招生制度的改革为开端的教育制度的革命，是无产阶级和资产阶级两个阶级、社会主义和资本主义两条道路的针锋相对的斗争。它是一个铲除资产阶级"苗圃"、挖掉修正主义毒根的革命。正如北京四中革命同学在信中所说的："我们打碎的决不仅仅是一种考试制度，我们打碎的是几千年来套在人民脖子上的文化枷锁，我们打碎的是产生精神贵族和高薪阶层的温床，我们打碎的是产生现代修正主义的阶石。我们这一革命行动是给资产阶级的致命打击。"教育制度的改革，归根到底，是关系到培养什么样的接班人的问题，关系到毛泽东思想能不能一代代传下去的问题，关系到我们党和国家变不变颜色的问题。

教育制度的彻底革命，将要摧毁从孔夫子以来统治了几千年的剥削阶级旧的教育思想影响，将要从根本上推翻资产阶级"权威"和学阀在意识形态领域里的一个重要宝座。那些反党反社会主义的资产阶级代表人物和一切牛鬼蛇神，是决不甘心失败的。他们总是要顽固地守住自己的反动阵地，一步不让，寸土必争。他们是不斗不倒的，倒了还想爬起来。因此教育制度改革的过程，必然是一个尖锐复杂的阶级斗争的过程。我们要随时准备迎击来自反动阶级和他们的代表人物的各种挑战，给他们以坚决的毁灭性的打击。

我们要正告那些盘踞在教育界的反党反社会主义的资产阶级"权威"老爷们，你们吃的是劳动人民的饭，穿的是劳动人民的衣，打着"为人民服务"的招牌，干的是反人民反革命的勾当。你们对那些反动阶级的孝子贤孙关怀备至，体贴入微；对劳动人民的子弟却排斥打击，百般刁难。你们伙同和怂恿那些反党反社会主义的资产阶级"专家"、"教授"，大量散布资产阶级、修正主义的毒素。你们干了那么多坏事，对人民欠了那么多账，难道可以不揭露，不批判，不斗争，让你们继续为非作歹吗？你们不要指望搞几个保皇党，就可以保住你们的"宝座"。你们也不要梦想可以拖延下去，蒙混过关。你们更不要妄想，过一阵子，你们就可以旧态复萌，依然故我，再把你们那一套反动阶级的传家宝从棺材里搬出来。这是万万办不到的。在党中央和毛主席的战斗号召之下，广大工农兵、革命干部和革命知识分子，已经下定决心，要把你们这些牛鬼蛇神统统揪出来，把你们的老根统统挖出来，把你们的"威风"统统打掉，把你们的资产阶级的传家宝统统砸碎。

教育制度的改革，是一个复杂的艰巨的任务。只要我们坚决按照毛主席的指示，相信群众，依靠群众，放手发动群众，大搞群众运动，我们就一定能够摧毁资产阶级的顽固堡垒，使教育制度的革命取得全胜。

让毛泽东思想伟大红旗，在无产阶级的教育阵地上高高地飘扬！永远地飘扬！

《人民日报》1966 年 6 月 18 日社论《彻底搞好文化革命　彻底改革教育制度》

搞阶级斗争，那个是大学。什么北大、人大，还是那个大学好。毛还结合自己的经历说，我就是绿林大学的，在那里学了点东西。①1965 年 12 月 21 日，毛泽东在杭州会议上说："现在这种教育制度，我很怀疑。从小学到大学，一共十六七年、二十多年看不见稻、粱、菽、麦、黍、稷，看不见工人怎样做工，看不见农民怎样种田，看不见商品是怎样交换的，身体也搞坏了，真是害死人。"②

"文化大革命"伊始，《人民日报》1966 年 6 月 18 日发表《彻底搞好文化革命，彻底改革教育制度》的社论，同时配发了北京市

① 参见龚育之、王志强著《科学的力量》，河北教育出版社，2001年，159—160页。

② 杨学为著《中国高考史述论》，湖北人民出版社，2007年，146页。

中学生要求废除高考制度的两封信。一封是6月6日北京市第一女子中学高三（四）班《为废除旧的升学制度给党中央、毛主席的一封信》。信中说："现行的升学制度，就是中国封建社会几千年来的旧科举制度的延续，是一种很落后的、很反动的教育制度。现行升学制度是和毛主席给我们制定的教育方针相违抗的……实际是在扩大并延续体力劳动和脑力劳动、工人和农民、城市和乡村这三大差别。"对于这种

向毛主席表示贊成废除旧的升学制度

北京四中全体革命师生响应女一中同学的革命倡議

新华社十七日讯　北京市第四中学高三（五）班革命学生给毛主席的一封信，以及北京市第四中学全体革命师生为废除旧的升学制度给全市师生的倡议书。全文如下：

敬爱的毛主席：

我们看了女一中同学给您的信，我们非常赞成她们的观点。经过讨论，我们又补充了几点意见。这些意见在全校广播后，得到了全体革命师生的热烈响应，并一致决定，将它做为向全市师生的倡议。

我们给您抄送一份，我们热切盼望您给我们指示。

祝您

万寿无疆

北京市第四中学高三（五）班革命同学

一九六六年六月十一日

致教日月换新天

我们最热烈地欢呼女一中建议废除高等学校入学考试的倡议书。我们完全拥护这一伟大的革命创举。我们认为这个倡议提得及时，提得好，它长了革命青年的志气，灭了资产阶级"权威"老爷们的威风，给了资产阶级"学阀"们狠狠一棒。随着社会主义文化大革命的深入发展，现行高考制度的反动本质越来越暴露无遗了。它的流毒极广，影响甚大。多少年来它一直是剥削阶级愚昧人民，培养统治阶级接班人的工具。在社会主义的今天，它又成为培养资产阶级接班人，进行修正主义复辟的重要手段。

它，严重地违反了党的阶级路线。不是政治挂帅，而是分数挂帅，不是培养无产阶级接班人，而是培养资产阶级的接班人。

它，突出业务、贬低政治，鼓励走"个人奋斗"、追逐个人名利地位的资产阶级的"白专"道路，严重地阻碍了青年的革命化。

它，是新的科举制度，束缚了革命青年的思想，使他们不能按照毛主席指出的，在德、智、体诸方面生动、活泼、主动的发展。

在社会主义文化大革命深入开展的今天，在伟大的毛泽东时代，我们决不能容忍这种罪恶制度再毒害新中国的青年一天，我们要坚决打倒它。我们建议：

一、立即废除高等学校入学考试。

二、高中毕业生先到工农兵中去锻炼，在三大革命运动中得到工农兵的批准，取得他们给予的"思想毕业证书"。

三、大量从工农兵中吸收在阶级斗争中经过考验的坚強的革命者入学深造。

四、加速实行半工半读、半农半读的教育制度，这是社会主义、共产主义的教育方向。

五、从应届毕业生中挑选在文化大革命中立场坚定、表现积极的同学升学。

毛主席教导我们：不破不立，破字当头，立在其中。破资本主义之旧，立社会主义之新。我们打碎的决不仅仅是一种考试制度，我们打碎的是几千年来套在人民脖子上的文化桎梏，我们打碎的是产生精神贵族和高薪阶层的温床，我们打碎的是产生现代修正主义的阶石。我们这一革命行动是给资产阶级的致命打击。困兽犹斗，资产阶级

碎的是产生精神贵族和高薪阶层的温床，我们打碎的是产生现代修正主义的阶石。

我们打碎的决不仅仅是一种考试制度，我们打碎的是几千年来套在人民脖子上的文化桎梏，我们打

《人民日报》1966年6月18日刊《向毛主席表示赞成废除旧的升学制度》

升学制度，我们要和工农兵一起将它彻底砸烂。并提出要求："（一）从今年起就废除旧的升学制度。（二）高中毕业生直接到工农兵中去，和工农兵相结合。"[①]

另一封是6月11日北京市第四中学全体革命师生所写《为废除旧的升学制度给全市师生的倡议书》。《倡议书》说："随着社会主义文化大革命的深入发展，现行高考制度的反动本质越来越暴露无遗了。它的流毒极广，影响甚大"，为此"我们要坚决打倒它。"如何打倒？他们列出五条倡议，其中第一条开宗明义："立即废除

① 杨学为编《高考文献（上）》，高等教育出版社，2003年，617页。

高等学校入学考试。”[①]

而社论的主旨是“废止现行的高等学校招生考试办法”，要“实行推荐”，这是“彻底搞掉资产阶级教育路线的一个突破口”。

7 月 24 日，中共中央和国务院发出通知，宣布高等学校招生工作推迟半年进行，要取消考试，要实行推荐。后来由于“文化大革命”的发展，高校招生工作不是推迟半年，而是停止了整整四年。至于“废考”，则整整十一年。多少志士仁人，多少青年才俊仰天长叹，时光虚度，空白了少年头。

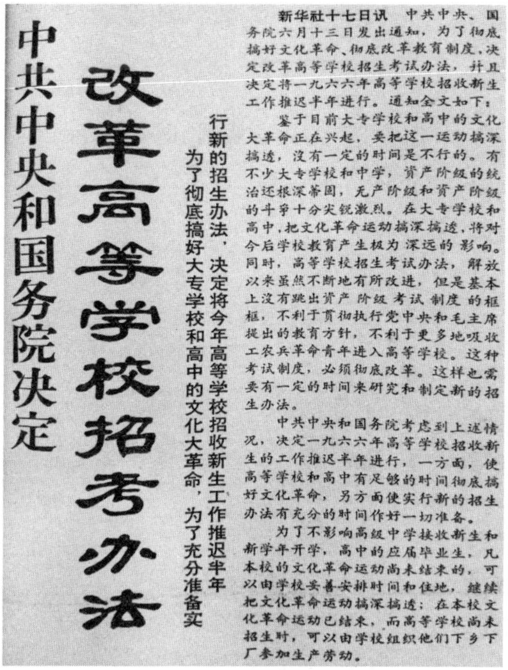

中共中央和国务院决定

改革高等学校招考办法

为了彻底搞好大专学校和高中的文化大革命，为了充分准备实行新的招生办法，决定将今年高等学校招收新生工作推迟半年

新华社十七日讯 中共中央、国务院六月十三日发出通知，为了彻底搞好文化革命、彻底改革教育制度，决定改革高等学校招生考试办法，并且决定将一九六六年高等学校招收新生工作推迟半年进行。通知全文如下：

鉴于目前大专学校和高中的文化大革命正在兴起，要把这一运动搞深搞透，没有一定的时间是不行的。有不少大专学校和中学，资产阶级的统治还根深蒂固，无产阶级和资产阶级的斗争十分尖锐激烈。在大专学校和高中，把文化革命运动搞深搞透，将对今后学校教育产生极为深远的影响。同时，高等学校招生考试办法，解放以来虽然不断地有所改进，但是基本上没有跳出资产阶级考试制度的框框，不利于贯彻执行党中央和毛主席提出的教育方针，不利于更多地吸收工农兵革命青年进入高等学校。这种考试制度，必须彻底改革。这样也需要有一定的时间来研究和制定新的招生办法。

中共中央和国务院考虑到上述情况，决定一九六六年高等学校招收新生的工作推迟半年进行，一方面，使高等学校和高中有足够的时间彻底搞好文化革命，另方面使实行新的招生办法有充分的时间作好一切准备。

为了不影响高级中学接收新生和新学年开学，高中的应届毕业生，凡本校的文化革命运动尚未结束的，可以由学校妥善安排时间和住地，继续把文化革命运动搞深搞透；在本校文化革命运动已结束，而高等学校尚未招生时，可以由学校组织他们下乡下厂参加生产劳动。

《人民日报》1966 年 6 月 18 日《改革高等学校招考办法》

然而当年废止高考，对于高中生而言，喜讯似乎是从天而降。成千上万寒窗苦读的待考生欢欣鼓舞，奔走相告，庆幸“文化大革命”砸烂了千年文化考试的枷锁，且是发自内心地真诚地喜欢。当时正就读于杭州大学附中（现杭州学军中学）高三年级学生尹俊骅有精彩记述：

> 1966 年初夏，带着几丝暖意，6 月 11 日晚上我们照例紧张在复习备考。忽然从收音机里面传出惊人消息：“北京市第

① 《高考文献（上）》，620页。

四中学高三（五）班革命学生给毛主席的一封信，要求立即废除封资修高等学校入学考试制度。”中央人民广播电台一播出就是正式公布——废除高考！我的第一反应，是立即赶去学校。那个时候学校为了照顾我们两个高三毕业班，特别让我们远离其它班级，在杭大生物系大操场边上大礼堂两边的耳房读书。我到达教室时，发现已经灯火通明，好多同学不约而同也都赶过来了。

是啊，不高考了，还读什么书？复什么习？大家都晕头转向，但是那分明是党中央、毛主席的决定，能不绝对正确吗？逐渐我们高三（甲）班大半同学都来了，大家围坐在教室议论，谁都不知道废除高考的真正原因，更不知道废除高考后，我们这些毕业生应该干什么。那时“革命方知北京近，造反更觉主席亲”的口号还没出笼，大家七嘴八舌的议论，无论如何也要表达我们一腔热血紧跟毛主席。这时班团支部书记叶望提议：“我们去向北京发一份拥护电文吧。”立即群起响应。

时间不觉已是深夜，通宵邮电局在湖滨，距离我们学校足足要走大半个小时的路程。此时尽管夜深人静，但为向毛主席表决心，山高水远在所不辞，大家哄然出发，我一看，三十几个同学几乎没有一个人回家睡觉的。到达电信局，拟定电文，总是“听党的话，坚决拥护”之类吧。发完电报，已经是凌晨3点多了，说不清楚是高兴还是空虚。忽然何健健同学提议“我们去爬宝石山吧，看东方日出”。是啊，红日就是毛泽东，我们要向他老人家致敬。一群年轻人在黑黝黝的夜晚登上了宝石山顶保俶塔下，虔诚守望。东方渐白，曙光初露，本来期望会一轮红日，喷薄欲出，我们对着红日欢呼雀跃。不巧这天是个阴天，没有预期的日出，只有黯淡的云层。

还有些文章，颇有历史画面感，说男女两所高干子弟云集的中学，联手将高考制度推向了终点。被公认革命形象好的四中高二学生王倩倩与另一名女一中的同学被选派来到北京电视台，宣读了信与倡议书的全文。在一个电视极其稀缺的年代里，北京四中的学生想尽办法观看了这次直播，与其说是去真切感受一下高考制度废除的喜悦，倒不如说是去享受那“革命成功”的精神快感。

中信集团原董事长孔丹，是北京四中倡议废除高考的重要当事人之一。他对此有口述：“关于四中高三（五）班和女一中高三（四）班给中央写信要求废除高考的事儿，是文革初我经历的第一件大事。说起来，这又是高干子弟得风气之先的例子。四中高三（五）班就是我们班，是薄熙永先听到消息，知道了 1966 年高考可能要停下来了。社会上把这说成是四中高三（五）班的罪过，提出废除高考，使中央不得不接受。不是那么回事儿，实际上是中央已有考虑，我们不过得了风气之先，做了这件事情。高干子弟干事情，总弄出这个风气之先来。我们那封信是有背景的，不是自发的，而且我个人还有心里深处的一种遗憾。”①

孔丹这句“我们那封信是有背景的，不是自发的”申辩，是事后思考，或有甩锅之嫌？也许兼而有之吧。确实，当时的中央最高领导对现行的高校招生制度已相当不满了。

① 孔丹口述，米鹤都编撰《难得本色任天然》，三联书店，2015年，46—47页。

“工农兵学员”应运而生

1968年7月22日，《人民日报》为《从上海机床厂看培养工程技术人员的道路》的报告写了按语，按语披露了毛泽东主席的最新指示:“大学还是要办的,我这里主要说的是理工科大学还要办……要从有实践经验的工人农民中间选拔学生。”1970年3月，为落实毛泽东这一指示，北京大学、清华大学等向中央上报“关于招生（试点）的请求报告”，中央于6月批准。稍后有招生任务的相关院校也参照北大、清华经验，开始招收有实践经验的工人、农民和解放军战士入学。

1971年7月，在“四人帮”爪牙迟群的主持下，由姚文元修改，张春桥定稿，上报中央，毛泽东主席8月13日圈阅，批准了《全国教育工作会议纪要》。特别是《纪要》中的“两个估计”，即：“文化大革命”前十七年教育战线是资产阶级专了无产阶级的政，是黑线专政；知识分子的大多数世界观基本上是资产阶级的，是资产阶级知识分子。“两个估计”把中华人民共和国成立后的教育战线和知识分子全盘否定，使他们长期戴上了精神枷锁，使教育事业受到极其严重的破坏。

这个《纪要》制定出今后高校招生的标准：要招收具有二至三

年以上实践经验的优秀的工农兵。显然将应届高中毕业生排除在外。进入大学的文化程度降为一般相当于初中以上，有丰富实践经验的还可降低。招生采用“自愿报名，群众推荐，领导批准，学校复审”的“十六字招生办法”。关键点是取消了考试入学。并对生源要查“内外三代”，要“三代赤贫”，表现要“党团化”。“工农兵大学生”的称谓由此而来。这被公认为是“文化大革命”的重要成果之一。

由于废除招生考试，工农兵学员入学的文化水平差异很大，据调查报告，初中程度为 50%，小学程度为 30%，高中的不到 20%，从而导致文化水平参差不一的学员在同一年级上课，教育质量堪忧。

在周恩来总理的过问下，“十六字招生办法”之外，曾试图加上文化考查。这一加，又加出了 1973 年 7 月的辽宁张铁生“交白卷

工农兵学员进入大学的情景

事件”。张铁生，辽宁省兴城县的一名生产队长。他在参加文化考查时，在试卷背面写了一封颇有城府的信件。他在信中吹嘘自己表现胜似黄牛，复习迎考的人是“逍遥法外的浪荡书呆子”。实际上，人们当年读到发在报上张铁生的信，已经过加工，与原件不同。原信中有一段关键的话被删除：“我所理想和要求的，希望各级领导在这次入考学生之中，能对我这个小队长加以考虑为盼。”也就是说，张铁生在试卷背面写信的动机，是想解释为什么没考好，希望相关部门能体谅到他没有考好的客观原因，希望得到谅解，被录取上大学。

“四人帮”的本意是要知识青年在农村永远扎根，需要有一个典型来反击周恩来加强文化考查的要求。毛远新更是认为，加强文化考查不是一个单纯的业务，而是一个路线问题。张铁生的“白卷事件”来得正是其时，于是被大肆利用。7 月 19 日，《辽宁日报》发表评论，认为张铁生“似乎交了‘白卷’，然而对这个大学招生的路线问题，却交了一份颇有见地、发人深省的答卷”。其后《人民日报》、《红旗》等纷纷转载这封信，并发表评论。从而将张铁生这个“白卷英雄”从辽宁推向全国，并作为样板证明搞文化考查就是“旧高考制度的复辟”，就是“对有实践经验的工农兵的管卡压”，就是“修正主义教育路线回潮”，就是对工农兵的专政。“四人帮”大张旗鼓地捣腾，别有深意地上纲上线，使周恩来总理的良苦用心付之东流。邓小平稍后复出，加强文化教育整顿也是其着力点之一。他曾提出，要搞一些试点，通过考试直接从高中生选拔一批优秀学生到大学深造，我们要后继有人，是对教育部门提出的必答问题。但在那种政治气氛下，大学招生根本无法落实整顿措施。旋即，邓小平因“天安门事件”再次退出政治舞台，所有整顿措施戛然而止。

张铁生白卷的后果是手上的老茧被认为是上大学的通行证，群众推荐形同虚设，开后门成为风气。“文化大革命”中开始招工农兵学员的第一年，很多人还没有明白过来，就有人走后门了。“1972年，清华大学招生 2000 人，被发现走后门的就有 242 起。由于上大学的名额直接下到基层，有的村干部把自己和亲戚好友的孩子排队，有的竟排到了 1980 年。”①

清华大学教授潘际銮是参加过科教座谈会的 33 人之一，他在 2007 年深有感触地回忆：

我在清华大学工作 60 年了，在“文化大革命”以前我们都很正常地进行教学，到了“文化大革命”以后整个学校就乱了，我们这些老师都成了批斗的对象了。从 70 年开始招工农兵学员，就是从各个地方选拔一些青年，插队的，工厂的，部队的。没有什么业务标准的要求，只有一个标准，就是政治可靠，只要地方一保送我们就收。这个政治可靠本来还是一个很好的方向，但问题就是到后来变了味了，就是所谓政治可靠就是你跟单位的领导关系好，他就把你推荐出来。所以有的就是走后门进来的，什么样的人都有，中学程度的也有，小学程度的也有，甚至是文盲都有，都一起搞到学校来了。所以那个时候我们要面对的是从小学一直到中学的学生。

潘教授还讲到了当时老师尴尬的处境：

我老师虽然被批斗，还得讲课嘛，当时的口号，第一个就

① 樊克宁、杨学为对话：《恢复高考，历史记住这条脉络》，《羊城晚报》2007年6月16日。

是“上管改”，工农兵学员到了学校以后要“上管改”，就是“上大学，管大学，改造大学”，我们这些老师成了被管的，被改造的对象，但是还要给他们讲课，学生听不懂，就说明你老师不行。比如说我讲课，因为我搞焊接，我讲电焊机跟自动化的这些东西，当然要给学生打基础，因为有的学生就是小学，他甚至什么叫电路也不懂，什么叫支流电路，什么叫交流电路都不懂。可我刚讲几堂课，他们就讲：“你怎么又搞资产阶级一套？讲的都是人家听不懂的东西！”当场就批判我，甚至我讲课的时候，就有学生拍桌子站起来训斥：“你讲的什么东西？”那我说：“怎么办呢？”他说，你干吗不对着机器讲，在黑板上画的乱七八糟，因为讲电路总是要画线路图。我说好吧，我们就结合实际，因为我们楼上是教室，楼下是实验室，实验室就有很多机器，我说好，咱们下一堂课就到机器那个教室讲。我就把机器打开，我说这是发动机，这是变压器，这样一讲他们就更不懂了，因为在课堂上还是讲的基本的东西，到了实验室就是讲实际的东西了。他们听不懂就还批判我：“你还在搞资产阶级。”1972年，东北工学院的新生没有上过几何、物理、化学课；上海交大要给新生补小学应学的小数、分数，许多学生不理解1/2大于1/4。①

事实上，按照当时的要求，工农兵学员除了上大学以外，还担负着管理大学、改造大学的重大任务，因为他们根正苗红，而老师们是需要改造的资产阶级知识分子，他们除了大学生身份以外，还

① 《杨学为、潘际銮对话恢复高考》，新浪网2007年5月21日，http://news.sina.com.cn/c/2007-05-21/155613039788.shtml。

有这一角色。显然，他们是当时社会上，尤其是年轻人欣羡的对象。

工农兵学员从 1970 年起试招，至 1976 年结束，共计 7 年 6 届，招收 94.5 万人。学生在校时间为 1970 年 9 月至 1980 年 7 月，共计 11 年。应当说，有许多工农兵学员基本面是好的，也有不少优秀人才，他们填补了七年时间的大学空窗期。不少人士抓住机会，奋发有为，成为了各行各业的骨干，涌现了出类拔萃的人才。现代教育史应客观地记上这一笔。

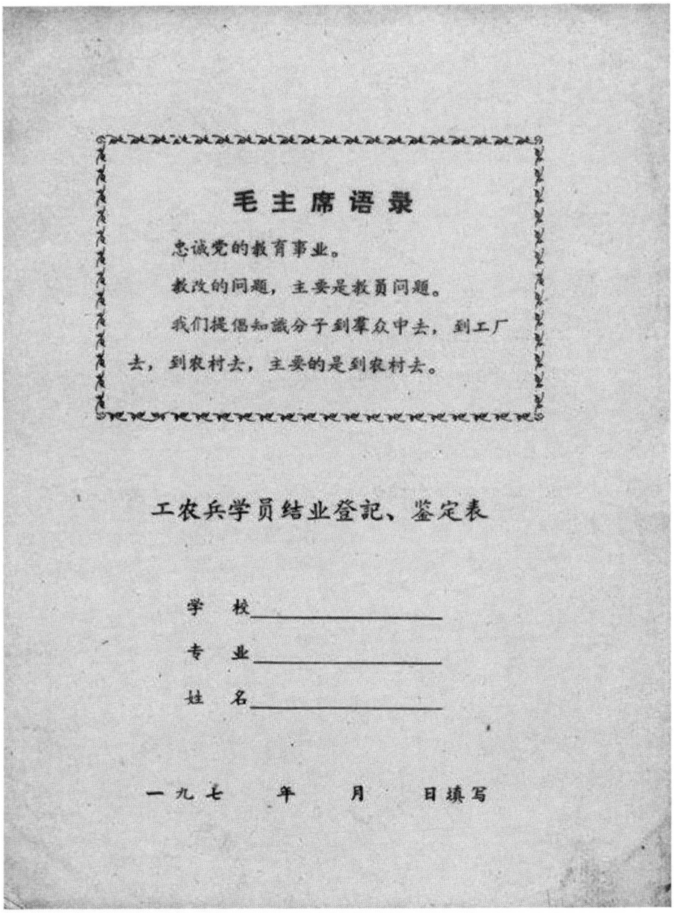

毛主席语录

忠诚党的教育事业。

教改的问题，主要是教员问题。

我们提倡知识分子到群众中去，到工厂去，到农村去，主要的是到农村去。

工农兵学员结业登記、鉴定表

学　校＿＿＿＿＿＿

专　业＿＿＿＿＿＿

姓　名＿＿＿＿＿＿

一九七　　年　　月　　日填写

工农兵学员结业登记、鉴定表

但推荐入学,取消文化考试的极大弊端使许多有识之士意识到,大学再这样搞下去,教育完蛋了,人才也没了,中国也就要完了。怎么办?怎么办?历史的车轮打转徘徊,上下迷蒙,不知前路在何方?

否极泰来，恢复高考提上议程

1976年9月9日，毛泽东逝世。未满一月，王洪文、张春桥、江青、姚文元“四人帮”被粉碎，十年“文化大革命”自然终止。10月7日，中共中央政治局作出决定，由华国锋出任中共中央主席、中央军委主席，加上先前已担任的国务院总理，华国锋已将党政军三职集于一身。

历史运行有惯性，华国锋在提出批判“四人帮”的同时，要求“正确对待文化大革命”，要求继续批判邓小平。1977年2月7日，《红旗》、《人民日报》、《解放军报》发表社论，重点提出：“凡是毛主席作出的决策，我们都坚决维护；凡是毛主席的指示，我们都始终不渝地遵循。”也即后来被概括提炼而成的“两个凡是”。

显然，教育部在欢呼粉碎“四人帮”的同时，也陷入了迷茫，感到路线是非分不清楚，既要维护“文化大革命”成果，又要批判“四人帮”倒行逆施。在这样迷蒙混沌的情况下，1977年6月29日至7月29日，教育部在太原晋祠整整开了一个月的教育工作会议，重点讨论在会议之前已起草好的《关于一九七七年高等学校招生工作的意见（草稿）》。会上争议激烈，各省招办负责人对教育部做法很不满意，认为这个《意见（草稿）》没有突破“文化大革命”那一套做法，并且继续坚持“文化大革命”时形成的“自愿报名、群众推荐、领导批准、学校复审”十六字招生办法。而教育部主事者认为，这“十六字招生办法”是毛泽东批示同意过的，且现推出的这个《招生意见》是现任最高领导华国锋原则同意的，所以没有听取与会者的强烈反对意见，也未对《招生意见》草稿作根本性修改，就于 8 月 4 日向国务院正式呈报《关于全国高等学校招生工作座谈会的情况报告》和《关于一九七七年高等学校招生工作的意见》。《招生意见》明确规定：“必须坚持党的领导，群众路线，实行自愿报名，群众推荐，领导批准，学校复审的招生办法。”即使试招少数应届毕业生也要照“十六字办法”办理。新时期的高校招生原则上既未换药，也未换汤，“文化大革命”那套推荐入学的方法划桨依然，涛声依旧。

时代的需要再次促成了伟人的复出。

中国共产党于 1977 年 7 月 16 日至 20 日召开了十届三中全会，通过恢复邓小平中共中央副主席、中央军委副主席、国务院副总理和总参谋长职务的决议。中国的发展迎来重大转机，而这个重大转机首先在教育界和科技界发生。几起几落、几落几起的邓小平向党中央主动请缨，自告奋勇地要求分管当时积重难返的科技界、教育界。由一位副主席亲自抓教育，这在中国共产党的历史上从来没有过。而邓小平选择恢复高考作为突破口，实际上早有考虑。

1977 年 5 月 24 日，邓小平已开始擘画国事。这一天，他与时任国务院副总理的王震，时任国务院政治研究室副主任邓力群谈话时说道：“我出来工作的事定了，至于分工做什么，军队是要管的，我现在还考虑管科学、教育。我们要实现现代化，关键是科学技术要能上去。发展科学技术，不抓教育不行。靠空讲不能实现现代化，必须有知识，有人才。没有知识，没有人才，怎么上得去？科学技术这么落后怎么行？要承认落后，承认落后就有希望了。现在看来，同发达国家相比，我们的科学技术和教育整整落后了二十年。”邓小平又重点强调，“抓科技必须同时抓教育。从小学抓起，一直到中学、大学。我希望从现在开始做起，五年初见成效，十年中见成效，十五年、二十年大见成效。办教育要两条腿走路，既注意普及，又注意提高。要办重点小学、重点中学、重点大学。要经过严格考试，把最优秀的人集中在重点中学和大学。”①

这番讲话意图非常明确，就是要落实知识分子政策，要培养大量人才和知识分子，把最优秀的人才集中到中学和大学。而集中的办法是严格考试进来，不赞成选送即通过推荐制到大学读书。

1977 年 7 月 23 日，他复职仅仅三天，便对长沙工学院（后改名国防科学技术大学）的领导张文峰、高勇说：“不管招多少大学生，一定要考试，考试不合格不能要。不管是谁的子女，就是大人物的也不能要。我算个大人物吧！我的子女考不合格也不能要，不能‘走后门’。”②

7 月 29 日，他复职不到十天，听取时任中科院副院长的方毅和教育部长刘西尧工作汇报时就作了布置：“最近准备开一个科学和教育工作座谈会，找一些敢说话、有见解的，不是行政人员，在自然科学方面有才学的，与‘四人帮’没有牵连的人参加。”并且特别强调，在这方面要“有几个问题要提出来考虑：第一，是否废除

① 中共中央文献研究室编《邓小平年谱（1975—1997）（上）》，中央文献出版社，2004年，160页。《邓小平决策恢复高考讲话谈话批示集（1977年5月—12月）》，中央文献出版社，2007年，2页。
② 《邓小平决策恢复高考讲话谈话批示集（1977年5月—12月）》，4页。

高中毕业生一定要劳动两年才能上大学的做法？在中小学完成了劳动任务，为什么还要集中搞两年劳动？第二，要坚持考试制度，尤其是重点学校一定要坚持，不合格的要留级。对此要有鲜明的态度”。[①]

真是掷地有声。

岩浆即将喷涌，巨轮蓄势待发，历史将徐徐地展开波澜壮阔的新一页。

① 《邓小平决策恢复高考讲话谈话批示集（1977年5月—12月）》，5页。

科教座谈会，恢复高考心花怒放

根据1977年7月29日邓小平关于要召开科学和教育工作座谈会讲话精神，邓小平办公室马上落实领导原则意见，让教育部和科学院据此精神，在科学院和高教系统挑选人员。时任教育部党组成员兼高教司司长刘道玉对此有回忆："大概7月底，教育部得到通知，说邓小平将召开一个教育和科学的座谈会，要教育部和科学院各挑选15名学者参加会议。教育部党组指派我负责挑选和通知赴会人员。我与高教司吴镇柔处长商量确定了16个专家，以老年为主，也有中青年的代表。"刘道玉进一步说到，本次会议的秘书事务和后勤事宜也是他们安排的。刘说："我与科学院的吴明瑜同志被委任为会议的秘书长，分别负责会议代表的住宿与会务工作。会议代表下榻在北京饭店，会议是在人民大会堂四川厅举行，晚上大都安排了文艺活动。"①

中科院与教育部会商沟通，发出邀请的与会科研和教育人员分别是：

① 刘道玉《刍议恢复统一高考的得失与对策》，《教育与考试》，2017年第3期，6页。

中国科学院：16 人

吴文俊（50），数学所研究员

马大猷（62），声学所研究员

郝柏林（44），物理所助理研究员

张文裕（67），高能物理所研究员

汪猷（67），上海有机化学所研究员

钱人元（60），化学所研究员

童第周（75），动物所研究员

邹承鲁（54），生物物理所研究员

张文裕（佑）（68），地质所研究员

叶笃正（61），大气物理所研究员

黄秉维（64），地理所研究员

王大珩（62），长春光机所研究员

严东生（59），上海硅酸盐所研究员

王守武（58），半导体所研究员

许孔时（47），计算中心研究员

高庆狮（43），计算所助理研究员

中国农业科学院：1 人

金善宝（82），院长、研究员

中国医学科学院：1 人

黄家驷（71），院长、研究员

高等学校教师：15 人

周培源（75），北京大学革委会副主任、教授

沈克琦（56），北京大学物理系副教授

何东昌（54），清华大学校党委副书记、革委会副主任

潘际銮（50），清华大学机械系副教授

苏步青（76），复旦大学数学所领导小组组长、教授

吴健中（49），上海交大八室革委会副主任、教师

杨石先（80），南开大学校革会副主任、化学系教授

史绍熙（62），天津大学机械系教授

唐敖庆（62），吉林大学校党委常委、革委会副主任，化学系教授

苗永宽（45），南京大学天体测量教研室主任

查全性（52），武汉大学化学系革委会副主任、副教授

程迺晋（54），西安交大动力二系革委会主任

沈其益（67），北京农业大学校核心组成员、教授

宗永生（50），中山医学院肿瘤所副所长、讲师

温元凯（31），中国科技大学化学系助教

除了以上所邀专家教授以外，中央主管部门和工作人员是：

科学院领导：方　毅　李　昌　武　衡　童大林　吴明瑜

教育部领导：刘西尧　雍文涛　李　琦　李琦涛　刘道玉

中央政治研究室：胡乔木　于光远　邓力群

工作人员：教育部　罗劲柏

中国科学院　史凤岐　郭曰方　明廷华

与会的沈克琦教授曾著文回忆：会议刚开始那天，发下来的名单是 30 人。黄家驷、张文裕、童第周是后来加上去的，如此便成 33 人参加会议。

为什么挑选他们来开会？沈克琦对此有形象的叙述，他在 2007

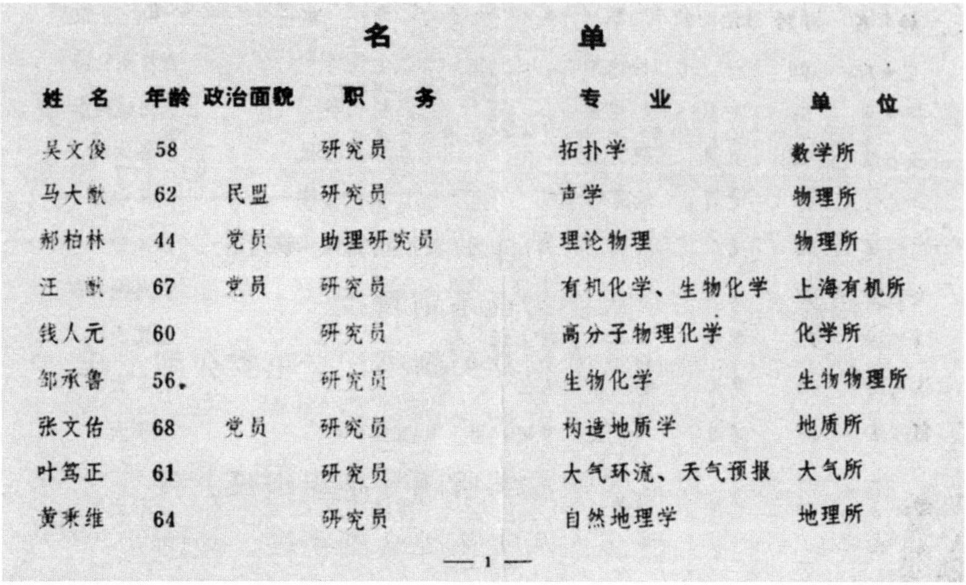

名　单

姓名	年龄	政治面貌	职务	专业	单位
吴文俊	58		研究员	拓扑学	数学所
马大猷	62	民盟	研究员	声学	物理所
郝柏林	44	党员	助理研究员	理论物理	物理所
汪　猷	67	党员	研究员	有机化学、生物化学	上海有机所
钱人元	60		研究员	高分子物理化学	化学所
邹承鲁	56		研究员	生物化学	生物物理所
张文佑	68	党员	研究员	构造地质学	地质所
叶笃正	61		研究员	大气环流、天气预报	大气所
黄秉维	64		研究员	自然地理学	地理所

— 1 —

1977 年 8 月科教会议报到名单（局部）

年 9 月接受陈芳采访时提到：“我那时是北大物理系副主任，常去教育部高教司办事，司长刘道玉认识了我。8 月初接到会议通知后，我不知道要开什么会。”

沈克琦女儿沈正华说：“父亲接到了教育部要他参加科教座谈会的通知。北京大学只有二人被邀请，周培源先生和父亲。为什么是他？父亲也不清楚，但推测可能与他 5 月参加北京市教工委召开的另一次讨论会有关。在那次会上，父亲对于教育战线上的两个基本估计开了炮，认为不符合事实，严重挫伤知识分子的积极性；此外他也对当时高校的学生水平、培养状况存在的严重问题给予披露。也许座谈会的组织者希望参会的人就是他这样敢说话的科教工作者。”

沈克琦

查全性回忆：1977 年 7 月底的一天，记不住具体在哪一天，也记不住哪一位校领导通知他，说教育部来了通知，点名要他到北京开会。既没有说开会内容，也没有说会期有多长。

温元凯这样说：“1977 年 8 月 2 日，我当时是位于合肥的中国科学技术大学化学系的一名年轻助教，在上海家里过暑假。突然，我家弄堂口看传呼电话的老大爷神色紧张地跑来我家，告诉我说，中央办公厅有电话找我。我当时也大吃一惊，想我一个小小平民老百姓，怎么会有中央办公厅找我？有什么事呢？当时一般人都不会有电话，我们弄堂上千户人家，都用弄堂口两三部公用传呼电话。我到了弄堂口一接电话，电话里一位同志对我说，你是温元凯吧？8 月 4 日北京会召开一个国务院科技教育座谈会，你是被邀请代表，请你务必在 8 月 3 日前赶到北京报到。我说今天已经 2 日，3 日就是明天，我怎么能来北京，他说你坐飞机来么，我说当时买飞机票要单位介绍信才能买票，我单位在安徽合肥，坐火车要一天才能到，怎么来得及。他就对我说，机票我们解决，你只要提前到机场，出示工作证就能登机来北京。第二天 8 月 3 日，我很早到了机场，果然出示了工作证拿到了机票登上了飞北京的飞机。”①

温元凯还陈述了自己被选中的原因：“1977 年 6 月，我给当时担任中国科学院副院长的方毅写信，内容是关于加强基础化学研究方面的。没想到，方毅给我回了信，而且同时通知中国科技大学的党委，要党委支持我的基础化学研究。我后来才知道，是方毅推荐了我参加邓小平召集的科教工作座谈会。”

---

①　《温元凯：我向邓小平提出了恢复高考十六字方针》，见《中国网财经》2018年7月17日。

这次座谈会是邓小平公开复出后组织的第一次重要活动。邓小平复出后的第一次公开亮相是7月30日晚在北京工人体育场举行的北京国际足球友好邀请赛闭幕式上，成为当时最震撼的新闻。而这次座谈会是真正解决重大问题的。

座谈会会风新颖活泼，一反惯例，没有像传统那样有领导长篇报告讲话，而是让大家可随时插话，畅所欲言。沈克琦回忆："8月4日上午座谈会一开始，小平同志首先开宗明义地讲了一段开场白：这次会议四五十岁的人占多数，比我岁数大的只有两三位，我看有希望。跟各位打招呼了没有？这次会议没有别的意思，就是想听听大家的意见。这个世纪只剩23年时间了，我说超越，至少接近，某些方面能接近、赶上当时的水平。要实现四个现代化，实现赶超任务，从哪里入手呢？前一段我没抓工作，胡思乱想，找了少数人，方毅、李昌、邓力群，吹了一下。我的想法是从科研、教育入手，不从科研、教育入手，实现赶超是空话。教育只抓大学，不抓中小学不行。小平同志认为好的大学生来自中学，好的中学生来自小学，恐怕有好多知识，至少算术、理化在中小学要打好基础。科研不从教育入手也不行，有的科研人员可以从生产单位选拔培养，但大量的还是从大学来，特别是尖端的、理论方面的，所以要把大、中、小学搞好。小平同志接着说：科研怎么搞得更快更好些？教育怎么符合现代化和赶超的要求？包括学制、教材、教员的来源、办学的方针和具体措施都有些什么想法？大家想说什么就说什么，不必长篇大论。十年文革，四人帮的破坏很厉害，这是中国的一大灾难。科技，特别是教育，要把损失夺回来所花费的精力会更大。要从小学入手，五年初步见效，十年中等见效，十五年见大效。在中央分工时，我自告奋勇管科教，方毅同志和我一块儿搞。具体事情是他主管这个口，我的任务就是放空炮，助点威风。说到这里，大家觉得会议气氛一下轻松了许多。小平同志再次强调就是这个题目，发言可长可短，可插话，什么话都可以讲，没有棍子，要消灭棍子。不但没有棍子，现在的三个公司都要丢掉（指制造棍子的钢铁公司、乱扣帽子的帽子公司和事后给人穿小鞋的鞋子公司）。小平同志这段话为座谈会营造了极好的气氛。小平同志说：先通知大家准备一下，接下来的会议请方毅同志主持，自由发表意见。凡有时间，我一定到。我不可能上、下午都到，至少记录我可以看到。”①

邓小平讲了这些话以后，大家都明白了这个会议的主题：一是科研怎样才能搞得更快一些，一是教育怎样搞才能合乎四个现代化的要求，要求大家就如何搞好教育提出具体措施来。

邓小平的开场白轻松幽默，畅怀坦诚，但会议刚开始时，发言并不热烈。温元凯说：“没想到的是邓小平请大家发言，没人开口，冷场了好几分钟。因为当时‘文化大革命’的阴影仍然笼罩在中国的上空，科学家和老教授们都刚从牛棚里走出来，都心有余悸。主持会议的中国科学院副院长方毅一看气氛有点尴尬，就说我们能不能先请年纪大的老先生先讲，请 82 岁的南开大学校长杨石先教授先发言，没料杨石先教授一发言就拼命检讨，说我是资产阶级世界观没改造好，一定要进一步下工厂到农村，接受工人贫下中农再教育云云。我观察了邓小平的反应，邓小平直皱眉头，但也不好意思打断老人家的发言。第二位我记得是复旦大学校长著名数学家苏步青发言，苏老比较有技巧，他用发牢骚的方式反映了情况，他说小平

① 陈芳著《拜访京华名家》，中央文献出版社，2012年，7—8页。

同志，我苏步青在国际数学界也应算个权威了吧。数学界称我们复旦大学苏步青微分几何学派，我原先在复旦大学有一个数学研究所，有十八位中青年教师，教授、副教授、讲师、助教，复旦有人称是苏步青门下‘十八罗汉’，‘文化大革命’一来，批判我们理论脱离实际，数学研究所解散，十八位中青年教师全部下放工厂农村，我苏步青成了光杆司令，怎么做研究啊？邓小平听完苏步青发言，立即转身向坐在他旁侧的教育部部长刘西尧说，苏老的助手，苏老点名，全部调回，一个科学家怎么能没有助手呢？”①

前两天，专家大多表现得都比较拘谨，只讲一些不太敏感的小问题，而且是专业话题居多。因为“文化大革命”刚结束，与会者大都心有余悸。随着会议的逐渐深入，涉及实质性的发言才开始出现，如在议论到现有招生制度时，邹承鲁先生说：“现行的招生办法：群众推荐是走形式，领导批准实际是走后门的合法根据，没有考试制度，后门是堵不住的。”杨石先等人对现有高校的教材、师资和新生质量提出了批评。

邓小平接话说：“要把国外先进的科学技术成果放到教材里去，把数理化和外文的基础打好。小学、中学的水平提高了，大学的情况就不同了。对上山下乡知识青年中通过自学达到了较高水平的人，要研究用什么办法、经过什么途径选拔回来。这种人成千上万，要非常注意这部分人，爱护这部分人，千方百计把他们招回来上大学或当研究生。不要定什么名额，这样的人有多少就选多少，可以在名额之外。今年来不及，就从明年开始，大学可以直接从高中招生，

① 朱悦华采访温元凯，《恢复高考39年前，那不能忘却的记忆》，见《北京日报·公道》，2016年6月7日。

也包括从社会上招好的青年。还要保留现在工农兵进大学的办法，在重点大学开一两个班进行比较。重点应该放在直接从高中招生这个方面。大学要办得活一点。有些青年成绩好，没毕业就可以当研究生。好的班也可以全班转入研究生。过几年后，大学要重点培养研究生。这样做，研究人员成长得快。这是个方针问题。这样出人才会快些。我相信中国人聪明，会大量出人才的。我们太落后了，我们自己要谦虚一点，说老实话，吹不得牛。”①

从 6 日开始，科教座谈会掀起高潮，攻坚克难的焦点话题一个一个展现。

一、何东昌 8 月 6 日上午忧虑发言，为查全性下午慷慨激昂做了铺垫

何东昌

8 月 7 日，本次会议的简报组罕见地为 8 月 6 日座谈会内容发了三期简报。说明这天会议内容非常丰富，也非常重要。对于这天会议之繁多，查全性的回忆也有呼应。他说，在 8 月 6 日上午，时任清华大学党委副书记的何东昌在会上忧虑地说：现在，清华的新生文化素质太差，许多学生只是小学水平，还得补习中学课程。邓小平接上话头：那就干脆叫“清华中学”、“清华小学”，还叫什么大学。②

何东昌继续说道：

对十七年和十一年的估计还没解决好，教师普遍持观望态

① 《邓小平决策恢复高考讲话谈话指示集（1977年5月—12月）》，11页。
② 《查全性：恢复高考第一人》，《团结报 · 文史e家》，2017年6月7日。

度，不能甩开膀子大干。希望全国教育工作会议能明确地回答：1.十七年到底黑在什么地方？哪些是黑的，哪些还是正确的？2.十一年哪些是新生事物，必须坚持？3.“四人帮”的干扰、破坏究竟在些什么地方？

从高中直接上大学的，要多安排一点劳动，外语的基础还要加强，负担又不能太重，考虑到这些，大学一般还是5年为好。

清华这几年把教师都分到班上，几个教师包一个班，三年一包到底，各门课都要你教。“教师越教越宽，学生越学越窄！”“文化大革命”前，清华2500名教师，教1万名学生，还有30%的教师搞科研。现在学生程度悬殊，教材年年要编，3600名教师，教9000名学生，科研很少，还累得不行。有的教师说：“四人帮”把我们骂臭了、累垮了。

办重点大学，在措施上要真正重视起来。在学生生源上，要有一个优先挑选的办法。经费、物资上要有重点照顾。领导体制，建议党的工作归地方党委，行政业务归教育部。

何东昌是清华大学实力派人物，也是个老清华。浙江诸暨市安华镇矿亭村人，1941年考入西南联合大学电机系，后转航空系。1947年到北洋大学（今天津大学）任老师，次年转入清华大学任教。新中国成立后任清华党总支负责人，1951年2月任清华大学党委书记，并创建工程物理系兼任系主任。在“文化大革命”中，以“右倾回潮”的名义受到迫害。1977年5月中旬复出，任清华大学党委副书记，革委会副主任。他对清华大学情况非常熟悉，又敢于讲话。1982年起出任教育部部长等职，此是后话。

来自上海交通大学的吴健中与何东昌几乎同一观点，他说：

> 教育战线“文化大革命”前十七年和以后的十一年究竟应当怎样估计？下面议论是很多的。十七年培养了那么大量的知识分子，现在大都是各条战线的骨干，为什么还说是基本上没有执行毛主席革命路线呢？各条战线尽管受修正主义路线的干扰有轻重之分，但却同样是在毛主席革命路线的指引下，为什么其他各条战线如科技、卫生等都是以红线为主，惟独教育成了黑线统治呢？①

沈克琦、查全性等对于何东昌和吴健中的发言感同身受，特别是邓小平赞同性的插话更使查全性为之震动。他原本在笔记本上已勾勒出发言要点，与会者的肺腑之言促使他进一步思考，更让他感到面对混乱的教育现状必须大声讲出自己的观点来。

二、查全性语惊四座，引发邓小平转折性表态

上午会议气氛热烈，下午会议掀起波澜。查全性副教授拿出笔记本所列大纲面对邓小平和与会者，慷慨陈言。查先生认为，当前的大学招生方法存在严重问题，应采取坚决的措施予以改进，以使新生的质量得到切实保证。

查全性

查先生开门见山，一语中的。他说：招生是保证大学教育质量的第一关。它的作用，就像工厂原材料的检验一样，不合格的原材料，就不可能生产出合格的产品。当前新生的质量没有保证，其原因：

---

① 以上何东昌、吴健中的发言见《高考文献（下）》，23—25页。

一是中小学的质量不高，二是招生制度有问题。但主要矛盾还是招生制度。不是没有合格的人才可以招收，而是现行制度招不到合格的人才。如果，我们改进了招生制度，每年从600万名的应届高中毕业生和大量的知识青年、青年工人中，招收20多万合格的学生是完全可能的。这里所谓的20万，是因为国家计划每年招收20万大学生。

查先生继续说道：

现行的招生制度，有四个严重弊病：（1）埋没人才。一些热爱科学、有前途的青年选不上来，而那些不想读书、文化程度又不高的人，却占去了招生名额，这是极不合理的。（2）从阶级路线上看，现行招生制度卡了工农子弟上大学，他们如果没有特殊关系是上不了大学的，这一点比“文化大革命”以前还严重。群众反映说：“新中国成立前上大学靠钱，十七年靠分，现在靠权。新中国成立前，我们没有钱，现在没有权，靠分还能有份。”（3）坏了社会风气，助长了不正之风，而且越演越烈。据我所知，今年招生还没有开始，但已经有人在请客送礼，走后门。制度不改，走后门不正之风刹不住。（4）严重影响了中小学学生和教师的积极性。现在，甚至连小学生也知道，今后上大学不需凭文化，只要有个好爸爸。

查全性还就改进招生制度，提出了建议。他认为：

招生的总原则，应该是在无产阶级政治挂帅的前提下，要从制度上保证录取政治上、业务上优秀的青年，要不拘一格选人才。应当建立全国统一的报考招生制度，并应体现以下精神：

（1）名额不要下到基层，由省、市、自治区掌握。现在名额分配上很不合理，走后门很严重。“多的撑死，少的饿死”。（2）按照高中文化程度统一考试，并要严防泄漏试题。考试要从实际出发，重点考语文和数学，其次是物理、化学和外文可以暂时要求低一点。从语文和数学的成绩，可以看出学生文化

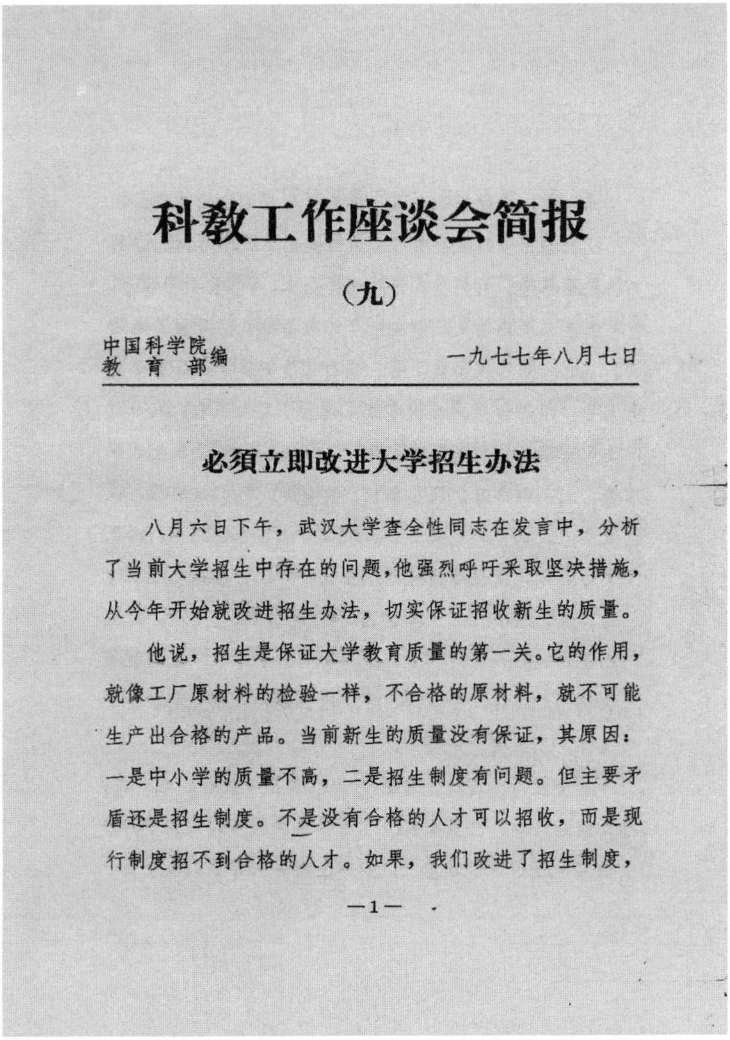

科教工作座谈会简报

（九）

中国科学院
教　育　部编　　一九七七年八月七日

必须立即改进大学招生办法

八月六日下午，武汉大学查全性同志在发言中，分析了当前大学招生中存在的问题，他强烈呼吁采取坚决措施，从今年开始就改进招生办法，切实保证招收新生的质量。

他说，招生是保证大学教育质量的第一关。它的作用，就像工厂原材料的检验一样，不合格的原材料，就不可能生产出合格的产品。当前新生的质量没有保证，其原因：一是中小学的质量不高，二是招生制度有问题。但主要矛盾还是招生制度。不是没有合格的人才可以招收，而是现行制度招不到合格的人才。如果，我们改进了招生制度，

—1—

《科教工作座谈会简报（九）〈必须立即改进大学招生办法〉》

程度和抽象思维能力。（3）真正做到广大青年有机会报考和志愿选择专业。学生可以从应届高中毕业生中招，也可以从社会青年中招。有些人没有上过高中但实际上达到了高中的程度，可不受资历的限制。各级领导、各单位，对于确有培养前途的优秀青年，要支持他们报考大学，不得阻挠。

查全性认为，只要采取了这些措施，今年新生的质量，就会大为改观，收到十分显著的效果。他情绪激昂，再三强调：我们一定要当机立断，只争朝夕，今年能办的就不要拖到明年去办。①

查全性的发言直指要害——废弃高考。推荐上大学是中央文件所提出，毛泽东主席倡导且同意的。座谈会期间，“两个凡是”风行其时，俨然是那个时候的政治风向标。在这样的场合，他如此大胆的讲话显然有很大的风险。查事后回忆，对于这些话他早有思考，之所以大胆讲出来，也是受会议气氛感染，邓小平虚怀若谷，诚心诚意听取意见所致。

查全性回家后把会议的情况跟家人说了。他的大儿子担忧地说：“假如再搞‘反右’，你肯定就是头号大右派了。”

查全性何许人也？查原籍安徽泾县，出生在江苏南京，毕业于武汉大学化学系，1957 年赴苏联莫斯科大学进修过。参加会议时为武汉大学副教授，化学系革委会副主任。他敢于讲话，善于讲话，这也是教育部请他与会的主要原因。查全性为书香之家，其祖父查秉钧为清朝翰林，父亲查谦为赴美留学的物理学家。如果再上溯其远祖明末的查继佐，则是一位学问渊博，具有高度民族气节的志士

---

① 见《高考文献（下）》，25—26页。

仁人。

再回到原来话题，就在这次座谈会召开前夕，当年的全国高等学校招生会已经开过，招生办法依然沿用“自愿报名、群众推荐、领导批准、学校复审”十六字方针。查先生有可能不知道，在座谈会开始的当天，即 8 月 4 日，招生工作的文件已报送到国务院审批。也就是说，1977 年大学招生，按照“文化大革命”时期的办法几成定局。

听完查全性的发言后，邓小平点头赞同，然后环视四周问道：“大家对这件事有什么意见？”吴文俊、王大珩、沈克琦、温元凯等纷纷表态赞同，其他与会人士几乎都沿着查的发言主线在补充着同样的问题，形成了齐声呼应的局面。沈克琦再次强调，现在的招生制度对高等教育影响很大，有些学生甚至不够小学毕业生的水平，无论教师如何努力，学生的整体学业水平与大学相去甚远。还在前一天，邹承鲁就说，群众推荐是走形式，领导批准实际是走后门的“合法”依据，没有考试制度，后门是堵不住的。这时，教育部长刘西尧说：“原来想今年文化程度要求达到高中毕业，名额分配到县。自由报考问题，我赞成南翔同志的意见，但马上要做，还要具体化。”

小平同志其实有点担心：今年招生会已开过，准备工作也做得差不多了。便转头问刘西尧：“今年就恢复高考，还来得及吗？”刘西尧回答：“假如推迟开学，还来得及”。查全性又赶紧插话：“还来得及！今年的招生宁可晚两个月，不然又招 20 多万不合格的。”与会者纷纷表示同样的意见，要求今年改。

邓小平早已看到了“文化大革命”那套招生方法的弊端，早已认定招生非改革不可。但考虑到兹事体大，在开会议之前他设想是做好一年时间的准备。他曾经对方毅、刘西尧说过：同意今年的招生基本上还按原来的办法。一年准备，从明年开始两条腿走路，一半直接招生，一半从别的路子来。然而，当他看到听到专家学者如此迫切决绝，如此慷慨激昂，且声声肺腑之言，句句在理在心，完全忧国忧民，便马上调整既定思路，在会上当场拍板："既然今年还有时间改，就坚决改嘛！把太原招生会议的报告收回来，根据大家的意见修改！这涉及几百万人的问题，要拿出一个办法来，既可以把优秀人才拿上来，又要不致引起波动。你们研究一下，这个方法应当找出来。要求质量，重点学校要统一招生；允许报3个志愿，到校后再分专业。今年开始就改，不要等了。"

邓小平的话音刚落，全场响起热烈的掌声，据说这是座谈会第一次长时间的鼓掌。

三、温元凯建言修改"十六字招生方针"

温元凯

既然要恢复高考招生，那么等于事实上推翻了文革中形成的"自愿报名，群众推荐，领导批准，学校复审"的十六字方针。有鉴于此，机灵的温元凯在会上马上提出了建议。温元凯这样回忆："记得是一个下午的时候，我利用插话的机会，说我还有话要补充，邓小平说可以。我说高考制度要改革，并提出了十六个字的高考恢复方案。这十六个字叫作'自愿报考，领导批准，严格考试，择优录取'。没想到邓小平听完我发言后当场讲，温元凯，至少采纳你四分之三。我们大家都一愣，什么叫四分之三。邓小平说，第二句领导批准可以拿掉，考大学是每个人的权利，不需要领导批准。”①

“自愿报名，严格考试，择优录取”新的十二字方针，只保留了原来招生方针中的“自愿报名”四字。最关键的是后面八字的刚性招生标准，且更具操作性；这一招生方法对中小学教育乃至其他行业也起引领性作用。

温元凯是江苏无锡人士，1968 年毕业于南京大学化学系，其后进入中国科技大学任教，并在化学基础理论研究领域崭露头角，但莫名其妙地受到压制。1977 年 4 月，他给时任中科院副院长的方毅写信，讲述了自己的科研成果和内心苦衷，不想方毅在亲笔回信给他的同时，也把信寄送给中国科学技术大学党委会。他之所以成为本次会议邀请的最年轻代表，他自己也认为，当与这段经历有一定关系。

四、只有否定“两个估计”，恢复高考才能全面推进

8 月 6 日，邓小平和教育部及与会专家就废除推荐，恢复高考达成共识。专家们心情激荡澎湃。然而要使这个聚焦点有法理依据，必须推翻 1971 年形成，且经过最高领导同意的《全国教育工作会议纪要》。因为《纪要》中的“两个估计”束缚着中国的知识分子，是把知识分子打入另册的中央文件。

8 月 7 日以来，座谈会的主题转变为揭露和推翻“两个估计”。

---

① 《温元凯：我向邓小平提出恢复高考十六字方针》，中国网财经2018年7月17日。

大家认为，打倒了“四人帮”，思想大解放，但是教育战线思想并没有解放；各行各业大干快上，而教育战线还迈不开步。什么原因呢？大家认为，关键是如何正确地估价“文化大革命”以前的十七年和“文化大革命”以后的十一年。只有正确定位，这样才能调动广大干部知识分子和教师的积极性。

金善宝

本次年龄最大的与会者，82岁的中国农业科学院院长金善宝，结合自己终身从事农业教学和科研工作的经历，旗帜鲜明地亮明自己的观点：“新中国成立前，农学院没有几个，新中国成立后我国农业教育有了很大的发展，现在每省都有农学院，培养了许多人才。新中国成立后，在毛主席领导下，开始了土改、农业合作化的运动，我们农业院校都坚决拥护的，并积极帮助农村搞规划，发展生产，这些都是红线。教育和科技是孪生兄弟，科技是红线，教育也应当是红线。修正主义路线确有严重干扰，那也应当‘三七’开。”①

金善宝是浙江诸暨枫桥石硖口村人，著名农学家、教育家，中国现代小麦科学的主要奠基人。本科毕业于东南大学，后赴美国康奈尔大学、明尼苏达大学留学。著作颇丰，培育了多个小麦品种。在50年代起，长期担任农学院院长和农业科学研究院院长，为新中国培养了大量农业管理和科研人才，在农业科学和教育界声望卓著，因而他的发言颇具影响。

与会者对教育部已形成的《教育革命汇报提纲》提出了尖锐的

① 《高考文献（下）》，27页。

意见。说看了教育部的汇报提纲，感到很失望。我们等了九个月，等来了这样一个提纲，感到不满意，不解渴，不鼓舞人心，通不过。大家一致要求，对十七年和十一年的问题一定要讲清楚。成绩要讲够，问题要讲透，是非要分清，要害要抓准。否则，路线是非不清，无所适从，方向不明，劲不知往哪使。

当然，“两个估计”是中央发过文件的，任专家们意见满腹，也只能发泄而已。要真正推翻这荒谬的“两个估计”，必须要有魄力和威望的高层领导人来启动。在这关键时刻邓小平再现英雄本色。在 8 月 8 日的会议上，邓小平直面“两个估计”，又顾及当时实际，使用了政治家的语言：

> 毛泽东同志在“文化大革命”以前的大部分时间里，对科学研究工作、文化教育工作的一系列指示，基本精神是鼓励，是提倡，是估计到我们知识分子中的绝大多数是好的，是为社会主义服务或愿意为社会主义服务的。在一九五七年以后讲过一些过头话，但在六十年代初期，他还是支持科学十四条、高等学校六十条这些的。我们要把毛泽东同志在教育方面的主导思想，在知识分子问题上的主导思想讲清楚。毛泽东思想是我们一切领域的指导思想，应当从总体方面完整地准确地表达出来。这是很重要的。对全国教育战线十七年的工作怎样估计？我看，主导方面的红线。应当肯定，十七年中绝大多数知识分子，不管是科学工作者还是教育工作者，在毛泽东思想的光辉照耀下，在党的正确领导下，辛勤劳动，努力工作，取得了很大成绩。特别是教育工作者，他们的劳动更辛苦。现在差不多各条战线的骨干力量，大都是建国以后我们自己培养的，特别是前十几

年培养出来的。如果对十七年不做这样的估计，就无法解释我们所取得的一切成就了。

邓小平对知识分子平反时，还幽默地以自己为例。他说：无论是从事科研工作，还是从事教育工作的，都是劳动者……要尊重劳动，尊重人才。毛泽东同志不赞成“天才论”，但不是反对尊重人才。他对我评价时就讲过“人才难得”。扪心自问，这个评价过高。但这句话也说明人才是重要的，毛泽东同志是尊重人才的。要珍视劳动，珍视人才，人才难得呀！毛泽东同志说，“老九”不能走。这就对了。知识分子的名誉要恢复。

邓小平最后着重强调了今年的高校招生。他说：“今年就要下决心恢复从高中毕业生中直接招考学生，不要再搞群众推荐。从高中直接招生，我看可能是早出人才、早出成果的一个好办法。”①

瞬间质变的发生，还要量变积聚到一定程度才有可能。

① 以上所引见《邓小平文选》第二卷《关于科学和教育工作的几点意见》，人民出版社，1994年。

重开招生会，恢复高考阻力重重

科教座谈会议一结束，邓小平指示教育部立即做好两件大事。

第一件，以教育部名义向国务院报送《关于推迟招生和新生开学时间的请示报告》，将高等学校和中专推迟到第四季度招生，1977 年录取的新生推迟到 1978 年的二月底前入学，推迟三个月（包括寒假）。此文由教育部第一副部长雍文涛签发，国务院 8 月 16 日收到。8 月 18 日，邓小平在教育部请示报告上写上："这是经过考虑，为了保证重点大学学生质量而商定的。拟同意。"批送报党中央主席华国锋，副主席叶剑英、李先念、汪东兴，还有时任国务院副总理纪登奎、吴德、余秋里、谷牧。当天，这批领导齐刷刷圈阅同意。据此教育部将推迟招生立即通知到各省、市、自治区和中央有关部委。这第一件事得到快速落实。

第二件事，邓小平让教育部发出紧急通知，重开招生工作座谈会。到会的有各省、市、自治区教育部门和招生部门负责人，以及国务院有关部委和一些高校代表，共计 80 余人。这第二件事就颇费周章，困难重重了，且有几个标志载入史册：

第一，一年召开两次全国性招生会议，为新中国成立以来唯一。

第二，会期破天荒地长。从 1977 年 8 月 13 日开始，至 9 月 25

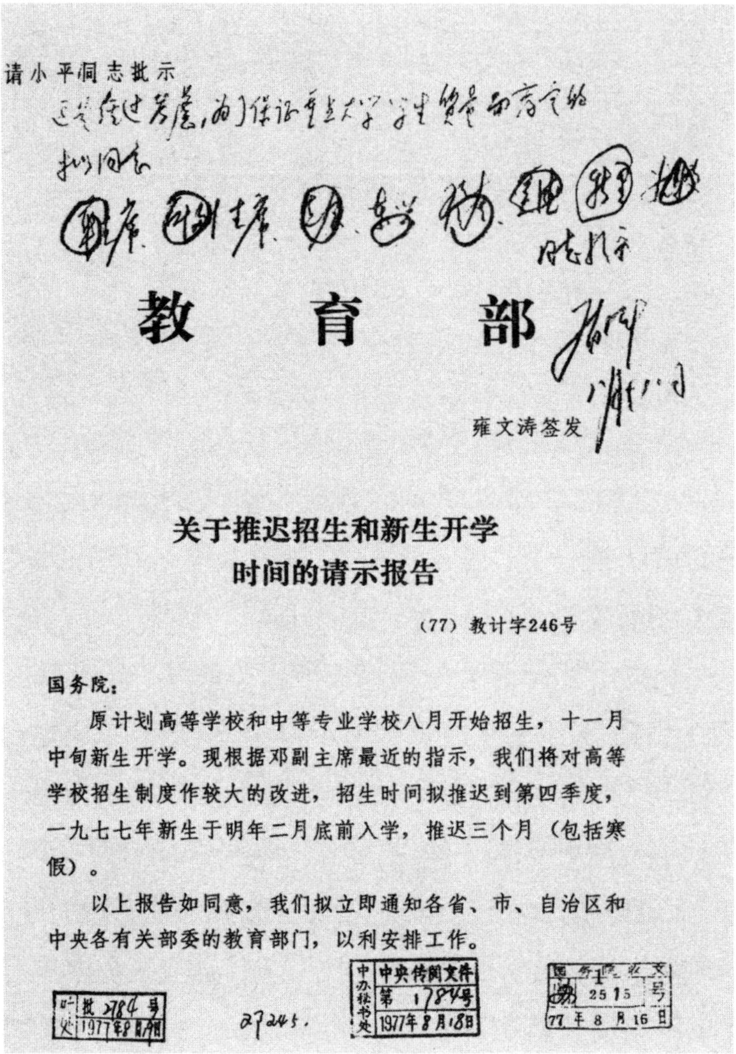
请小平同志批示

教育部

雍文涛签发

关于推迟招生和新生开学时间的请示报告

（77）教计字246号

国务院：

原计划高等学校和中等专业学校八月开始招生，十一月中旬新生开学。现根据邓副主席最近的指示，我们将对高等学校招生制度作较大的改进，招生时间拟推迟到第四季度，一九七七年新生于明年二月底前入学，推迟三个月（包括寒假）。

以上报告如同意，我们拟立即通知各省、市、自治区和中央各有关部委的教育部门，以利安排工作。

中办秘书处 中央传阅文件 第1784号 1977年8月18日

国务院收文 2515号 77年8月16日

1977 年 8 月 18 日邓小平在教育部《关于推迟招生和新生开学时间的请示报告》上的批示手迹

日结束，从酷暑难耐到秋风送爽，历时 45 天。

第三，三易会址。先在北京饭店，再转前门饭店，后又换到友谊宾馆。

这次会议之争论不休是有各种原因的。一是正在举行的十一大，还未否定“文化大革命”，还坚持以“阶级斗争为纲”和“文化大革命理论”，“两个凡是”有相当大的影响，特别是对时任教育部长影响很大。二是与会对象成分复杂，有老干部的，有工宣队的，有军宣队的，有年轻造反派的，也有业务干部，他们对邓小平 8 月 8 日讲话认识有差别，有些人清楚，有些人模糊，有些人想不通，也有人持抵触情绪，并出现反对意见。三是教育部主要负责人对不同意见的争论始终摇摆不定，没有一个明确而果断的态度。会上所发简报，所写“汇报提纲”还是按照 1971 年的会议《纪要》框子，抱住《纪要》不放。

这次会议争论的主要问题，杨学为在其所著《中国高考史述论》第 247 页作了概括：（1）“两个估计”问题，以及“文化大革命”前的所谓“修正主义路线”问题。（2）招应届高中毕业生与毛主席的“七·二一指示”的关系问题，以及知识青年上山下乡问题。（3）废除推荐与“正确对待文化大革命”的问题，恢复考试与执行“修正主义路线”的“智育第一”、“分数精神”的问题，以及如何认识毛泽东对考试的批评问题。

会议议而不决，分歧严重，会期一拖再拖，科技教育座谈会达成的意见在具体落实时遭到重重阻力，无法贯彻下去。有人写打油诗调侃：“招生会议两度开，众说纷纭难编排。虽说东风强有力，玉（育）门紧闭吹不开。”

既然邓小平已经打破了坚冰，主管部门为什么不顺势而为，破浪前进呢？终于，有识之士出手了。这个人就是《人民日报》派驻会议的资深记者穆扬。

穆扬在会上会下了解到大多数与会者都认为应恢复高考，但一股强大的势力依然固守成见，迈不出步伐。这当中最大的行政阻碍是那个经毛泽东圈阅同意，并以中央文件下发的全教会《纪要》，这是推荐上大学的金科玉律。当时会议的状况，相当数量的人从骨子里赞成必须恢复高考，但公开站出来，冲击这“金科玉律”的还是“大音稀声”。为此，穆扬找到思想比较开放，驻会的教育部副部长雍文涛，并说：“照这个样子，会议开不下去了，我想写个内参给中央。”雍爽快地回答：“你要想写，可以写。”

穆扬于是在9月3日下午，邀请了正在与会且参加过1971年全教会的6位人士座谈，这6个人是亲历者，知晓“两个估计”的出笼经过。他们是：陕西省的文鉴白，浙江省的陈惠滋，河北省的刘龙祥，福建省的张惠中，吉林省的王野平，石化部的于文达。

座谈会发言热烈，整整开了一个下午。穆扬连夜将会议意见作了整理。参会者提供了“两个估计”形成的经过和细节，并一致表示：不推翻“两个估计”，这次招生会就无法深入，恢复高考就可能无法实施。《人民日报》在9月15日，将穆扬整理的会议记录以《情况汇编》（特刊第628期）上报中央，题目是《全教会〈纪要〉是怎么产生的？》，全文2600多字，详细写明了“四人帮”操纵“两个估计”的背景。无疑，这期内参列明了“四人帮”炮制“两个估计”的事实依据，从而为中央领导否定“两个估计”提供了有力的支持。

穆扬在调查“两个估计”时遭到教育部长刘西尧的反对。刘西尧在1977年9月25日招生工作会议上也公开作了检讨：“《人民日报》的同志提出要弄清《纪要》产生的政治历史背景和情况，我还错误地认为，这是经过政治局讨论，毛主席批示同意，我们不好搞。”①

① 《高考文献（下）》，64页。

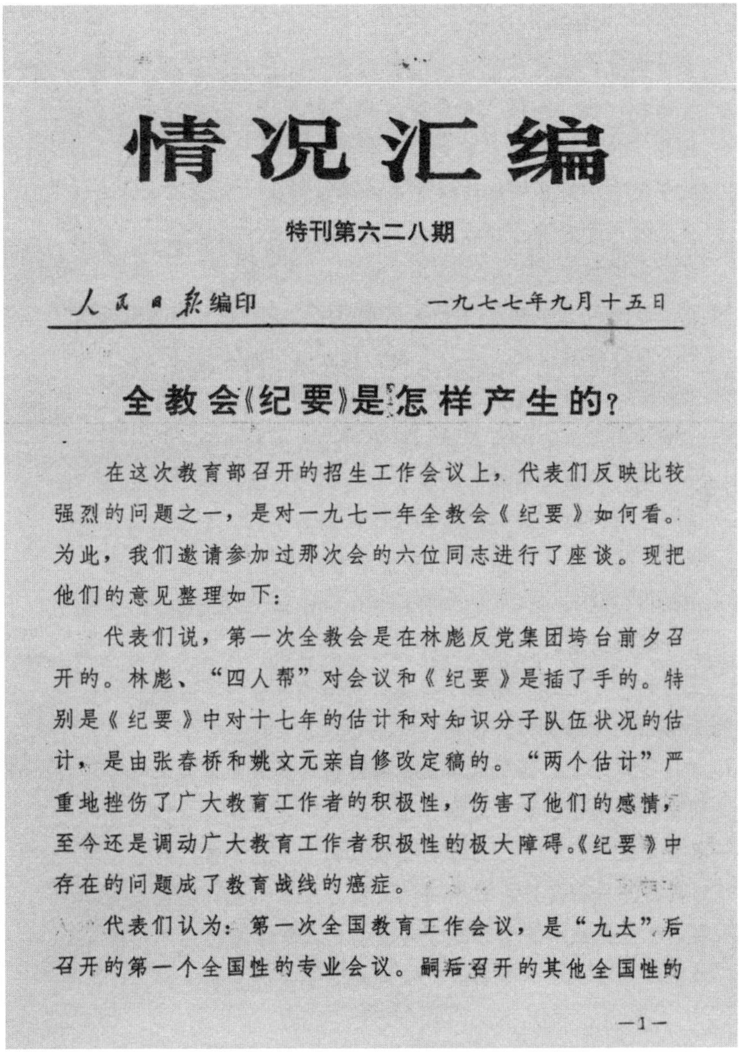

情况汇编

特刊第六二八期

人民日报编印　　一九七七年九月十五日

全教会《纪要》是怎样产生的？

在这次教育部召开的招生工作会议上，代表们反映比较强烈的问题之一，是对一九七一年全教会《纪要》如何看。为此，我们邀请参加过那次会的六位同志进行了座谈。现把他们的意见整理如下：

代表们说，第一次全教会是在林彪反党集团垮台前夕召开的。林彪、“四人帮”对会议和《纪要》是插了手的。特别是《纪要》中对十七年的估计和对知识分子队伍状况的估计，是由张春桥和姚文元亲自修改定稿的。“两个估计”严重地挫伤了广大教育工作者的积极性，伤害了他们的感情，至今还是调动广大教育工作者积极性的极大障碍。《纪要》中存在的问题成了教育战线的癌症。

代表们认为：第一次全国教育工作会议，是“九大”后召开的第一个全国性的专业会议。嗣后召开的其他全国性的

—1—

1977 年 9 月 15 日《人民日报·特刊》第 628 期情况汇编《全教会〈纪要〉是怎样产生的？》

穆扬在稍后又起草了 1977 年 10 月 21 日《人民日报》社论《搞好大学招生是全国人民的希望》，并由邓小平亲自审定。穆扬是恢复高考史上应该记上一笔的人物。

会议期间，教育部长刘西尧就会议的安排和大学招生等问题曾

专门给邓小平写了信和报告。报告说：“邓副主席：遵照您的指示，我们最近做了几件事。一，召开全国招生会议。八月二十八日以前主要是学习讨论您在八月八日的讲话和党的十一大文件，二十八日以后才进入专门讨论招生工作……”

对于刘西尧这一报告，邓小平在9月6日给华国锋主席和叶剑英、李先念、汪东兴写了信。信件说：“我约刘西尧、方毅等同志谈了一下。等他们写好教育问题汇报提纲后，拟提请政治局讨论一次。招生问题很复杂。据调查，现在北京最好中学的高中毕业生，只有过去初中一年级的水平（特别是数学）。所以至少百分之八十的大学生，须在社会上招考，才能保证质量。如何才能避免大的波动，办法正在研究，方案拟定后，拟先送请批准。此件连同中小学教学计划草案，送请你们看看，供作考虑之用。”邓小平未雨绸缪，将下一步方案先按程序报相关领导知晓。

邓小平雷霆震怒，严厉批评教育部

9月15日，教育部向邓小平呈送了《关于一九七七年普通高等学校招生工作的意见》的送审稿。邓看了送审稿，与此同时他看了《人民日报》穆扬所写的那期内参，又通过会议的简报了解到招生工作会议会期一延再延，主题迟迟不决，还是一片乱云飞的混沌状况。

9月19日，邓小平找来了教育部主要负责人刘西尧、雍文涛、李琦等，对他们提出了严肃的批评。邓小平首先放在如何批驳“两个估计”上，邓小平开门见山：

“最近《人民日报》找了六位参加过一九七一年全国教育工作会议的同志座谈，写了一份材料，讲了《全国教育工作会议纪要》产生的经过，很可以看看。《纪要》是姚文元修改，张春桥定稿的。当时不少人对这个《纪要》有意见。《人民日报》记者写的这份材料说明了问题的真相。”

“《纪要》里讲了所谓‘两个估计’，即文化大革命前十七年教育战线是资产阶级专了无产阶级的政，是‘黑线专政’；知识分子的大多数世界观基本上是资产阶级的，是资产阶级知识分子。这个问题究竟怎么看？建国后的十七年，各条战线，包括知识分子比较集中的战线，都是以毛泽东同志为代表的路线占主导地位，惟独你们教育战线不是这样，能说得通吗？《纪要》是毛泽东同志画了圈的。毛泽东同志画了圈，不等于说里面就没有是非问题了。我们不能简单地处理。一九七六年天安门事件涉及那么多人，说是反革命事件，不行嘛！说我是天安门事件的后台，其实，当时我已经不能同外界接触了。《纪要》引用了毛泽东同志的一些话，有许多是断章取义的。《纪要》里还塞进了不少‘四人帮’的东西。对这个《纪要》要进行批判，划清是非界限。我们要准确地完整地理解毛泽东思想的体系。我提出这个问题，可有人反对哩！大家知道，对马克思列宁主义，应该准确地完整地理解它的体系。对毛泽东思想就不这样？也应该如此嘛，否则非犯错误不可。毛泽东同志在延安为中央党校题词，就是‘实事求是’四个大字，这是毛泽东哲学思想的精髓。‘两个估计’是不符合实际的。怎么能把几百万、上千万知识分子一棍子打死呢？”①

邓小平随后直奔主题：“你们的思想没有解放出来。你们管教育的不为广大知识分子说话，还背着‘两个估计’的包袱，将来要摔筋斗的。现在教育工作者对你们教育部有议论，你们要心中有数。要敢于大胆讲话。我在八月八日科学和教育工作座谈会上的那篇讲话，是个大胆的讲话，当然也照顾了一点现实。对我的讲话，有人反对，这不要紧。一个方针政策，总会有人反对和不同意的。他们敢讲出来就好，可以开展辩论嘛！”②

邓小平又以自己改变主意举例，说过去自己也曾讲过，中学毕业实践两年再上学。但实践证明这个方式不行，必须改过来。“为

---

① 《邓小平文选》第二卷，66—67页。
② 出处同上。

什么要直接招生呢？道理很简单，就是不能中断学习的连续性。十八到二十岁正是学习的最好时期。过去我和外宾也讲过，中学毕业后劳动两年如何如何好。实践证明，劳动两年以后，原来学的东西丢掉了一半，浪费了时间。”

随后邓小平苦口婆心地告诫教育部：“教育部要争取主动。你们还没有取得主动，至少说明你们胆子小，怕又跟着我犯‘错误’。我知道科学、教育是难搞的，但是我自告奋勇来抓。不抓科学、教育，四个现代化就没有希望，就成为一句空话。抓，要有具体政策、具体措施，解决具体的思想问题和实际问题。你们要放手去抓，大胆去抓，要独立思考，不要东看看、西看看。把问题弄清楚，该怎么办就怎么办。该自己解决的问题，自己解决；解决不了的，报告中央。教育方面的问题成堆，必须理出个头绪来。现在群众劲头起来了，教育部不要成为阻力。教育部首先的问题是要思想一致。赞成中央方针的，就干；不赞成的，就改行。”

话已不能说得再重了，理也讲得足够清楚了，邓小平以他的权威遏制了“左倾”思潮。教育部的主要领导终于有了醍醐灌顶的感觉，终于彻底明白邓小平将排除一切干扰，非在今年恢复高考不可的决心，而且也终于领会了这是中央最高层意见一致的一项重大战略部署。

9 月 25 日，刘西尧在招生工作会议上，既作了检查，又揭发了“四人帮”如何在《纪要》里塞进了“两个估计”黑货。刘西尧说，自己作为 1971 年全教会领导小组的实际主持人（组长李四光，因病未参与，后病故。副组长徐景贤、刘西尧、迟群，徐基本未参与）要承担应有的责任。这里节选如下：

全教会期间和全教会以后，广大干部和群众一直对全教会《纪要》中“四人帮”塞进的黑货，特别是《纪要》中的“两个估计”，提出许多不同意见，表示强烈的不满，不少同志起来进行抵制和斗争，遭到“四人帮”及其黑干将迟群等人的残酷打击和迫害。粉碎“四人帮”以后，同志们再不怕打棍子、戴帽子了，对“两个估计”的不满更加强烈了，迫切希望教育部做出明确的回答。有的同志说粉碎了“四人帮”，我们教育战线的同志膀子才甩开了一半，“两个估计”的问题不解决，各条战线都在甩开膀子大干，我们还甩不开。许多同志来问我，对“两个估计”如何看，虽然我对“两个估计”也有一些看法和考虑，但却总是回答说不能动。而且还以《纪要》是周总理参加过讨论（周总理没同意“两个估计”，杨学为的《中国高考史述论》有论述——编者按），以毛主席批示同意为理由来堵住大家的嘴，在长时间内抱住“两个估计”不放，不敢碰，坚持错误。在我们几次召开的座谈会上，太原招生会议，一直到这次招生会议，我都没有放开手让大家揭发批判由于“四人帮”严重干扰破坏所产生的严重问题，怕这样会否定“文化大革命”和教育革命，实际上是阻碍了对“四人帮”破坏“文化大革命”和教育革命罪行的揭发和批判。我虽然说粉碎了“四人帮”，大家可以敞开思想大胆讲了，不要再怕戴帽子、打棍子了，实际上我仍然抱住《纪要》和“两个估计”不放，仍然压住大家不敢讲话。[①]

至此，内因与外因，主观与客观，形成了强大的合力。

① 见《高考文献（下）》，63页。

邓小平挥笔改政审

教育部呈给邓小平《招生意见》送审稿对考生的政治条件（即“政审标准”）写得繁琐苛刻。这显然受到极“左”思想的影响，特别是“文化大革命”时期“血统论”的影响。《招生意见》送审稿上写着政审标准是：“政治历史清楚，热爱毛主席、热爱华主席，拥护共产党，努力学习马列和毛主席著作，有一定的阶级斗争、路线斗争和继续革命的觉悟，积极参加揭批‘四人帮’的伟大政治斗争，坚持走社会主义道路，积极参加集体生产劳动，遵守革命纪律，联系群众，决心为革命而学习。”

邓小平看到如此重重叠叠的政审条件后十分生气，挥笔将其全部抹掉。1977年9月19日，他对教育部负责人连说了三个“繁琐”！他说：“关于招生的条件，我改了一下。政审，主要看本人的政治表现。政治历史清楚，热爱社会主义，热爱劳动，遵守纪律，决心为革命学习，有这几条，就可以了。总之，招生主要抓两条：第一是本人表现好，第二是择优录取。”

教育部在后来正式上报国务院的《招生意见》送审稿中基本照抄了邓小平这段话。邓小平对政审条件的修改，不仅清除了“文化大革命”时期“四人帮”的流毒，还消除了“文化大革命”前主要是1957年以后“左”的影响。“政审，主要看本人的表现”，这是招生政策上的重大变化。

邓小平事实上已通过《简报》了解到许多与会者对送审稿上的政审标准表述非常不满。如9月16日所发的《省市负责同志对今年招生的建议》中就如此力陈：要“解放思想，好中取优”，要“简化手续，减少漏洞”，并着重提出：“政治审查不要过分求全。”这个建议说：“招生文件稿规定报考的政治条件是：‘政治历史清楚，热爱毛主席、热爱华主席，拥护共产党，努力学习马列和毛主席著作，有一定的阶级斗争、路线斗争和继续革命的觉悟，积极参加揭批四人帮的伟大政治斗争，坚持走社会主义道路，积极参加集体生产劳动，遵守革命纪律，联系群众，决心为革命而学习。’录取时还要审查‘政治表现、家庭出身、直系亲属和有影响的主要社会关系’，并需有证明材料。有同志说，选拔干部、入党也不过如此。现在上大学的青年都是50年代出生的，只要父母没有重大政治问题，本人政治表现、劳动学习好，就可以报考，条件限制太多太高，不但繁琐，而且其中一条不够，例如缺乏某一个证明材料，就可能被取消报考资格。”①

邓小平删繁就简，将政审大大简化的这一妙着，除了其本人厌恶极左那一套以外，也是有着深厚民意基础的。

参与起草高校《招生意见》的杨学为提供了一个有趣的细节：“我们把邓小平写的政审标准拿来后，仔细一看，没有‘拥护共产党’，我们就把‘拥护共产党’加上了。当然他看后也同意。怎么看这件事？他是忘了？还是故意不写？也可能忘了，也可能故意不写。比方说，

① 见《高考文献（下）》，50—51页。

当时人们理解中的拥护共产党，就是‘两个凡是’。如果你不拥护‘两个凡是’，是不是你不拥护共产党呢？所以也可能是故意不写，也可能他是忘了，就把它补上。拿去政治局讨论，就通过了。”[①]

1977 年高校《招生工作意见》关于政审规范的表述是：“政治历史清楚，拥护中国共产党，热爱社会主义，热爱劳动，遵守革命纪律，决心为革命学习。”

① 樊克宁、杨学为对话：《恢复高考，历史记住这条脉络》，《羊城晚报》2007年6月16日。

恢复高考，伟大决策诞生

邓小平1977年9月19日的讲话，简洁、明快、严厉，他明确告诉教育部：会议要尽快结束，招生会议要简化，招生工作意见必须尽快修改出来。“总之，教育部要思想解放，争取主动。过去讲错了的，再讲一下，改过来。拨乱反正，语言要明确，含糊其词不行，解决不了问题。办事要快，不要拖。”

刘西尧将邓小平9月19日的讲话精神向招生会议作了传达，自己也作了初步检查。引起与会代表强烈反响。9月22日所编第15期《招生工作会议简报》作了如此反映：

> 邓副主席19日的重要指示是继8月8日重要讲话后，响彻教育战线的一声春雷，击中了要害，说出了大家早就想说而不敢说的真心话。这次招生会议能得到邓副主席这样重要的指示，是会议的最大收获。有了这些宝贵指示，不但招生工作有了明确的方向，整个教育工作也有了更加明确的方向。邓副主席说，他抓教育要抓到底，这对我们是极大的鼓舞，深刻的教育。粉碎“四人帮”后，各条战线都在甩开膀子大干，教育战线还在抱着膀子看，教育部还在左顾右盼。有了华主席在十一大的

政治报告和邓副主席这些重要指示，我们真是心明眼亮，信心百倍，整个战线广大师生和干部一定会甩开膀子大干了。

邓小平非常清楚，教育部现有负责人对招生工作拨乱反正的认识依然没到位，内部依然有阻力，要求他们修改出像样的《招生工作意见》是有难度的。于是在退回第一个送审稿的同时，邓小平加强了力量，并指派胡乔木、邓力群帮助修改招生工作意见。刘西尧对此也有回忆：

> 邓小平“指定了胡乔木、邓力群等同志帮助我们重新起草，那位坚持写一大段毛泽东理论的同志称病不参加了。经胡、邓的指导、研究，我和李琦与来帮助的吴明瑜等熬了几个通宵，总算写出了一个像样的报告。”①

9 月 25 日，招生工作会议终于结束，形成了《招生工作意见》。这一天，华国锋、叶剑英、邓小平、李先念、汪东兴等党和国家主要领导人接见了出席全国高等学校招生工作会议等代表。应当说这是中央最高层对高考改革重视和支持的一种鲜明态度。

9 月 30 日，教育部将《关于一九七七年高等学校招生工作的意见》的请示送呈邓小平，并送上了为国务院代拟的“国务院转发教育部《关于一九七七年高等学校招生工作的意见》指示稿”。

10 月 3 日，邓小平将以上两份文件报送华国锋。邓小平心切地写上：“华主席，此事较急。请审阅后，批印政治局会议讨论批准。建议近几日内开一次政治局会议，连同《红旗》杂志关于教育的评论员文章（前已送阅）一并讨论。如何，请酌定。”华国锋即批示

---

① 见刘西尧《攀峰与穿雾》，武汉大学出版社，2007年，214—215页。

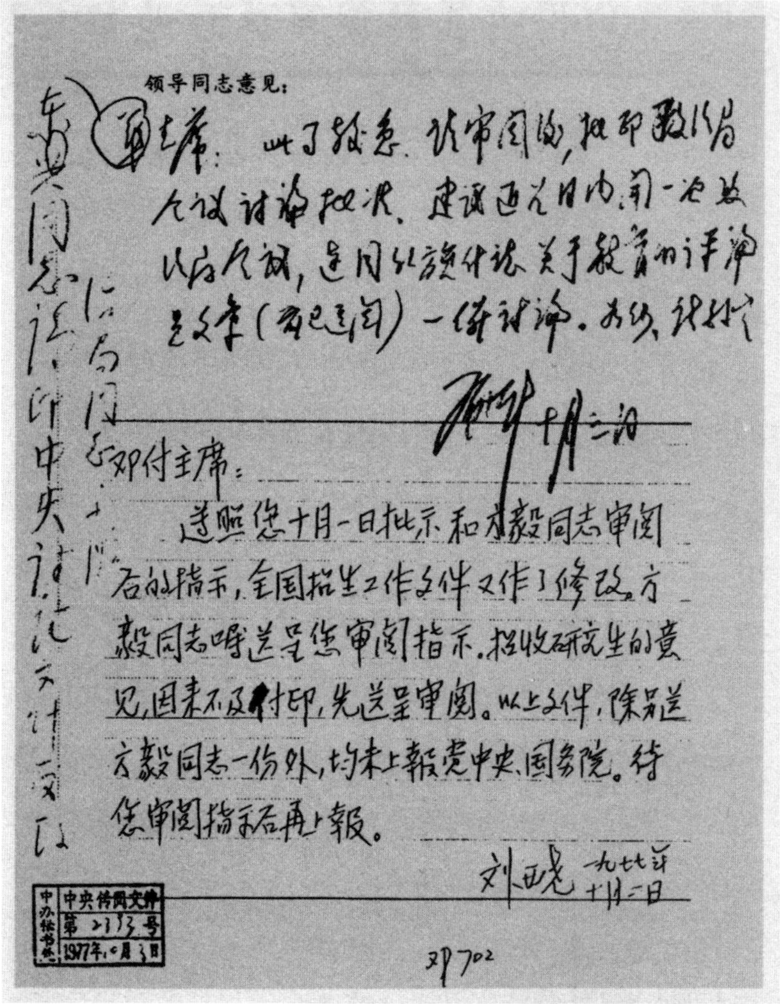

领导同志意见：

邓付主席：

遵照您十月一日批示和方毅同志审阅后的指示，全国招生工作文件又作了修改。方毅同志嘱送呈您审阅指示。招收研究生的意见，因来不及付印，先送呈审阅。以上文件，除另送方毅同志一份外，均未上报党中央、国务院。待您审阅指示后再上报。

刘西尧 一九七七年十月二日

1977 年 10 月 3 日邓小平批转刘西尧报送的高等学校招生工作文件给华国锋的信手迹

汪东兴，将上述文件印送政治局各同志审阅。

10 月 5 日，中央政治局讨论并原则通过教育部《关于一九七七年高等学校招生工作的意见》，并提出了一些修改意见。

10 月 7 日，邓小平在教育部修改后的《招生工作意见》上作了批示：“我看可以。华主席、剑英、先念、东兴、方毅同志核示。

退教育部办。”当天，以上诸位领导圈阅同意。从刘西尧部长送给邓小平的报告上反映出两处修改意见是：1. 应从大学毕业生中选留的研究生年龄，从 28 岁改为 30 岁。2. 考虑到国家正式职工被录取为研究生后，福利劳保待遇不能降低，将“工资关系转入培养单位”一句改为“学习期间由原单位发给原工资”。

10 月 8 日，邓小平在刘西尧《关于一九七七年高等学校招生工作的意见》修改补充意见报告上批示：“拟同意。华主席、剑英、先念、东兴、方毅同志核示。退教育部照改。”

国务院文件

国发〔1977〕112 号

国务院批转教育部关于
一九七七年高等学校招生工作的意见

各省、市、自治区革命委员会，国务院各部委，总政治部，国防科委：

国务院同意教育部《关于一九七七年高等学校招生工作的意见》，现转发给你们，望研究执行。

高等学校招生工作，直接关系大学培养高级专门人材的质量，影响中小学教育，涉及各行各业和千家万户，是一件大事。为快出人材，早出成果，尽快改变教育与社会主义事业发展严重不适应的状况，在本世纪末把我国建设

—1—

教育部关于一九七七年
高等学校招生工作的意见
（一九七七年十月六日）

国务院批转 1977 年招生工作意见（局部）

10 月 12 日，国务院批转教育部《关于一九七七年高等学校招生工作的意见》，文件规定从 1977 年起高校招生制度立即改革，恢复统一考试制度。

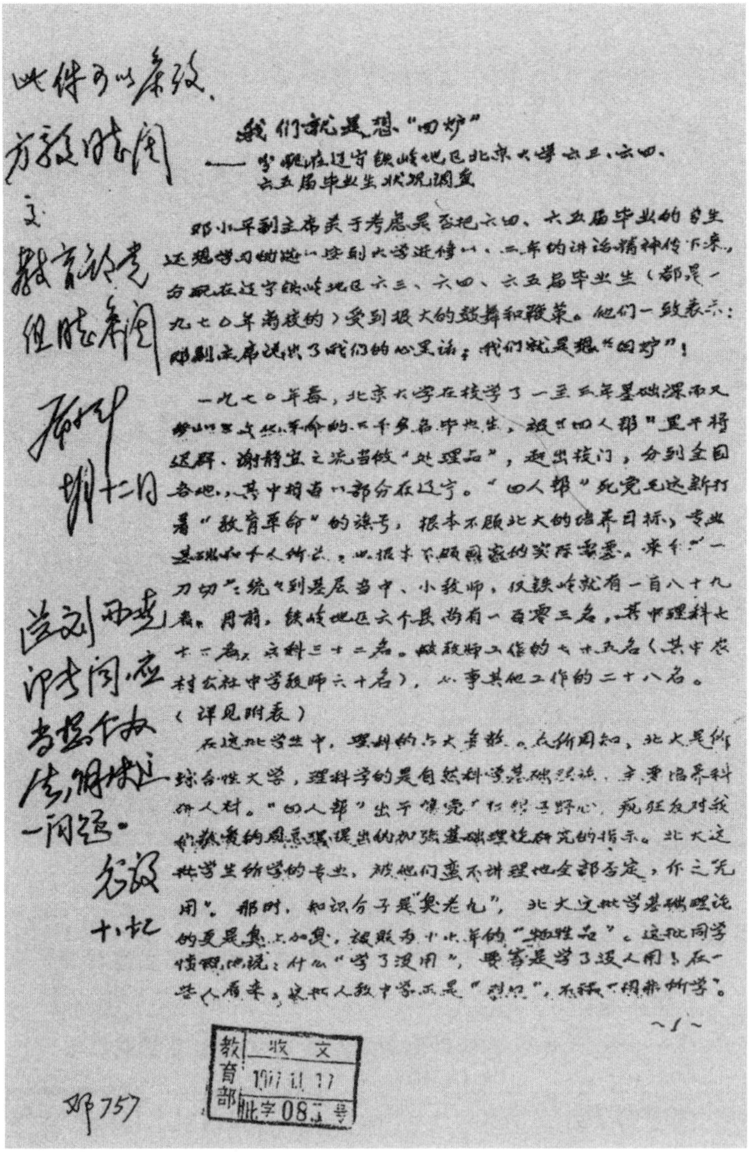
我们就是想"回炉"

——分配在辽宁铁岭地区北京大学六三、六四、六五届毕业生状况调查

邓小平副主席关于考虑是否把六四、六五届毕业的学生还想学习的送一些到大学进修一、二年的讲话精神传下来，分配在辽宁铁岭地区六三、六四、六五届毕业生（都是一九七〇年离校的）受到很大的鼓舞和鞭策。他们一致表示：邓副主席说出了我们的心里话：我们就是想"回炉"！

一九七〇年春，北京大学在校学了一至五年基础课而又参加过文化大革命的六千多名毕业生，被"四人帮"及其爪牙迟群、谢静宜之流当做"处理品"，赶出校门，分到全国各地，其中相当一部分在辽宁。"四人帮"死党毛远新打着"教育革命"的旗号，根本不顾北大的培养目标、专业基础和个人所长，也根本不顾国家的实际需要，采取"一刀切"，统统分到基层当中、小学教师，仅铁岭就有一百八十九名。目前，铁岭地区六个县尚有一百零三名，其中理科七十一名，文科三十二名。做教师工作的七十五名（其中农村公社中学教师六十名），从事其他工作的二十八名。（详见附表）

在这批学生中，理科的占大多数。众所周知，北大是所综合性大学，理科学的是自然科学基础理论，主要培养科研人材。"四人帮"出于篡党夺权的野心，疯狂反对我们敬爱的周总理提出的加强基础理论研究的指示。北大这批学生所学的专业，被他们蛮不讲理地全部否定，作为"无用"。那时，知识分子是"臭老九"，北大这批学基础理论的更是臭上加臭，被贬为十七年的"牺牲品"。这批同学愤慨地说：什么"学了没用"，要害是学了没人用！在一些人看来，这批人教中学还是"对口"，不称"用非所学"。

~1~

教育部 收文 1977.11.17 批字 08 号

邓 757

1977 年 10 月 12 日邓小平在调查材料《我们就是想"回炉"》上的指示手迹

10月13日，邓小平在《人民日报》拟发社论《搞好大学招生是全国人民的希望》送审稿上作指示："华主席、李、汪副主席、耿飚、方毅同志核阅。"

10月21日，新华社发出通稿，公布了北京招生会的消息和国务院批准教育部《关于一九七七年高等学校招生工作的意见》的基本内容。同日的《人民日报》在头版发表了《高等学校招生进行重大改革》的专题新闻，并配发《搞好大学招生是全国人民的希望》社论。

真是环环相扣，一气呵成，从程序决策，到昭告天下，恢复高考的伟大举措像隆隆春雷，震撼唤醒了中国大地，并由此迅速传播到海内外，让中国人民欢欣鼓舞，也使世界为之注目。其影响远远超过了高考本身，不但调动了几千万青年学习的积极性，而且使"文化大革命"造成的"读书无用论"迅速破产。公平公开的大门终于打开，对整个国家和民族来说也意味着新生，这项伟大决策无疑具有里程碑式的意义。由此中国改革开始迈出了坚定而又有力的步伐。

人民日报

RENMIN RIBAO 1977年10月21日 星期五

毛主席语录

我们的教育方针，应该使受教育者在德育、智育、体育几方面都得到发展，成为有社会主义觉悟的有文化的劳动者。

高等学校招生进行重大改革

全面地正确地贯彻执行毛主席的教育方针

华主席会见英国前首相希思

华主席说：我们希望看到一个联合的、强大的欧洲。我们相信，欧洲也希望看到一个强大的中国。

搞好大学招生是全国人民的希望

社论

《人民日报》1977年10月21日《高等学校招生进行重大改革》报道，社论《搞好大学招生是全国人民的希望》

恢复高考，重要节点改变社会和人生

一、恢复高考并非重复昨天的故事，而是结合时代需求作出的重大突破

1977年最高层的口号还是坚持“文化大革命”，还是坚持无产阶级专政下继续革命理论，十一大还在抓纲举目，“两个凡是”风行其时。“文化大革命”中形成的“两个估计”，依然把全体教育工作者压得抬不起头。而恢复高考，就是对“两个估计”的事实否定。在付诸实施时，邓小平以政治家的智慧作出策略性的回避。时任教育部长刘西尧有一段记述，描写了邓小平此时的真实想法：

> 邓小平恢复工作后，自告奋勇主管教育和科学。我们第一次去见他时，我说“大家都很高兴”，他说“我可是不客气的”，我说“那很好”。我们反映了“两个估计”问题，他就要我们暂时避开“文化大革命”，提出建国二十八年教育战线都是毛主席的路线占主导地位，果断地否定了“两个估计”。①

只有否定“两个估计”，置“两个凡是”于不顾，恢复高考才有实施的可能，否则一切无从谈起。在当时的政治背景下，需要有

---

① 《攀峰与穿雾》，214页。

邓小平这样的大政治家的无畏和敢于担当。

二、恢复高考面向全社会招收适龄青年，既要有社会上多年积压的，也要有应届高中生，并根据现状将二者定出适当比例

应届高中生通过考试升入大学本是常规路径，题中之义，但十年“文化大革命”，把许多应届生推向了社会，变成了历届生和社会青年，且这一群体积压了2000多万，这当中上山下乡知识青年又是主体。教育部向邓小平提出，本次高考既要招收有实践经验的历届生，也要招收应届高中生，邓小平同意这一适合现况的建议，9月6日将教育部报告批送华国锋、叶剑英、李先念、汪东兴时，附信说明：今年“至少百分之八十的大学生，须在社会上招考，才能保证质量”。

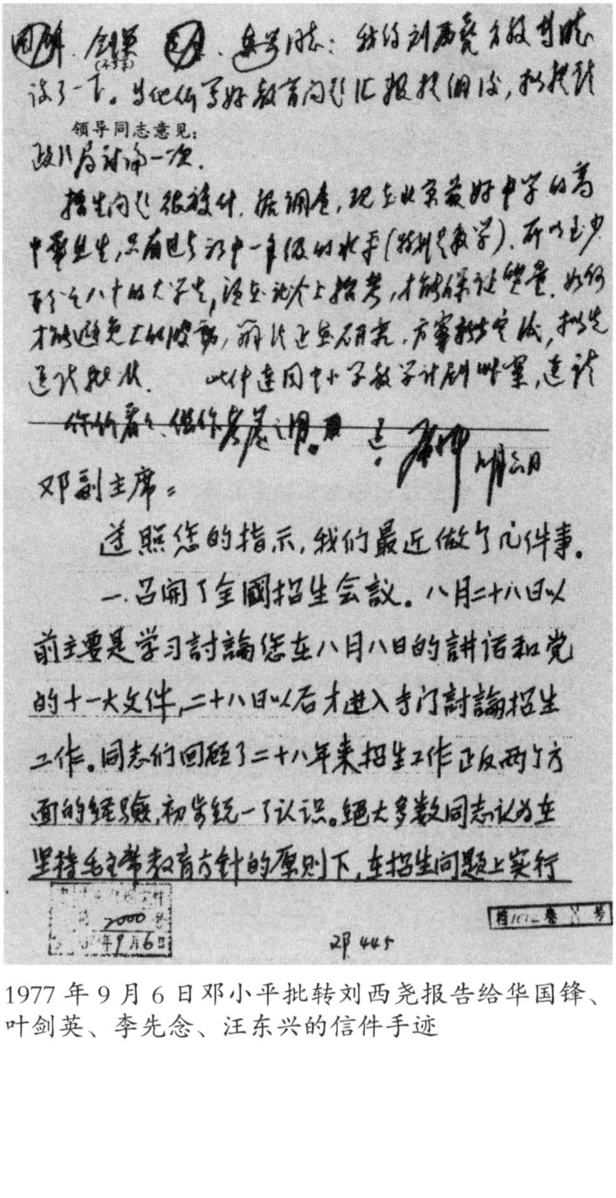
领导同志意见：

邓副主席：

遵照您的指示，我们最近做了几件事。

一、召开了全国招生会议。八月二十八日以前主要是学习討論您在八月八日的講话和党的十一大文件，二十八日以后才进入专门討論招生工作。同志们回顾了二十八年来招生工作正反两个方面的经验，初步统一了认识。绝大多数同志认为在坚持毛主席教育方针的原则下，在招生问题上实行

1977年9月6日邓小平批转刘西尧报告给华国锋、叶剑英、李先念、汪东兴的信件手迹

1977年《招生意见》对高校招生对象如此规定：“凡是工人、农民、上山下乡和回乡的知识青年（包括按政策留城而尚未分配工作的）、复员军人、干部和应届高中毕业生，年龄20岁左右，不超过25周岁，未婚；对实践经验比较丰富并钻研有成绩或确有专长的，年龄可放宽到30岁，婚否不限（要注意招收1966、1967两届高中毕业生）。”

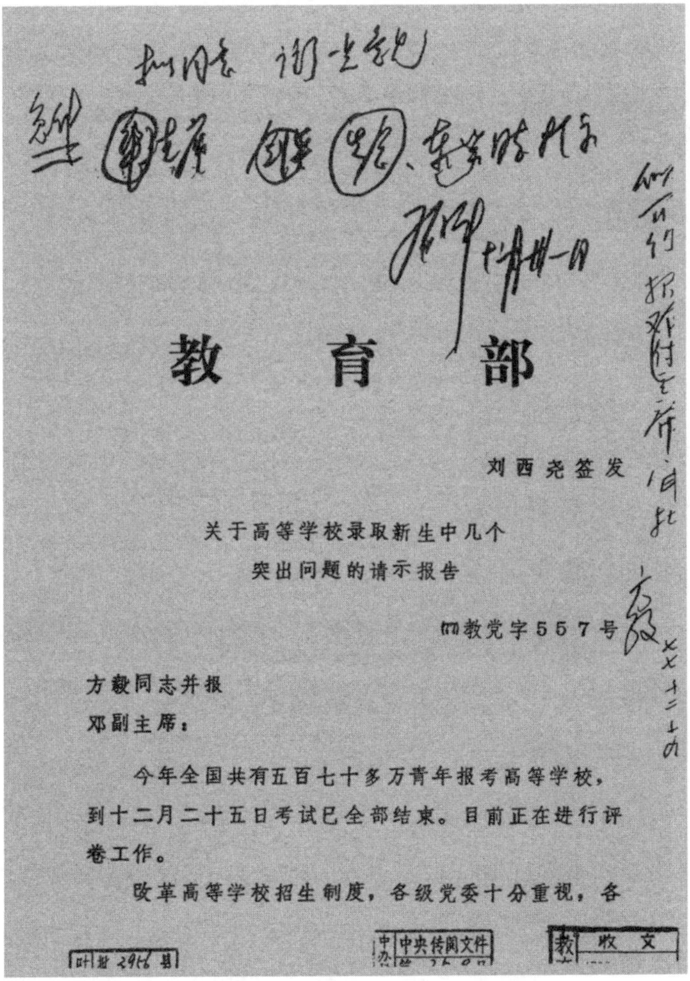
教育部

刘西尧签发

关于高等学校录取新生中几个
突出问题的请示报告

(77)教党字557号

方毅同志并报
邓副主席：

今年全国共有五百七十多万青年报考高等学校，到十二月二十五日考试已全部结束。目前正在进行评卷工作。

改革高等学校招生制度，各级党委十分重视，各

中央传阅文件

教　收文

1977 年 12 月 31 日邓小平在教育部《关于高等学校录取新生中几个突出问题的请示报告》上的指示手迹

到了 1978 年，高校招生文件中更明确规定：考生年龄放宽到 30 岁，并取消了其他限制。所以 77、78 级学生年龄跨度很大，有师生、兄弟、姐妹乃至叔侄同级同堂。而 1978 级学生平均年龄普遍比 1977 级还大，也是年龄放宽限制所致。

三、招生办法简洁明了，容易操作，断然否定“文化大革命”中的推荐制

1977 年招生办法具体说来是：“实行自愿报名，统一考试，地市初选，学校录取，省、市、自治区批准的办法。”各地市在初选时，根据考试成绩高低，按照省、市、自治区下达录取数稍多于二倍的比例（有些地方是二点五倍），提出参加政审、体检的考生具体名单。这实际上也为以后的扩招储备了生源。

四、高考实行“自愿报名，认真进行文化考试，择优录取”原则

由于当时没有全国统一课程标准和教学大纲，全国《招生文件》结合现实，明确通知本年高考由各省、市、自治区自行命题。考试分文理科两类，文科考政治、语文、数学、史地。理科考政治、语文、数学、理化。报考外语专业的加试外语。考试目的是了解考生掌握基础知识的状况和分析问题、解决问题的能力。实际实施时，由于全国报考人数达 2000 多万，所以大多数省、市、自治区以地、市为单位，先行组织了一次文化课初试，只有初试达到合格线的，才能参加以省、市、自治区命题的高考，后来参加高考的 570 多万人是以这个标准统计出来的。

五、简化政审环节，这个政审条件是邓小平亲自改定

受“文化大革命”中考生政治审查“血统论”的影响，刚开始起草的招生文件对政审也是左风劲吹，依然是“政治统帅”。邓小平对此作了亲笔修改。招生文件最后规定：招生实行德、智、体全面衡量，择优录取原则，政审“主要看本人政治思想表现”，具体说来是：“政治历史清楚，拥护中国共产党，热爱社会主义，热爱劳动，遵守革命纪律，决心为革命学习。”

简明的政审条件，为无数屡受家庭出身限制的青年才俊，提供了平等竞争的机会，使许多人脱颖而出，进入了大学，引起了整个社会的强烈反响。更重要的是，这项政审改革迅速波及提干、招兵、招工等各行各业，为帮助全社会解放思想，纠正“文化大革命”左的错误和摒弃阶级斗争为纲，起到了引导作用。

1977 年 11 月至 12 月，全国有 570 多万人参加了以各省、市、自治区自行命题的正式高考，最后录取新生 27.3 万人，录取率为 4.8%，比原计划 20 万人多招收了 7 万多人。到了 1978 年 7 月，全国有 610 万人参加高考，录取新生 40.2 万人，录取率为 6.6%，也就是说，1978 年 77 级和 78 级是同一年入学，这一年全国二级学生相加有近 68 万人进入了大学学习。可谓开天辟地。

一个教育家说过：任何有希望的民族都高度重视教育。从这个意义上说，恢复高考，挽救了我们的民族和国家。

政审放宽，芸芸考生仰天长啸

1977年高考政审条件的放宽，是邓小平这种有极高声望且强有力的政治家才能所为，当时的时代背景，一般领导难以做到。

教育部原考试中心主任杨学为参与起草了1977年8月4日上报给国务院的《教育部关于全国高等学校招生工作座谈会的情况报告》，此报告的重点是1977年的《招生工作意见》。对于政审这段表述，杨学为有着深刻的记忆：在起草政审文件时，我们担心由于恢复考试，强调文化，会被认为是注意分数，降低了政治标准。我们选的一定是政治好的，文化也是好的。不像"四人帮"那样，只要所谓政治好，不要文化。所以我们把政审标准定得特别高，把能想到的都写上了，比如说政治历史清楚，热爱毛主席，热爱华主席，拥护共产党，努力学习马列和毛主席著作，有一定的阶级斗争、路线斗争和继续革命的觉悟，积极参加揭批四人帮的伟大政治斗争，坚持走社会主义道路，积极参加集体劳动，遵守革命纪律，联系群众，决心为革命而学习。教育部把送审稿交给邓小平，他看后，连说"繁琐、繁琐、繁琐"，厌恶之情溢于言表，大笔一挥，全部勾掉。然后，他自己起草了一段。后来1977年文件上的政审标准，就是按照邓小平写的照抄。中心思想就是"本人表现好，择优录取"。

1977 年 10 月 12 日国务院批转的高校招生工作文件规定：“主要看本人政治思想表现”，“德、智、体全面衡量，择优录取”。《招生意见》明确“本人表现好，择优录取”的政策太重要。这是公平的竞争，久违的平等。自从有了这一规定后，多少所谓有家庭出身问题的优秀青年由此受益，多少所谓有这样那样“问题”有为青年也能一试身手，他们仰天长啸，深感出头有日，终于迎来了起点的公平。这里列举几位较有影响的考生，从中可见一斑。

范东生，范长江的儿子。范长江是有历史影响的新闻记者，历任人民日报社社长、国家科委副主任等职。在“文化大革命”中被迫害致死，一直蒙冤未雪，直到 1978 年 12 月底才得到平反。而范东生在这一年 3 月份，就考取了北京大学中文系新闻专业。

范东生后来继承了父辈的新闻事业，曾出任华声日报社社长。谈到这次高考，他说：“当时心里一点把握都没有，但是事实证明，恢复高考给青年人的机会是均等的，而不是看你出身怎么样。”

张晓山，胡风的儿子。影响巨大的胡风冤案到 1980 年 9 月才获平反，张晓山在这年以 30 岁之龄，跨进了内蒙古师范学院。

张晓山后来成为中国社会科学院经济所研究员。他说：“恢复高考给了我一个平等竞争的权利。在某种程度上，恢复了作为一个人的尊严。因为实际上，在恢复高考之前，评判一个人，给不给他机会，不是看你本人，而是看你的家庭，看你的社会关系，把人分成了不同的等级。”

林坚，福建泉州考生，他的入学更富传奇色彩。他因参与同情 1976 年 4 月的“天安门事件”，被作为“新生反革命分子”被捕入狱。粉碎“四人帮”后的 1977 年初，在市军管会的干预下，公安局以“保外就医”的名义让他暂时走出牢门，然其本身的政治名誉一时无法恢复，原戴在头上的帽子依然高悬。

10 月份，恢复高考的消息传来，他竟然以“戴罪之身”被允许参加高考。在考试过关、体检合格后，他被录取为福建农学院 1977 级学生，3 月 2 日他跨入了校门。四个多月以后，中共泉州市委为他公开平反昭雪，撤销了他的“新生反革命分子”帽子。以这样的经历读大学，这在过去是无法想象的。

刘源，刘少奇的儿子，刘少奇沉冤昭雪迟至 1980 年 5 月，而刘源以 26 岁之龄被北京师范学院历史系录取。

刘源在 1977 年报考和录取有点传奇色彩，他当时在北京起重机厂工作，1977 年报名考大学时被厂组织部门拒报，理由是：招生文件规定，考生不得超过 25 岁，你刘源今年已 26 岁，所以不能报考。刘源认为他的学习经历可对照招生意见上“年龄可放宽到 30 岁”这一档，既感到不服气，又感到无奈，于是向邓小平写信求助。对此，刘源是这样回忆：

“我管他叫小平叔叔，开头就自报家门，说我是刘少奇的儿子刘源。我这几年从农村又到工厂，听说您恢复工作抓高考，很高兴，大家都很振奋。我想考大学，现在厂子里不让考。如果因为我父母的原因、我的出身不让我考，我很不服气，何况你这个招生简章并没有这么讲。让我考我考不上，是我自己的事情。谁也不怨。”

很快，北京起重机厂接到上面通知，应同意刘源报考。与此相类似情况的 9 个工友，都可以报名参加高考了。

考试结束后，刘源的分数达到录取线。北京师院历史系 77 级班主任周兴旺在北京崇文门内旅馆见了刘源。这家旅馆是当年北京市高校招生录取现场。周兴旺就代表北京师范学院历史系在此招生。在周兴旺住宿的房间里，摊满了档案袋。放在这里的档案，都已经过北京市高招办筛选。

当时，录取刘源并非小事，为此北京师范学院革命委员会专门开会研究。革委会主任是军人，副主任崔耀先是老干部。崔耀先在讨论会上展现了他的领导艺术。

他翻看着刘源的档案说，这个学生在农村插队，是因为肝炎被退回北京养病的。这个身体呀，能过关吗？得让他去医院复查。身体行的话，没有理由不让他上吧？一个可能被上升到政治层面的问题，就此转换频道，降到了一个普通的、可度量也可明确执行的标准上。

周兴旺特地带着刘源去同仁医院做特殊体检。体检通过，1978 年 3 月 8 日，刘源跨入了北京师范学院大门。

刘源，这个当时“中国最大走资派”的儿子，在政审放宽的前提下，他的命运发生了转折性变化，人生曲线由此开始划出上升的轨迹。

1979 年 1 月，平反出狱后的王光美见到了邓小平。王光美提及儿子刘源参加高考写信给邓小平之事，并感谢邓小平亲自批转。邓微微一笑以示作答。

还有文章报道：当年刘源报考的第一志愿是北大哲学系，第二志愿才是北京师院历史系。虽然考试分数过线，但北大当时并不敢招收这个身份特殊的学生。在刘少奇冤案平反后，北京大学派一位老师专程找到刘源，问他：“还想上北大吗？这是你原来报考的大学。”那位老师话说得坦率真诚：“当时没收，确实不对，现在也许可以补救一下吧。原来你报的哲学，现在上的历史，你愿意上哲学还是历史？”但刘源没有选择转校，他对于当时录取自己的北京师范学院心存感激，不再高攀其他名校。

参加 1977 年高考时，许多考生都有一层额外的担忧：如果文化课过了，政审能过关吗？因为参考者中有许多冠以“地主、富农、反革命、坏分子、右派”的子女，还有其他有这样那样家庭历史问题的，他们依然被阴影笼罩，“地、富、反、坏”四类分子要 1979 年起才淡出舞台，右派要在 1980 年 5 月才大规模平反。

政审标准虽然规定了“重在本人表现”，但由于对“文化大革命”时形成的“血统论”尚未批判，长期形成的“左”的做法未能公开改正，历次政治运动中形成的许多冤假错案还没来得及平反，所以政审标准在执行时与各种“左”的错误发生了尖锐的冲突和矛盾，有不少考生成绩过关，但政审被刷。于是大量申诉控告涌向了教育部和各省招办。有些考生，经相关部门直接干预后得到解决，但依然有不少优秀生被拒之门外。好在 1978 年招考时，政审条件进一步放宽，才使一些考生“失之东隅，收之桑榆”，大多数有志青年获得了重新进入大学的机会。

1977 级优秀高考作文选

1977 年恢复高考时，因全国没有统一教材，也没有统一教学大纲，教育部经商议后决定，由各省、市、自治区自行命题。无论考文科还是理科，语文是高考最重要的基础课之一，而语文中的作文占分比例又很高，一定程度上说，作文写好了，语文课考试成绩也成了赢家。所以高考作文题历来受到关注，一直为广大考生所看重。高考作文命题具有鲜明的时代特色，这在 1977 年体现得尤为明显。这一年，北京作文题为《我在这战斗的一年里》，上海为《在抓纲治国的日子里——记先进人物二三事》，湖北为《学雷锋的故事》，湖南为《心中有话向党说》，广东为《大治之年气象新》，黑龙江为《每当我想起东方红》，山西为《心里话儿献给华主席》，等等。浙江所出的高考作文题《路》深受广大考生好评，既符合当时，又超越当时，时间的长河考验出这个作文题目颇具含金量，也终成为一个经典。

1977 级考生北京大学徐启华、中山大学陈平原、杭州大学孙嘉萍的高考即席作文无疑是优秀的。尽管他们自己也说，文章发表时若干地方，编辑作了润色，但主体没变。这几篇作文是在他们进入大学后发表在 1978 年的报刊上的，其后流传甚广。从中不难看出，当年的考生如何跟随时代起舞写作文。

一、徐启华：高考状元如何炼成

1977年12月15日8点不到，浙江省诸暨县璜山区（现已撤销）政府所在的璜山五七中学（后名璜山中学）熙熙攘攘，黑压压的人群挤满了大操场，场面实在大。临考前还有一个环节，要集中在一起听取领导讲话。时任璜山区委书记的周章达健步走上主席台，他还未开讲，全场就沉默无声，抬头倾听。周书记干练精明，声音洪亮，勉励广大考生要镇静细致，要认真审题，考出水平，考出优异成绩，接受党和祖国的挑选。同时也要求广大考生做好“一颗红心，两种打算”的准备。周书记的考前动员，简明扼要，仅仅几分钟便宣告结束。考生们按照准考证提示，迅速进入各个试场。考场的大门准时关闭，各考场外由荷枪实弹的民兵把守，不让闲杂人员接近。戒备森严的考场庄严肃静，一股莫名的紧张萦绕心头。

璜山区是诸暨南临东阳的一个山区，当时下辖绿化、岭北、石壁、开三、璜山、萃溪、化泉、新胜、街亭九个公社（时未改乡镇）。这九个公社的近千名考生已经通过了文化初试关，有资格参加由浙江省统一命题、统一时间的高考，所有璜山区的考生都集中在璜山五七中学参考。

这批考生大多彼此陌生，互不认识，心里都有些惴惴不安，每个人心中都揣着秘密，谁都希望自己考上，但谁都心中无底：真正的高考是什么样？自己到底会考得怎么样？奋战二天四场考试后，考生们星散而去。不到一个月，可以参加体检、政审的名单通知到达，再过了一个月左右，录取考生的喜报传来。然偌大璜山区九个公社上千名考生，第一批录取还不到10个本科生，有好几个公社是吞了鸭蛋。笔者所在的石壁公社（现陈宅镇）除本人幸运被录取外，还有一个是杭一中（今杭州高级中学）毕业的杭州知青马兆普，他的祖籍地在石壁公社东蔡村。开三公社（现属璜山镇）有陈乐洋和斯培浪。录取人员的姓名张榜公布在大街热闹处，公社广播站反复播送录取者的姓名和录取学校，可谓家喻户晓，一时风光。而风头最劲，名声最响的无疑是街亭供销社工作的徐启华，他被大名鼎鼎的北京大学中文系录取了。1977 年考生是不公布分数的。后来知道徐启华原先也没填北大，北大中文系本年度原没有安排在浙江招生。因为徐分数考得高，被北大录取。据说 1977 年北大中文系在浙江就录取徐启华一人（后知北大古代文献专业还录取一名温州籍考生），原因是他为浙江省文科状元。

徐启华 1952 年 8 月出生于上海，祖籍是浙江省诸暨市化泉公社（现属璜山镇）大成庑村。其父亲从诸暨到上海谋生而落户。徐启华小学就读于黄浦区凤阳路第三小学，从小学业优秀，1965 年小学毕业，是该校唯一考入上海名校格致中学的。“文化大革命”风暴不断深入，还未完成中学学业的徐启华，在 1969 年 4 月以知青名义插队到诸暨祖籍地。

上山下乡锻炼几年后，因徐启华能说会写，被招工到邻近的街亭供销社工作。手不释卷，挑灯夜读成为他的最大爱好。当 1977 年恢复高考消息传来，他感到施展学识的机会来临。经初试合格后，他便参加了在璜山五七中学的正式高考。

徐启华自认为高考发挥得好。当时便给在上海的父亲写信报告：“此次考试，我觉得轻松，门门都是从容不迫……作文题《路》，我写了篇散文，得心应手，基本上发挥了水平。”

1982 年 1 月，他从北京大学毕业后分配到文汇报社工作，历任记者、文艺部主任、文艺百家专刊主编等职。为上海市作家协会会员、青年理论工作者协会会员、《书林》杂志特约编审。后赴美国，历任美国《天天日报》采访部主任，《美中导报》、《神州日报》、《国际日报》、《美西侨报》、《环球文汇》总编等职。2003 年英年病逝于美国。

徐启华先后发表了七十多万字的作品，体裁有小说、诗歌、报告文学、新闻报道等，并有部分理论性著作。主要发在《人民日报》、《文汇报》、《北京文学》、《当代》和《北京大学学报》、《中国比较文学》等报刊上。所写作品有不少获奖。先后用过思燕、明远、北岗等笔名，尤以南杉笔名最为著名。徐是海内外有一定影响的文人和报人。然而影响最大，致使他一举成名，且永留世间的还是其高考作文《路》，这是作为高考作文的范文发表在《浙江日报》上，又收录于广西人民出版社 1979 年出版的《高考优秀作文选评》，成为众多学子摹仿的高考作文之一，具有历史性的影响。

《浙江日报》1978 年 4 月 18 日刊载徐启华 1977 年在考场上所写的高考作文《路》，其时徐启华已在北大中文系就读。

路

【《浙江日报》编者按:《路》是本省一九七七年度高考的作文试题。在高考中，很多考生根据这个试题在短时间内做出了各种体裁的好文章。一九七八年度高考将临，我们选刊了徐启华同志的这篇应试作文，并请参加高考阅卷的毕养赛、方向两位老师写了评介文章，供大家参考。徐启华同志原在诸暨县街亭供销社工作，现在已录取在北京大学中文系。】

离开家乡两年了。

今天我回家探亲。当火车徐徐驶进诸暨车站时，我迫不及待地把头探出车窗外。粉碎了“四人帮”，祖国到处日新月异，家乡啊，你会有怎样的变化呢？

下了火车，走进汽车站，我一看汽车时刻表，几乎不相信自己眼睛了！怎么？我家所在的村庄，作为一个车站点赫然地列在时刻表上了。啊，汽车路竟通到我们村了，这么快呀，真出我意外。我停立在时刻表前，内心一阵阵激动，脑海里不觉思潮涌卷，想起了关于家乡的路的往事。

我家在山区，山高路陡，出门爬坡。解放前，山里只有一条小路弯弯曲曲通向外面，每逢霜冻下雨，此路泥泞不堪，难以行走。山里田少人多，人们靠山林过活。地主富农霸占了绝大部分山林，逼迫着贫下中农把木头、毛竹扛到湖区去卖。贫下中农叔叔伯伯们扛着沉重的木头、毛竹，沿着崎岖的小路，要走几十里才到湖区。小路的许多转弯口是峭壁岩石，仅容一人通过，一不小心木头、毛竹撞着石壁，就连人带物跌到沟坑里，往往弄得头破血流。一年端午前的晚上，虎狼似的地主逼着我五叔去卖毛竹。五叔正得病，浑身无力，被逼不过，只得扛起四根十寸口径的毛竹去湖区卖。在途中，五叔头昏眼花，毛竹撞在小路转弯口的岩壁上，人跌在路边的深沟里，毛竹又压在人的身上。五叔被人救起，回家后就一直吐血，不久就溘然长逝了。

解放了。在改天换地、建设社会主义的热潮中，家乡的贫下中农修筑了一条十几里长、直通村子里的人力车路，国家供应的化肥、农药，以及生活用品，靠手拉车运到山里，毛竹、木头又用手拉车送往外地。家乡的面貌变了，建设加快了，生活方便了。

在无产阶级“文化大革命”的雄壮歌声中，家乡的贫下中农进一步向大自然进军，在深山峻岭中发现了大量碲矿，于是，开发矿山的战斗打响了。大量的矿石靠手拉车已来不及运载，怎么办？公社党委和大队党支部征求广大群众意见，决定修建公路，让汽车通到村庄！

但是，晴朗的天空出现了乌云，前进的道路上遇到了阻难。在“四人帮”横行的年月，要搞社会主义建设真难啊！带头大干苦干社会主义的老支书被“四人帮”的爪牙当作“走资派”批斗，山区建设的青年积极分子被斥为“埋头拉车的小绵羊”。后来，有人竟把造公路运矿石的计划说成是“以生产压革命”，“为资本主义做嫁衣裳”。于是，公路建设停顿了，已建成的一小段一小段公路上堆着沙石，横躺在田边、山下，但却久久看不到它们连成一线。

在那空气沉闷的日子里，我因工作需要，离开了家乡。

东风横扫乌云，大地阳光普照。英明领袖华主席率领全党全军全国人民一举粉碎了“四人帮”，亿万人民挣脱了被“四人帮”强加在头上的精神锁链，大干社会主义的口号又响彻了祖国的四方。在那欢腾的日子里，我接到了我的家乡朋友的信，信上说，公路的建造又将动工了。

现在，县城汽车站的时刻表清楚无疑地告诉我：汽车已经通到了我的家乡！

抚今思旧，我内心热浪滚滚。透过车站的窗子，我看到一条条公路伸展到全县各地。我仿佛看到了大卡车载着木材、毛竹、砩石奔驶出家乡山村，运到祖国各地。我看着看着，又仿佛看到了更远的地方，大庆树起了新的井架，大寨夺得了新的高产，工厂在刷新生产纪录，在攀登新的科学技术高峰，整个社会主义祖国正沿着毛主席指引的康庄大道，奔向共产主义的明天。看着看着，我心怡神驰，我想到，祖国能在社会主义大道上前进，今天是全靠华主席、党中央粉碎了“四人帮”，我们要一千遍一万遍地歌唱华主席、党中央，用一千倍一万倍的干劲大干社会主义，夺取丰硕成果，报答华主席、党中央。

家乡的路啊，我从你身上看到了祖国通向四个现代化，通向共产主义的光明大路！

二、陈平原：我再也写不出比高考作文更有影响的文章了

陈平原出生于广东潮州，1954 年生。父母亲是广东汕头农业学校的老师。家庭氛围，使陈平原自小就喜欢读书作文。但因父亲曾在台北《中华日报》工作过，“文化大革命”期间顺理成章地成为了“牛鬼蛇神”。陈平原初中毕业后，再也不能继续升学。未几，他与弟妹一起回到老家的小山村。真是祸福相倚，插队的小青年竟被当地招为民办教师，而且一干就是八年。

恢复高考那一年，陈平原顺利考入中山大学中文系，其后又在那里完成硕士学业。再后来，他考取了北大中文系王瑶教授的博士生，是北大中文系最早的两名文学博士之一。毕业后他留在北大中文系任教，继之评为教授，后来又一度担任北大中文系主任。陈平原著作颇丰，是国内著名的人文学者，其成果多次被评为教育部优

秀成果奖，是教育部长江学者，特聘教授。陈平原曾慨叹：“我此生再也写不出比高考作文更有影响的文章了。”《人民日报》1978年4月7日发表了陈平原在考场上所写的《大治之年气象新》。其时陈平原已在中山大学中文系就读。

大治之年气象新

粉碎“四人帮”以后，我们伟大的祖国，迅速走向大治，条条战线凯歌高奏，捷报频传。在这大治之年，每天，都有许多喜讯激动着我的心。在这里，我要说的是，受“四人帮”危害最严重的教育战线，也变得焕然一新，大有希望了。

不久前，我走访了我的母校。冬日的早晨，北风呼呼，寒气迫人。可是，校园里却是一片热气腾腾的景象。踏进校园，最先映入我眼帘的是广场两侧矗立着的两个专栏。左边那个批判专栏里，一篇篇批判“四人帮”炮制“两个估计”，破坏教育革命罪行的战斗檄文，像匕首，像投枪，直插“四人帮”的心脏。右边那个颂歌栏里，琳琅满目的散文、诗歌、美术，热情洋溢地歌颂华主席抓纲治国的丰功伟绩，赞颂大治之年出现的新气象。突然，一幅题为《春满校园》的图画把我吸引住了。校园，在画面上占不到三分之一的地方，作者腾出大部分的空间，用有力的笔触，浓烈的色彩，描画出一枝含苞怒放，绚丽夺目的杏花。这别具匠心的构思，可真引人入胜。欣赏着这枝杏花，联想到那“关不住”的“满园春色”，真叫人心旷神怡，情思驰骋。

“叔叔”。一个声音把我从沉思中唤醒。我回头一看，啊，是我的小邻居林强。只见他自行车后架溜下来，拄着拐杖，朝我这边一拐一拐地走来。我忙迎上去，扶住他。前两天，林强为了抢救一个在公路上玩耍的小孩，左腿被手扶拖拉机撞伤了。我察看了他的伤势，接着便责备他："医生叫你别来，你怎么还来？"林强眨了眨眼睛说："不来，那怎么行呢？人家在学习，我在家休息，多可惜呀。有小刚用自行车载我，我能来。"

"铃……"上课预备铃响了，我搀扶着林强，朝教室走去。林强见我不理解他的心意，便说："叔叔，前两年，在'四人帮'的毒害下，我没有认真读书。现在，我要三步并作两步，急起直追。时间，对我来说是多么宝贵啊。我常想，一天要是有四十八个小时那该多好啊。叔叔，您说，这个时候，我能躺在家休息吗？"听了林强的话，我感慨万分。一年前，林强还是个经常逃学，四处闯祸的"猴王"。可现在变了，变得真快呀。

把林强送进教室后，我便去找学校革委会陈主任。陈主任向我介绍了学校的简单情况，接着便领我循着琅琅的读书声，来到了高一（3）班教室门口。在那宽敞明亮的教室里，老师正在讲解叶副主席的《攻关》诗，同学们聚精会神地听着、记着。教室门口那张学生成绩登记表告诉我，同学们攻关取得了显著成果。

陈主任感慨地说："这样的学习气氛，这样的学校新貌，在'四人帮'横行的时候，是谁也不敢想象的。那时候，毛主席的教育路线被他们篡改得不成样子。我们这些被骂为'臭老九'的，欲干也不能。那'智育第一'、'复辟回潮'的帽子压得人抬不起头，直不起腰。"陈生任点燃了一支烟，扬起眉毛笑了笑说："现在可不同了。华主席为咱除了四害，砸开了长期套在广大教育工作者身上的枷锁——‘两个估计’。现在，我们可以大干了。同志们说，现在再不好好干，可就对不起华主席、党中央了。”

接着，陈主任又给我介绍了《春满校园》的作者魏老师的情况。魏老师年近六旬，患有严重的高血压病，这两年一直在家休养。他正在准备办理退休手续时，华主席为首的党中央一举粉碎“四人帮”，他拐杖一扔，立刻跑回学校要求参加工作。学校领导考虑他的身体情况，只分配他教几节地理课。可他却分内分外一起抓，经常帮助青年教师备课，最近又主动承担起辅导准备参加高考的同志的任务。大家都说，魏老师焕发青春，老当益壮了。

下课铃响了。在那洒满阳光的校园里，我和魏老师漫步、谈心。魏老师，鬓发斑白，面庞清瘦，精神矍铄，大概是因为熬夜，眼里布满血丝。当我要求他谈谈是怎样搞好教育工作的时候，他摇了摇头，谦虚地说：“我只做了我应该做的一点点工作。”而当我俩谈起四个现代化的宏伟图景时，魏老师的话可就像打开了闸门的流水，滔滔不绝。他说：“‘满园青山夕照明’。我希望自己能再活二三十年，亲眼看看四个现代化的美景。同时，尽我的最大努力，为党多做一点工作，使晚年放出更大的热。这样，当我一旦躺下的时候，我才可以心安理得地说：我无愧于我们伟大的时代。”听了这一席感人肺腑的话，我不禁为这位老教师宽阔的胸襟，崇高的理想所深深感动。我明白了，我们的伟大祖国之所以能在大治之年突飞猛进，是因为有华主席、党中央的正确领导，有千百万象魏老师这样用毛泽东思想武装起来、忠诚党的事业的革命者。我深信，有这样伟大的党，有这样伟大的人民，任何困难也阻挡不住我们伟大祖国向四个现代化迈进的步伐。

看到这满园春色，我不禁又想起魏老师那幅画。当我问起那幅画的创作经过时，魏老师说："粉碎'四人帮'以后，教育战线出现的新变化，每日每时都在激动着我的心，逼得我不得不拿起画笔。也许有人会说，这校园并没花呀。可我说，那几百个在毛泽东思想哺育下茁壮成长的青年学生，不就是几百朵向阳花吗？"

说得多好呵。何止我们的青年学生，我们的教师、我们的工人、农民、解放军战士、革命知识分子，不也是朵朵向阳花吗？他们，沐浴着党的阳光，开放在千山万岭，点缀着祖国的崭新气象，装扮着时代的美好春天。

三、孙嘉萍：慌不择"路"，竟脱颖而出

孙嘉萍是浙江杭州人。"文化大革命"时就读于杭州大学附中（今学军中学）。随后到余杭星桥公社（今余杭区星桥街道）插队，成为那里战天斗地知识青年中的一员。高考恢复那一年，她一路"过关斩将"，最终录取到杭州大学中文系1977级学习。毕业后进入浙江省委办公厅工作，1984年复考入杭州大学中文系读研，毕业后分配到中国美院教书。后来移居香港工作。

孙嘉萍回忆，在她收到杭州大学录取通知书离开驻地时："新老知青及其家长神情复杂地目送我上车。那一刻，比之侥幸和骄傲，占据我的心更是沉重：他们还要在此待多久？我们公社共有400多名下乡和回乡知青，主要来自上海、杭州和余杭县，那次只考上三个，

我是其中唯一的文科生。”

对于在高考写作文时的细节，孙嘉萍也有忆述：“我参加浙江省复试时，《路》所写的均为真实感受。说出来令人难以置信的是，我当时紧张得腾云驾雾，连题目都没看清便已下笔。虽然没有离题，但所写作文实有慌不择路之感。”孙嘉萍在考场上慌不择路时所写之《路》，竟脱颖而出，后来作为优秀高考作文发表在《浙江教育》1978 年第 4 期上。其时孙嘉萍已在杭州大学中文系就读。

路

我，一个在新中国怀抱里长大的青年，在党的阳光照耀下，从幼年到少年，又从少年到青年，我走过的是一条幸福之路。然而，真正使我懂得脚踏实地走在革命大道上的，却是伟大领袖毛主席所指引的我近几年来所走过的知识青年与工农相结合的必由之路。

三年前，我第一次赤脚踩在那泥泞的田间小路上，摇摇摆摆，味道是不好受的。我摔过跤啃过泥，可我心中有一条“路”啊。我就是在这样的摔打中成长为一个结实的姑娘呀！

记得三年前一个风雨交加的日子。正是春耕季节，一连几天春雨，田水都涨得满满的。我随房东大伯到田里排水，一路上，不知摔了多少跤。等到了田头，我赌气地朝铁耙柄上一坐，不由得想起了杭州的柏油马路。我望着自己满是泥水的一身，不知恨自己呢还是恨那双不顶用的“脚丫”，“呼呼”直喘气。房东大伯看出了我的心思，对我说：“亦农，一路上捡了那么多‘金元宝’，反倒赌气了？”我见大伯还打趣，心中更烦恼了。可大伯却认真地给我讲开了。他说："你觉得懊恼吗？孩子，路是走出来的，脚板是练出来的。你走了多年的柏油马路，味道怎么样？我走过杭州的大马路，味道是好，可你看到自己的脚印了吗？"

大伯说到这里，我心中一震。是啊，我走在舒适的柏油马路上的时候，看不清自己的脚印，不知道创业的艰难。现在我走在这雨后泥泞的田埂上，尽管脚印是歪歪斜斜的，可我到底在自己前进的道路上留下了清晰而扎实的脚印啊！

我至今忘不了，那天我是以无比自信的心情踏着房东大伯那粗大扎实的脚印回到村里的。

如今我在贫下中农的指点下，已能自如地行走在田间小路上，不管是风雨之晨，大雪之夜。更重要的是，在这条小路上，我迅速成长起来，我熟悉了这条创业的小路，喜爱这条把我们知识青年跟工农紧紧联系起来的小路，我要为这条通往革命大目标的小路唱一支赞歌。由于我领悟到毛主席指明这条道路的伟大意义，更加怀念我和我们全国人民的指路人——毛主席。

是啊，我岂止是走在我们队里的一条田埂上，我是走在毛主席的革命路线上啊！我身在农村，走在田间小路上，可是我也常常想：何日里让"小路"变"大道"，让我们的农业也乘上时代的列车，一日千里地飞奔；我也想过，自己应该为"小路"变"大道"做些什么？

心中的问号，在英明领袖华主席一举粉碎"四人帮"后的今天，才有了明确的答案：一个走过田间小路的青年，只要有雄心，有毅力，可以继续前进，沿着一条崎岖的山路，去攀登科学技术现代化的高峰。

田间小路，崎岖山路——两条小路，一个目标。

于是，我控制不住的心弦，像钱塘江水一样激荡，我决心以更大的毅力，去攀登文化科学的高峰。为了早日实现祖国的现代化，我愿在这条崎岖的山路上攀登一辈子。

恢复高考时空中缤纷的花絮

77 级高考生面临三道关，即文化、政审、体检关。环环相扣，若有一环不合标准，你就无法跨入大学校门。人们能理解文化课要有录取分数线，因为没有录取线就不是考试入学了。至于政审和体检，到底是怎么一回事呢？现在不少人并不明了。当时的政审，如考生出身三代赤贫，主要社会关系清白，则自然无问题。但中华人民共和国成立后，运动连连，“地富反坏右”层出不穷，“文化大革命”期间又产生了造反派，阶级斗争这根弦始终紧绷……如此庞大的基数，自然产生出庞大的考生。考生即使直系清白，但家族可能会有这样那样的问题。所以经历过“文化大革命”的人，一提到政审，就会像触电一样敏感，也不知道家族中哪些人的经历，将会对自己的政审产生影响。

至于体检，城市知青也许有所了解，但农村青年考生中，有些人根本不知道体检为何物。他们连什么叫血压都不知道——当看到血压计甚觉新鲜，这玩意儿是干啥？这并非说笑，当时的现实就是这样。

一、家庭成分，还在“横刀立马”

77 年高考招生文件中明确，主要看考生本人政治表现，家庭出身不能成为录取大学的阻碍。然实际操作中，因中华人民共和国成立以来的冤假错案没有改，“文化大革命”期间新产生的冤假错案没有改，不少执行者“宁左勿右”，依然以“文化大革命”的思维在思考问题，许多考生本人或家长依然心有余悸。高考研究专家杨学为直白地说，第一年“主要看考生本人政治表现”的执行并不够到位。

沈海铭，杭州大学生物系 1978 级考生，父亲一封谨小慎微的来信险些毁了他的大学梦。因为凡报名考生的表格，均有家庭成分和社会关系栏目，这是必填项。沈海铭的志愿表刚刚上交时，就接到父亲的一封来信。来信说：他曾经在 1958 年被打成右派，虽然 1960 年就被“摘帽”，但摘帽右派的身份使他在“文革”中饱受冲击，一家的户口也从杭州发配到绍兴老家。“这件事以前没有告诉你，内心充满了愧疚和无奈。但这次大学填表，你必须要在政审表上写明”。沈海铭不敢怠慢，赶紧跑到招生办，把父亲的来信给他们看了，让他们按照父亲所述帮助修改政审表。从招办工作人员失望的表情里，沈海铭感觉到了不祥之兆。果不其然，77 级高考发榜时，第一批没有，第二批依然没有，沈海铭大学的美梦就在父亲补填政审的要求下烟消云散。好在 1978 年高考政审几乎全部放开，沈海铭终于抓住了机会，考入了他本该在上一届就应该进入的杭大生物系。

金树良，杭州大学中文系 1978 级学生，是一个老三届中学生。“文化大革命”后期，一个低年级学生告诉他，他们冲进过学校档案室，看到学校对高三学生的政审意见，对金树良的鉴定是：“历史反革命子女，建议大学不予录取，分配去地方农场。”瞬间，他心如死灰，认为大学的门对他永远关闭。所以 1977 年 10 月恢复高考消息传来，金树良不敢报名。1978 年高考时，他打听到政审大幅度宽松，主要看本人表现，于是死水起微澜，乃向所在的水泥厂厂长递交申请，并战战兢兢地对厂长说：“让我这辈子进一回大学的考场吧。”厂长紧紧盯着金树良，不一会儿，终于拿起笔，在申请书上写下“同意”两字。金树良眼含泪花，下意识地向厂长鞠躬，不停地说谢谢、谢谢。在这天特别蓝、风特别柔、心特别爽的日子里，金树良如愿考入杭大中文系。

如果说沈海铭、金树良一时入不了学，大抵是心有余悸导致，那么戎光夏的入学就闹出了全国响动，直到上层干预，才终于有了姗姗来迟的公正。

戎光夏是老三届毕业生，浙江慈溪籍上海知青，文化课基础扎实，后来又在中学当物理教师。但传说他的父亲当过国民党军官，在当时属“反动分子”。1977 年恢复高考，他报考的是文科，而非擅长的理科。考后他打听到他的高考成绩出色，然最后并没有被录取，原因在于他所在公社的政审鉴定中有“不安心劳动，资产阶级世界观没有得到完全改造”的结论，还明确建议各大学不要录取他。

这样的结果，戎光夏自然接受不了，他跑到省招办，要求派工作组复查公社的政审结论。过了几天，他又给主管教育的政治局委员方毅写信反映，自己考出高分，但却受阻政审。方毅亲笔回信，明确要求对所谓家庭出身不好的考生应一视同仁，主要看本人表现。虽然如此，但时光已无情流过，各个大学已经开学。

心有不甘，基础扎实的戎光夏在次年“卷土重来”，这次他弃文从理。这一年高考分数是全部公开的，戎成为宁波地区的理科状元。但是否录取戎，在宁波相关单位内部依然争论激烈，最终由宁波地区一级的领导拍板，戎的政审获得通过，终于成为杭州大学物理系1978级学生。

由于戎光夏两次高考成绩出色，两次出现意外的波折，这么大的动静如涟漪圈圈扩散全国，他成为浙江省乃至全国的新闻焦点人物。新华社记者郭玲春、丁雪萍进行了细致周密的调查。1978年10月22日，新华社发了报道《考场以外的风波》，10月23日《浙江日报》在第一版予以全文转载。其中有一段话写道："这场风波告诉我们，切实贯彻党中央的指示，搞好高考改革，还有许多艰巨、细致的工作要做。"围绕戎光夏是否应被大学录取，在当时被视作如何正确理解和落实党的高考政策，如何掌握高考政审标准的重大问题来看待。文章希望各个部门应尽快告别过去"左"的那一套思路，要不拘一格选人才。

从1978年高考招生起，"高考政审就取消了'文化大革命'时的绝密、机密、合格、不合格四个等级，只有合格和不合格，解放了一大批人，然后把确定不合格的权力收到省里"①。

考场以外的风波

在浙江省高校招生办公室，一份考生的材料引起了我们的注意：慈溪县洋山公社社员戎光夏，1977年报考大学文科，成绩在全省名列前茅，但未予录取。今年，他报考理科，五门课

① 樊克宁、杨学为对话：《恢复高考，历史记住这条脉络》，《羊城晚报》2007年6月16日。

程总分 452 分，可第一轮又落选了。

这个成绩突出、体检合格的考生未被录取，究竟“卡”在哪一道关口上？

我们翻阅了戎光夏的有关档案。洋山公社为他作的鉴定上，有几条触目的意见：不安心农村，劳动差，药死邻舍鸡、鸭，伙同别人偷生产队几箱蜂蜜。结论是：资产阶级世界观没有得到很好改造，群众反映大，请上级慎重考虑。

但是，戎光夏本人对这份鉴定不服。在后面的一页上，附有他措辞相当强烈的申诉。

这件事，在公社党委引起了震动。且看公社党委扩大会上的部分发言记录：

“戎光夏对鉴定的态度是政治性错误。他党的观念淡薄，对党离心离德。要他写出书面检查。”

“戎光夏是想翻案，向党反扑，向党进攻。这是出身于反动伪军官家庭的反映。”

……

于是，公社党委在戎光夏的鉴定上又增添了新的内容，要

考场以外的风波

在浙江省高校招生办公室，一份考生的材料引起了我们的注意：慈溪县洋山公社社员戎光夏，一九七七年报考大学文科，成绩在全省名列前茅，但未予录取。今年，他报考理科，五门课程总分四百五十二分，可第一轮又落选了。

这个成绩突出、体检合格的考生未被录取，究竟“卡”在哪一道关口上？

我们翻阅了戎光夏的有关档案。洋山公社为他作的鉴定上，有几条触目的意见：不安心农村，劳动差，药死邻舍鸡、鸭，伙同别人偷生产队几箱蜜蜂。结论是：资产阶级世界观没有得到很好改造，群众反映大，请上级慎重考虑。

但是，戎光夏本人对这份鉴定不服。在后面的一页上，附有他措词相当强烈的申诉。

这件事，在公社党委引起了震动。且看公社党委扩大会上的部分发言记录：

“戎光夏对鉴定的态度是政治性错误。他党的观念淡薄，对党离心离德。要他写出书面检查。”

“戎光夏是想翻案，向党反扑，向党进攻。这是出身于反动伪军官家庭的反映。”

……

于是，公社党委在戎光夏的鉴定上又增添了新的内容，要点是：“戎光夏出身于反动伪军官家庭，政治品质较差，入学动机不纯。我们意见，以不录取上大学为宜。”鉴定后面还附了戎光夏父亲历史情况介绍和邻里纠纷的旁证。

一所重点大学负责政审的同志打开戎光夏的档案袋，看了这些材料，没有把戎光夏的名字记入录取名单。

高考总分达到四百五十二分，居然未被录取，这件事引起许多人的怀疑：戎光夏这个人是不是象鉴定书上说的那样不可靠呢？各有关部门组成了戎光夏问题调查组。

于是，问题清楚了：

戎光夏的父亲一九四六年前曾任伪职，解放后作为一般政治历史问题，按人民内部矛盾处理。所以，戎光夏的出身是职员，而不是“反动伪军官”。而且人们认为，即便是“反动伪军官”家庭出身，也要重在本人表现。家庭出身不能成为录取上大学的标准。

戎光夏是高中毕业生。毕业务农后，开始农活不大在行，劳动差一些。后来自己努力，劳动底分由六分半增加到九分七，全年出勤相当于队里同等劳动力。一九七三年以后，在县里中学代课，反映较好。他将工资交队，由队里记工分。

药死邻居鸡鸭的事，确有。戎光夏自留地的蔬菜遭鸡鸭啄食，他撒放了一些农药，药死邻居鸡鸭，曾引起纠纷。此事当时已作过处理，戎光夏承认作错了事，并折价给予赔偿。

关于蜜蜂的问题，是发生在五年前的事，因证据不足，未作定论。

县、地区和省的招生部门，就戎光夏问题展开了讨论。省招生办公室负责同志认为：“这不是一个考生的问题，而是涉及到如何掌握高考政审标准的事。应当正确理解党的阶级路线。”他还就录取工作提出两点意见：一是录取工作人员一定要按党的政策办事；一是要对基层干部进行宣传教育，帮助他们提高认识，解放思想，正确理解和掌握党的路线政策。省委有关领导部门也很重视这件事，旗帜鲜明地支持了招生办公室的认真负责的态度和意见。现在，宁波地委签署意见，再次选送戎光夏入大学。戎光夏已被杭州大学物理系录取了。

事情到此还没有完。我们到洋山公社的时候，这里有的公社干部还是“想不通”。他们说：为啥贫下中农子女不培养，偏偏要拣这号人家？比如，一个干部就说：上大学好比中“状元”，根子总要正一点。这样人能培养好吗？

这场风波向人们提出三个值得注意的问题：其一，怎样全面地准确地理解和掌握党的阶级路线和政策；其二，怎样正确地、一分为二地看待青年；其三，要发扬民主。从这件事上看，说到底，还是一个肃清林彪、“四人帮”假左真右的流毒和影响的问题。

招生办公室的同志们说得好：掌有实权的基层领导干部，必须严格掌握党的政策，采取实事求是的态度。那种取其一点，不及其余，扣大帽子的作法，应当抛弃。地委的一位书记说：为实现新时期的总任务，我们需要大批人材。现在不是多，而是太少了。我们选拔人材，必须思想再解放一些，决心更大一些。特别是对青年人，要看主流，要朝前看！

人们还谈到，当前特别要重视发扬民主。要保障群众有说话、发表意见的权利。戎光夏对公社为他作的鉴定不同意，提出申诉，本来是允许的。即使有些言辞过激一些，也不应无限上纲，甚至提到“反党言论”的高度，应当认真考虑他的申述是否有道理，是否符合实际。我们有的领导同志缺乏民主作风，听不得反对的意见，太岁头上的土动不得，靠扣大帽子压人家，这种作风要不得。

考场以外的这场风波告诉我们：切实贯彻党中央的指示，搞好高考改革，还有许多艰巨、细致的工作要做。

新华社记者　郭玲春、丁雪萍

（新华社杭州十月二十二日电）

《浙江日报》1978 年 10 月 23 日转发《考场以外的风波》

点是："戎光夏出身于反动伪军官家庭，政治品质较差，入学动机不纯。我们意见，以不录取上大学为宜。"鉴定后面还附了戎光夏父亲的历史情况介绍和邻里纠纷的旁证。

一所重点大学负责政审的同志打开戎光夏的档案袋，看了这些材料，没有把戎光夏的名字记入录取名单。

高考总分达到452分，居然未被录取，这件事引起许多人的怀疑：戎光夏这个人是不是像鉴定书上说的那样不可靠呢？各有关部门组成了戎光夏问题调查组。

于是，问题清楚了：

戎光夏的父亲1946年前曾任伪职，解放后作为一般政治历史问题，按人民内部矛盾处理。所以，戎光夏的出身是职员，而不是"反动伪军官"。而且人们认为，即便是"反动伪军官"家庭出身，也要重在本人表现。家庭出身不能成为录取上大学的标准。

戎光夏是高中毕业生。毕业务农后，开始农活不大在行，劳动差一些。后来自己努力，劳动底分由六分半增加到九分七，全年出勤相当于队里同等劳动力。1973年以后，在县里中学代课，反映较好。他将工资交队，由队里记工分。

药死邻居鸡鸭的事，确有。戎光夏自留地的蔬菜遭鸡鸭啄食，他撒放了一些农药，药死邻居鸡鸭，曾引起纠纷。此事当时已作过处理，戎光夏承认做错了事，并折价给予赔偿。

关于蜂蜜的问题，是发生在五年前的事，因证据不足，未做定论。

县、地区和省的招生部门，就戎光夏问题展开了讨论。省招生办公室负责同志认为："这不是一个考生的问题，而是涉及如何掌握高考政审标准的事。应当正确理解党的阶段路线。"他还就录取工作提出两点意见：一是录取工作人员一定要按党的政策办事；二是要对基层干部进行宣传教育，帮助他们提高认识，解放思想，正确理解和掌握党的路线政策。省委有关领导部门也很重视这件事，旗帜鲜明地支持了招生办公室的认真负责的态度和意见。现在，宁波地委签署意见，再次选送戎光夏入大学。戎光夏已被杭州大学物理系录取了。

事情到此还没有完。我们到洋山公社的时候，这里有的公社干部还是"想不通"。他们说：为啥贫下中农子女不培养，偏偏要拣这号人家？比如，一个干部就说：上大学好比中状元，根子总要正一点。这样的人能培养好吗？

这场风波向人们提出三个值得注意的问题：其一，怎样全面地、准确地理解和掌握党的阶段路线和政策；其二，怎样正确地、一分为二地看待青年；其三，要发扬民主。从这件事上看，说到底，还是一个肃清林彪、"四人帮"假左真右的流毒和影响的问题。

招生办公室的同志们说得好：掌有实权的基层领导干部，必须严格掌握党的政策，采取实事求是的态度。那种取其一点、不及其余、扣大帽子的做法，应当抛弃。地委的一位书记说：为实现新时期的总任务，我们需要大批人才。现在不是多，而是太少了。我们选拔人才，必须思想再解放一些、决心更大一些。特别是对青年人，要看主流，要朝前看！

人们还谈到，当前特别要重视发扬民主。要保障群众有说话、发表意见的权利。戎光夏对公社为他作的鉴定不同意，提出申诉，本来是允许的。即使有些言辞过激一些，也不应无限上纲，甚至提到“反党言论”的高度，应当认真考虑他的申诉是否有道理，是否符合实际。我们有的领导同志缺乏民主作风，听不得反对的意见，太岁头上的土动不得，靠扣大帽子压人家，这种作风要不得。

考场以外的这场风波告诉我们：切实贯彻党中央的指示，搞好高考改革，还有许多艰巨、细致的工作要做。

新华社记者郭玲春、丁雪萍

新华社10月22日发稿，《浙江日报》10月23日转载

二、考场的意外喜剧

寿剑刚，杭州大学政治系1978级考生。遥想当年，由于他过于淡定悠闲，险些自我退出竞赛舞台。第一天上午考试结束，下午考历史。他认定是下午二点半开考，所以在招待所美美地睡了个午觉，以有利于冲刺。起来后他慢悠悠地逛向设在海宁一中的考场一看，教室外人影都没有，出奇地安静，他感到奇怪，一问工作人员，被告知考试是二点钟开始的。工作人员指着手表说：你已迟到25分钟，按照考试规定，迟到半小时，不能再进入考场，取消考试资格。寿剑刚如此回忆这个令人后怕的插曲：

我被吓得不轻，赶紧跑步进入教室，甫一坐下惊魂未定，监考老师又过来严肃地跟我说了一通考试纪律之类的话。我没

太听清楚但被弄得更紧张了，便不顾一切埋头答题。肾上腺素激增，下笔如有神助，复习到的自然不在话下，没有复习到的，竟也能从记忆库中调出来。有一道“官渡之战”的名词解释题，我虽没准备到，但也答了个八九不离十。祸兮福所倚啊，结果历史考了 80 多分，是各科中最好的。我都不敢设想，要是多迟到 5 分钟，我就不能考历史了，要是历史不考，余下的科目还有必要考吗？要是 1978 年高考黄了，下一年还会继续考吗？要是不参加高考了，此后的人生将是一条完全不同的道路。5 分钟竟可决定一个人一生的命运，太诡异了！也许是命不该绝，后面的各科考试波澜不惊。考完自我感觉尚可，打点行装回家，该干嘛干嘛。

西南师范学院 78 级中文系王天柱，在考场碰到的是一桩令人啼笑皆非的意外。王天柱撰文道：

那天考语文，当进入奋笔作文时，天气突然变化，不一时乌云翻滚，电闪雷鸣，顿时大雨倾盆。当时我所在的考场设在一所初中内，我坐的临窗座位恰好缺几扇窗玻璃，一阵飘雨突然淋湿了试卷。正在这节骨眼上，怎么办？我忙举手叫监考老师，他无可奈何：“没多余卷子呀！”我见教室前方点着一盏二三百瓦的大灯泡，便不管三七二十一，奔上前去，跳上讲桌，举着试卷在灯光下烤起来。一面烘烤试卷，一面低头扫视，满屋子考生都在刷刷刷地奋笔疾书，独我居高临下作等闲观！好在灯光强烈，卷子没用多少时间就烤干了，急忙冲下讲台回到座位赶写起来。想想这段插曲，我恐怕是唯一有这种考场经历的人吧！

三、有人高考分数飞来，有人高考分数飞去

俞新尧，杭州大学中文系1977级学生。读完“戴帽中学”后，就在他家乡笔架初中做民办教师。俞新尧操一口浓重的萧山话，满怀激情地给学生们上课。环顾周围教师，俞新尧最崇敬的是楼塔中心学校的马烈老师。马老师是“文化大革命”前的南京大学历史系高才生，不但可用普通话给学生上课，更重要的是他还不时有小说、散文发表在《浙江文艺》等杂志上。是当地人们欣羡的对象。然他为人清高，大家都不敢接近他，更别说向他讨教了，俞新尧也不例外。然而在1977年10月高考前的某一天，马烈老师突然把俞新尧叫到他的宿舍，面无表情地问俞新尧：“这柳宗元的《捕蛇者说》你看过吗？你现在把他口译成现代文。”俞新尧既感突然，又对古文知之甚少，心中诚惶诚恐，便连蒙带猜，期期艾艾地说了大概。想不到的是，马老师脸上竟露出喜悦之色，还大大地表扬了一番。然后马老师告诉他考试时要注意的事项，又重点提到“慕尼黑阴谋”很重要，你如不知道，赶快去熟读，并再次郑重地强调，这个题材很重要，正式试卷不一定会出，但若有附加题一定是它。

俞新尧将信将疑，但还是好好地翻看了“慕尼黑阴谋”。不出马烈老师所料，当年的政治试卷中果然出现了“慕尼黑事件”，印象中还是20分的论述题，俞此时心情之爽，无法用言语形容。考完以后，俞新尧急于想见到马老师，向他汇报考试的结果。俞忆述：“考完路过楼塔中学时，已是晚上7时左右，天已漆黑一片。很远就听到马老师在公路边不停地向路过的考生打听我，我高声呼唤他。他急切地把我拉到他的寝室，从考题到应答，足足问了我一个多小时，然后他非常兴奋和肯定地对我说：祝贺你！你肯定考上了！”

如果说俞新尧的额外得分有高人指点，而杨念迅的运气则是一张废旧报纸赐给。

杨念迅是杭州大学 1977 级历史系学生，我的同班同学，浙江义乌人士。义乌盛产红糖，而红糖需要牛皮纸和旧报纸来包裹。1977 年的历史考卷中有一道“黑水党”的题目，做出来得 5 分，由于较生僻，答出来的人寥寥无几。杨念迅估计，他在“黑水党”题上至少得 4 分。高考总分不要说多 4 分，即使是 1 分，也是上天入地的分水岭。那么杨念迅是怎么得到这 4 分的呢？且让他自己现身说法：

> 党报摊派不仅仅是现在的事，那个年代生产队也得被强行订报。好在那时农民对此事的抵触情绪并不怎么强，因为报纸是稀罕之物，可以派上许多用场，比如糊墙壁、包红糖、当厕纸，等等。于是，生产队负责管理报纸的会计会把每天送到的报纸平平整整地折好，按照日期一张不差地叠好，然后每年榨糖季前按人口平均分到每户，村里识文断字的人也不少，但会计不会让任何人看报，他自己也坚决不看，因为报纸弄皱了、弄脏了，分到的那户人家就会有意见。会计家就在我家隔壁，我多少次厚着脸求他让我看看报纸，都被他严词拒绝了。
>
> 于是，我只能看到分给我家的那几张报纸，尽管是旧得不要再旧的旧闻了，但于我来说还是蛮有看头的，毕竟那年代供人看的文字实在太少了。哪怕临近高考了，我也知道不应该去看那些于高考没用的旧闻，可还是熬不住要去翻一翻。巧就巧在 1977 年高考前生产队分给我家的那几张报纸上恰恰有一则关于黑水党的历史小常识！当我在几天后在历史考卷时看到这道题目时，心差点从嗓子眼蹦出来了！老天有眼啊！

俞新尧、杨念迅的高考加分或许是必然中的偶然，那么杭州大学政治系 78 级的韦忠信，就是将煮熟的鸭子放飞了，将一道高分的地理试题，自己丢进了失分的大海中。他事后总结，关键是自己定力不够，从而导致了偶然中的必然。他自己如此娓娓道来：

> 恍惚记得考试时间有一个半小时，我不到一小时就做完试卷了。好像最后一题是说一条船，春分从布宜诺斯艾利斯出发，然后立夏、秋分、冬至等到了几个不同的地域，问当地气候、温度、日照长短等。题目设多问，满分 25 分，具体的记忆有些模糊。既考毕，便欲提前交卷。恰逢前座考生也在整理卷子。那时眼神极好，不经意间只偶然一瞥，突然发现他的答案与我完全相反：冷热相异，春秋有别，长短相差……总之大相径庭。前座似乎是一位年过 30 的“老三届”考生，功力自然不凡。我突然陷入纠结之中，继而怀疑自己答案的正确性，并试图进一步求证，便轻轻踢了一脚前座的椅子，指着我考卷的试题，用近乎腹语的低沉音说：“你错了！”谁知他扭头恶狠狠地瞪了我一眼，丝毫不为所动，理好试卷，充满自信地上交了。我越想越不对劲，觉得一定是自己错了。时间一分一秒地过去，临交卷前五分钟，我终于作出了与原先答案完全相反的修改，疑虑重重之下匆匆交卷。一出考场，急忙去对标准答案，这一对，简直把肠子都悔青了，一个复旦梦就这样灰飞烟灭了。最后各科成绩中地理最差，仅得了 60 分。

这一投机取巧的“奇耻大辱”，给韦忠信留下了终生教训，他后来总结道：做人还是要讲诚信，不可投机取巧，关键时刻不可丧失定力，丢了自信。

四、高考志愿，有时参考而已

现在的高考生，不但知道了自己的考分，也知道了自己排名处在第几，更重要的是，你可以对应参考往年各大学的录取分数和名次，“按图索骥”地填上志愿，到最后录取通知送达，大体就是你所填的学校和志愿了。

而 1977 年则不然，许多考生和家长对志愿既不了解，也不看重，只要有书读，学校好点差点无所谓，不少学生填了这所学校，还不知道学校坐落在何地。中国科技大学物理系 1977 级学生邱建伟，他选择科大作为第一志愿的原因，只是从广播中听到有这么一所大学，当录取通知书收到后，他霎时愣住，怎么校址在合肥呢，而不是心仪的北京？一丝失落感油然而生，但也仅仅一瞬，转眼便释然了。北大经济系 77 级学生，后出任北大副校长的海闻，从杭州赴黑龙江上山下乡，他报考了北大图书馆系，但当他接到录取通知时，被录取在经济系，他一下蒙住了，什么是经济学啊？一无所知。

也有一些考生，父母亲本身是大学毕业生，知道各学校的档次所在，给子女填志愿时，多就低不就高，为的就是稳妥。例如厦门大学历史系 77 级学生刘海峰，他在填志愿时依次是福建师大中文系、历史系、厦门大学汉语言文学。四川大学历史系 77 级的罗志田志愿依次是成都师范学校中文高师班、四川师院中文系、四川大学历史系。北大英语系 77 级申丹，当时填的志愿是湖南师大外语系。北大中文系 77 级黄蓓佳填的是南京师范学院中文系。还有北大中文系的 77 级徐启华，北大法律系 77 级的李克强等等，他们的志愿表上都没有北京大学，但最后却录取在顶尖大学就读。这除了他们的分数考得高以外，还有一个原因是政历清白，因为 1977 级录取时，大学专业还有机密、绝密和一般之分，进绝密、机密专业的人是真正“又红又专”的苗子。这些考生后来所进学校的档次，都高于自己原来所填的志愿，当中有如此“机关”，不少考生并不知其所以然。

五、笑不出来，填报学校和志愿调包

虽说 1977 年高考主体是公开公正的，但令人不解和愤慨的事情也有发生。贵州民族学院中文系 1977 级考生胡晓明叙述了他同届同学的两桩不平事：

同学 W，本来考上了本科，却被换成了大专，他坚决不去读，打起了官司。

同学 Y，上海知青，名字与当地教育局某官员的儿子只有细微差别，也被调包了，上面故意出个差错，把她从一个著名大学，调到省内一般大学。她问：“是本科么？”答曰：“是。”问：“出来是干部么？”答曰：“是。”“工资是五十一块五么？”答曰：“是。”于是她就没有去打官司。

等到那个不打官司的 Y 同学毕业，当干部了；而那个打官司的 W 同学，还没有打赢他的官司，继续当他的工人。

我所熟悉的杭州大学 78 级政治系朱盾鸣谈起当年调包往事，还是感叹命运捉弄了他。后来他将自己这个故事写了出来，此文收录在《120 个回望——纪念高考恢复 40 周年》中。现将朱盾鸣所写，节选如下：

> 1977 年，桐乡县（今桐乡市）作为浙江省恢复高考的试点县，率先进行了高考的初试与复试。因为我的户口在桐乡，就在当

时的梧桐公社俞桥大队报名参加了考试。也许是因为从小喜爱读书，我幸运地通过了初试与复试。在复试后的体检中，相识的批卷老师带来了振奋人心的好消息和晴天霹雳的坏消息。好消息是我的成绩为全县文科第一名，成为文科状元！从北京大学和复旦大学过来审核的老师，拿着法律系和经济学系的名额，与县招生办接洽都希望录取我。坏消息是当时的县招生办主任，当地县委书记的夫人，对我的情况特别关注，严格把关，想树个新形势下“只专不红”的典型。她亲自带队去我插队的生产队召开贫下中农的座谈会，了解我接受贫下中农再教育的情况。结论不出其所料：我这个知青不安心务农，倒流城市私自教中学课程，政审不合格，不能被录取。当然，作为“可以教育好的青年”，不会被一棍子打死，第二年仍然可以再参加高考，以观后效。其条件是：一定要安心务农，即使复习也要留在农村。

后来，北京大学法律系和复旦大学经济系的录取名额，最终给了与我一起参加高考、体检、政审而相识的两位同伴。年轻的我经历了一场人生第一次的上天入地的高考过山车。

1978年的高考复习又开始了。我听从县招生办主任的意见，回农村务农。我当然仍旧想参加高考，所以白天在田间劳动，晚上挑灯复习功课。那时农村缺电，我常常晚上点着煤油灯复习。在第二年的高考中，我顺利通过了考试和政审，被杭州大学政治系录取！

后来经了解，当年我的政审与我父亲的处境紧紧联系在一起。我父亲当时“站错了队”。在我第一次高考政审期间，父亲正处在将其“文化大革命”表现“说清楚”期间，当他“说清楚”了，我的第一次高考政审也结束了。我生平第一次看到石匠出身的慈爱和刚强的父亲，悲痛大哭。

我 1978 年高考政审通过的原因，至今仍不清楚。也许是父亲真的“说清楚”了，也许是中央政策变化了，抑或是我回到农村复习的事迹感动了我们的县招生办主任？我相信是我党的不连累子女的政策起了至关重要的作用。不然妹妹不会在同年与我一起考进杭州大学。

六、血压、血压、还是血压

当时考生中有种说法流传很广，说即使你考分高、政审过关，但若体检不通过，依然上不了大学，而衡量体检合格的主要标志是你的血压是不是高。于是许多考生在量血压前，就着水龙头猛喝一肚子凉水，以期降低血压。当年浙江诸暨的考生体检，是大学、中专上线生集中在一起的。体检前几天，我们几个上线同学，事先到璜山区卫生院作了血压预测，因为那里有个医生是我们老师的夫人，她毕业于浙江医科大学。她几次给我们量血压，其他同学都正常，就是我越量越高。她对我说，你根本不是血压高，而是紧张导致。这样吧，我给你一颗药，体检前三四个小时吃下去，保证你血压过关。她将这颗药交给我的一个同学保管，让他到时给我服用，我也不问是什么药。体检那天，天蒙蒙亮，那个同学叫醒了我，我们蹑手蹑脚到室外，就着室外的冷水吞咽下去，几个小时后我的血压测量正常。意想不到的是，一直陪我，且血压预测一直正常的徐姓同学却血压高了，测了多次还是高，他也越来越紧张。好心的医生让他下午补测，谢天谢地，二人终于过关，我们长长嘘了一口气。后来他被报考的一所高中中专录取。事后我问那医生，你到底给我吃了什么灵丹妙药？她呵呵一笑，我仅仅给你一颗微量的镇静药。

因为血压测量偏高而不能入学，有不少实例。徐州师院中文系1978 级孙汉州撰文叙述了自己遇到的体检淘汰。

> 考试结束后，全家人便进入期盼状态。终于，盼来了上线的消息（那时，具体成绩仍然保密，不向考生公布）。不久，我怀着激动的心情到县城体检站参加体检。体检，平生以来头一遭，由于紧张，血压升高，一遍又一遍，越量越紧张，血压硬是“居高不下”。后来，就因为这个原因，对我半开的大学之门又关上了。事后，我为了治病，又去医院量血压，结论是：“一点儿也不高。”
>
> “这也许是命吧。”母亲说。
>
> “什么命不命的，明年再考！”
>
> 1978 年，我又参加高考。文化考试自然没问题，谢天谢地的是，体检一帆风顺，邮递员把大学录取通知书送上门来，我童年的梦想终于实现了！

与孙汉州同病相怜的还有现在鼎鼎大名的中科院院士、中国科学院副院长丁仲礼。1977 年 12 月丁仲礼参加了高考，成绩达到体检线，但测试血压时，左手测、右手测，血压总是高。医生说他太紧张了，让他歇一歇，可歇后测还是高。事后父亲带他去医院体检，说身体根本没毛病，就是心情紧张导致。这一年，他因体检不过关而未被录取。次年，他报考浙大地质系。他知道自己的“短板”所在，于是多了心眼，事先打听到初中另一个班的女同学是体检医生之一。

体检前一天，他设法找到了这位医生同学，说出了自己的心结。那位医生示意他量血压时到她的桌子前，并叮嘱不要紧张，于是这回体检血压过关了。丁仲礼成为1978级浙大地质系地球化学专业学生，并从这里成长为一位优秀的地质学家。

如果说孙汉州、丁仲礼是因为莫名其妙的血压高推迟了一年，那我的大学同班同学张汝潮、沈坚就比他们幸运多了。

张汝潮是温州大学副教授，瓯江学院经管分院党总支书记。张汝潮说：

> 那年文化课过关以后，紧接着是体检。内科检查时，平时基本不生病的我居然血压偏高。大夫让我留下稍作休息后再测，结果反复几次测下来血压仍旧偏高。我拼命向大夫解释，血压偏高那是玩命复习造成的短暂现象，过几天肯定会恢复正常。我苦苦哀求，我30岁才有上大学的机会不容易。这时门口的招办老师在不停地催促。我绝望地瞅着大夫在我的体检表上记下了体检结果，在他把体检表交给门外的招办老师后，突然转身在我耳边悄悄地说："放心，你的血压正常！"后来的新生入学体检证明了这位大夫的诊断是正确的。我要一辈子感谢这位大夫，不然我的高考路就戛然而止了。

沈坚是湖州考生，后来成为浙江大学人文学部掌门人，1977年入学体检他也险些被刷。他如此忆述：

> 从张榜到最终录取，中间还有体检，对许多人来说这已不是什么事，我却差点折在这一环节上。体检那天我出奇地紧张，心跳一直慢不下来。第一次测心率，每分钟有100多次，医生

让我休息，我反而更紧张。心率检测从上午一直持续到傍晚，最终由县里体检总负责医生定夺而过关。从那以后，我逢体检就心率快，成了条件反射，到了大学也是如此，直至中年才改善。春节后收到了录取通知。1978 年 3 月，我踏入了杭州大学的大门。此后，我从学生成长为教师，一直没有离开过这所学校。

以上这些缤纷的花絮，就是那个特殊年代，这批特殊的考生的特殊待遇。

这些细节实际上折射出，这批考生无论如何不愿错过这千折百回才获得的高考入学机会。

恢复高考那年的课，1978年还得补

任何时代、任何人群都受社会意识的耳濡目染，思维定式和观念是在潜移默化间形成。每当社会结构、利益分配调整之时，那浸染在细胞中的意识就不由自主地显现出来。1977年恢复高考以“迅雷不及掩耳之势”，把实行了多年且在社会上已形成的“推荐入学”，陡然扭转到“凭考分入学”的方向上来，对原有的存在是一种攻城掠地式的收复。这一方向性的转变，在阵阵叫好的同时，也夹杂乃至形成不小的抵抗力量，各种非议和反对声应时而起，且声势不小——要捍卫精神和物质上的奶酪不被切割。

最先反映出来的是如何对待高考。例如《浙江日报》1977年11月14日刊登了五封读者来信，其中有位知识青年写道：“每一个报考青年都应该树立‘一颗红心，两种准备’的思想，端正报考态度。可是在目前秋收冬种的大忙季里，有的人竟放弃生产，复习功课。严重地影响了生产。这样做是不正确的。应该端正态度，正确对待上大学。”可见，报考大学要看动机，复习功课等于放弃生产，在知识青年中还有深入人心的市场。最明显的是对1977年考生的“主要看考生本身表现”的政审政策在部分地区执行并不到位，对中央文件这一明确规定，不少操作者依然用“文化大革命”的思维方式行事，不少考生甚至不少考生的家长也都习惯性地接受这种言行举措。

反对恢复高考者自有多种冠冕堂皇的理由，说浊浪排空并非虚言。1978 年 4 月召开全国教育工作会议和招生会议，这种意见还展示到庙堂之上。据与会的教育部考试中心杨学为回忆：参加这次会议的都是各省分管招生的副厅长，这些副厅长是延安时期的老干部，大学的副院长或者副书记，也都是“三八式”、新四军。也即与会人员资历深，职务高。在会议分组讨论时，一些人情绪激昂，纷纷发言：“文化大革命”前还有个阶级路线问题，贫下中农还要照顾，现在都是凭分录取了，也不提要照顾贫下中农了，不要招生几十万，得罪几千万。这种似曾相识声音，在 1977 年第二次招生会议上曾出现过。只不过这次他们似乎在实践中提炼了，语言上纲上线得着实吓人。

当年教育部所编会议的第 6 期简报中对此作了反映：“有的同志说，择优，不光是分数优，政治上也要择优。我们要吸取二十八年正反两方面的经验教训，恢复过去的也不对。说‘智育第一’、‘分数挂帅’根本不存在，不科学。××× 修正主义路线没有‘智育第一’、‘分数挂帅’？不能肯定一切，也不能否定一切。有的同志说，有成分论的前提，然后才是不唯成分论。‘工农及其子女有享受教育的优先权’还算不算数？文件上只写赤脚医生可降低十分，为什么对工农子女不可以降低！‘文化大革命’前还可以降十分，为什么经过‘文化大革命’倒不可以了？既要考虑到新时期的总任务，也要贯彻阶级路线。不能要了城市，丢了农村。知识分子的子女多一点可以，但是，贫下中农子女要不要照顾？有的同志说，为什么城里的孩子可以集中复习，农村贫下中农的子女就得坚持业余复习，这是不公平的。知识分子是依靠力量之一，但它是‘毛’，工农是‘皮’。首先要问，现在我们是什么国家？我们的现代化，是社会主义的现代化，而不是资本主义的现代化。有的同志说，去年工农成分降低了。有的同志说，不要招生几十万，得罪了几千万。去年这样还可以，两年、三年以后还这样，看贫下中农反你不！有的同志说，现在剥削阶级家庭出身倒成了优越条件。有的同志说，去年政审中的主要问题是宁‘左’勿右、宁严勿宽。有的同志说，这与其说是‘四人帮’的流毒，还不如说是阶级斗争的影响。农村阶级斗争是很激烈的，贫下中农不愿意推荐地富子女。现在的问题是，为了实现新时期的总任务，要调动一切积极因素。这个政策的转变，基层还不了解。有的同志说，这是原则问题，我们不能让步，不能因为分数高，我们就糊里八涂地录取。”①

这些言论不但会上激烈，会场外也出现，而且振振有词，义形于色。

4 月 24 日在食堂饭桌上，一个自称是安徽来的人（可能是参加招生工作会议的）同《光明日报》一个记者，两个人一唱一和，对当前我国教育界所采取的一些措施表示了不同意见。那个安徽来的人说：难道过去就不存在“智育第一”的问题了？十七年就没有路线斗争了吗？ ××× 就没有干扰了吗？如果是这样，就没有必要搞“文化大革命”了。那是不符合辩证法的，是否认历史。这个问题，会议文件根本不谈（指招生会议文件），这次会议（指招生会议）根本不敢触及这个问题。要允许有不同意见嘛！允许有不同意见的

① 《高考文献（下）》，91页。

辩论嘛！那个《光明日报》记者表示同意这个人的看法，并补充说，北京西城区逮捕200多青少年犯罪分子，现在青少年犯罪不比“四人帮”时期少，这个问题值得研究。[①]

这些义正辞严的人并非“四人帮”的爪牙，还有不少人甚至在“文化大革命”中受到迫害。但在新形势下，这些冠冕的言行和堂皇的观点无疑将殃及一片，迷惑一片。尤应重视的是，这批发言者几乎全是有关省教育厅或高等学校的负责人，有相当的权威性和宽广的言论传播半径。这种错误观点和有害思潮，自然受到有识之士和高层的高度关注。

4月27日会议发出了第40期简报，对这种言论进行了针锋相对的反击。反击是以吉林省与会代表给教育部长刘西尧和党组写公开信的形式出现，且是逐条驳斥。

> 刘西尧同志并教育部党组：
>
> 邓副主席在重要讲话中说道：“要提倡敢想敢说的革命精神。有不同意见不要紧，各种方案可以比较。”吉林参加全教会和招生会议的全体同志（32人）对三件事有不同意见，愿提出来和有关同志请教、讨论、学习。
>
> 第一件事：我们对高等学校招生会议“简报第6期”中反映的有些话，不敢苟同，这些话如：
>
> “有的同志说，择优，不光是分数优，政治上也要择优，我们要吸收二十八年正反两方面经验教训，恢复过去的也不对。”
>
> “‘工农及其子女有享受教育的优先权’还算不算数？”

① 见《高考文献（下）》，94页。

“有的同志说，不要招生几十万，得罪了几千万，去年这样还可以，两年、三年以后还这样，看贫下中农反你不？”

“有的同志说，现在剥削阶级家庭出身倒成了优越条件。”

“有的同志说，这是原则问题，我们不能让步，不能因为分数高，我们就糊里八涂地录。”

我们讨论了一下，大家认为这些话说得很明白，情绪很大，拥护什么，反对什么也很鲜明，立场也很坚定。对这次招生制度的改革是怎么来的，他们是清楚的，所以持反对意见的同志，他们要反对什么也不含糊。但是我们和这些意见正相反，就是坚决不同意，并认为这种意见很危险。我们不愿就这么几句话做出政治上的评价，但一看大家就能明白，这里有政治性的含义。也可以说有政治上可以估量的意义在内。

第一，我们坚决拥护邓副主席报告的开头就讲过的话：“粉碎‘四人帮’以来，特别是改革高等学校招生制度和批判‘两个估计’之后，教育战线出现了许多新气象。成绩应当充分肯定。”

我们认为在华主席党中央主持下，这次高考制度改革好得很！是粉碎“四人帮”的胜利果实，是粉碎两个黑估计的果实，不粉碎“四人帮”，不改革高等学校招生制度不得了！再按“四人帮”那一套“上、管、改”，再按“梁效”、“朝农”的办法办，不得了！那样高等学校就别想再办了！再按“梁效"、“朝农”所谓的“推荐工农兵”的招生制度人民已忍无可忍。但简报中所反映出的话和邓副主席说的正相反。甚而恐吓说：“两年、三年以后，看贫下中农反你不！”其实，这位同志自以为他是代表了贫下中农了。我们认为他反对的不对！他反了正确的东西，他反的是全国人民、贫下中农欢迎的东西。

第二，就我们省说，这次高考，尽管是头一年重大的改革，我们工作做得不够好，也有些缺点漏洞，但反映很好，效果很好，说明华主席党中央的改革威力真强，我省人民说这样的话："党中央不用发布告，就这么一改，中小学学生就好好学习了，流氓、懒惰的学生就大大减少了，社会风气也大变化了。春节的晚上学生也在灯光下看书学习了！"可是简报中却说："招生几十万，得罪了几千万。"不知是怎么得罪的，不知这几千万都是哪省的。但这绝不符合我们省的情况。同时说这话的人，我们不相信他会代表他那个省发言，因为我们非常知道他那省的省委第一书记是坚决拥护高考改革的人。希望把他的发言送回本省问问"几千万"同意不同意他的讲话？也请示一下那省的省委书记，同意不同意他的估计。

第三，反对择优录取，是否还搞政治上三等九级，靠所谓政治上的差别录取？是否老干部即所谓"走资派"的子女，"臭老九"子女再往后靠靠？是否政审中再加上以前的限制，什么"海外关系"、"华侨"、"他爷爷是地主"？是否还写上"他父亲是斗走资派立场坚定的造反派"？等等。到底工人、贫下中农子弟在今年高考中比例降低了没有呢？没有！如果按党中央、宪法的政策界限，而不是按"四人帮"的帮记"政审"标准，整个高考正是保证了社会主义国家工农兵、人民的子弟享有受教育权。不信的话，请作以上发言的同志公布一下你省的考生比例，用事实说明这次高考有回到XXX的路线去的证据。摆事实，讲道理嘛！不然又靠什么检查工作？

第四，有的同志说："现在剥削阶级家庭出身倒成了优越条件。"这句话我们看了糊涂，不知其所云，莫非你那省另有规定？单独照顾了剥削阶级家庭出身的人？如果不是，而是指的一些城市孩子和农村孩子的录取线应有的差别，我们说，去年的高考倒是注意了这一点，并未一刀切，不然为什么搞许多不同的录取线？

第五，马列主义告诉我们，对任何事不可持绝对主义。一个规定、一个政策是好是坏，就是对全体、整体、主流主导方面说的，利和弊是不可分的，但可以鉴别比较。金无足赤，人无完人。我们不是说这个高考制度已尽善尽美，还要改善。不然教育部开会总结它干啥？但粉碎"四人帮"后，这次改革比起以前那一套，好得很！从根本上把走后门，比爸爸、比权力大小给堵住了。今后公布分数，可以查分数更好，免得头上长角、身上长刺的人再"保送"。①

两种意见尖锐对立。为辨明是非，表明官方立场，5月3日，中共中央政治局委员、国务院副总理方毅在会上说："这段时间要着重解决思想认识问题，路线是非问题。"教育部长刘西尧说："说剥削阶级家庭出身倒成了优越条件，这毫无事实根据。不少干部和知识分子子女成绩优秀，政治表现好，符合择优录取条件，考进了大学，这一事实本身，就是对'四人帮'的反革命政治纲领和反动的'两个估计'的有力批判。"5月8日，教育部副部长高沂代表教育部党组在会议上作了总结发言，其中专门讲到中央对此的坚定

① 见《高考文献（下）》，92—94页。

立场：

“会议充分发扬民主，进行了思想交锋。在招生会议上，有些同志提出了一些事关路线的问题，不仅在我们的会议上，而且也在全国教育工作会议上，进行热烈讨论。这是完全必要的。正如方毅同志说的，会议开得很有生气。通过讨论，使我们深刻认识到，‘四人帮’对教育战线造成的思想混乱以及流毒和影响是严重的，即使有些好同志也难免在一定程度上受到毒害。”①

一些奇奇怪怪、反对恢复高考的言论，虽然是在会议进行中出现的，但其实在会前已成声势。为此，邓小平 4 月 22 日在全国教育工作会议讲话中，一开头就针对性点到：

> 粉碎“四人帮”以来，特别是改革高等学校招生制度和批判“两个估计”之后，教育战线出现了许多新气象。成绩应当充分肯定……“四人帮”反对严格要求学生学习科学文化，反对学生以学习科学文化为主，胡说这是“智育第一”，是“脱离无产阶级政治”。他们鼓吹“宁要没有文化的劳动者”，胡说“知识越多越反动”，并把今天掌握了文化的劳动者及其子弟诬蔑成为资产阶级知识分子。“四人帮”这些谬论的流毒，现在仍然需要大力肃清。②

关于考试，邓小平还有一段非常经典的论述：“考试是检查学习情况和教学效果的一种重要方法，如同检验产品质量是保证工厂生产水平的必要制度一样。”也就是说，进入大学，考试是必备环节。

① 见《高考文献（下）》，100页。
② 见《邓小平文选》第二卷，103—104页。

《人民日报》1978 年 5 月 24 日《招生会议上一场很有意义的讨论》

这次招生会议上对恢复高考制度的非议有如此大的市场，也是社会思潮的反映。为此，邓小平决定将这种争论公之于众，以便对全党全国开展一次恢复高考非常有必要的补课教育。招生会议刚刚结束，邓小平就在五月中旬亲自审阅《人民日报》社论《加强党的领导，搞好教育革命》和新华社记者、人民日报记者述评《招生会议上一场很有意义的讨论》的两篇长文。[①]社论和记者述评在《人民日报》5 月 17 日、5 月 24 日先后发表，其后新华社转发至全国各地。

记者述评指出：招生制度的重大改革受到全国人民的拥护和赞

① 《邓小平年谱（1975—1977）》上，313页。

颂，但由于“四人帮”流毒和影响尚未肃清，社会上也有少数人对招生制度的重大改革存在糊涂认识，提出了一些错误观点。这些错误观点是原则认识，必须予以纠正。

《述评》提出了三个主要问题。

第一，有人提出新的招生制度不是代表工人阶级、贫下中农的利益，是否定了工农及其子女享有优先权，是“要了城市、丢了农村”，是“招生几十万，得罪几千万”云云。会议指出，1977 年恢复高考招生是拨乱反正的重大措施，这一改革深得人心。所招生源，工人、贫下中农和其他劳动人民的子女占比 97.4%。“四人帮”横行时的所谓推荐，实际上是为某些有权势的人提供了“走后门”的方便，四川省有个公社、计划推荐上大学的名额已经排到了 1980 年，全部是干部及亲属的子女。改革招生制度，从根本上堵住了“走后门”，这是广大人民群众最满意的一点。凭考试入学，调动了广大青少年的学习积极性，改变了社会风尚，这也是广大人民群众最满意的。明明是招了几十万，调动了几千万人的积极性，怎么是“招生几十万，得罪几千万”呢？有目共睹的事实是谁也否定不了的。

第二，政审主要看本人政治表现，完全正确。去年招生录取了不少剥削阶级出身，本人政治表现好，文化考核成绩较高的学生。于是有人说：现在“剥削阶级家庭出身倒成了优越条件”，“干部和知识分子的子女上学也偏离党的阶级路线”。这些人仍然坚持“四人帮”的政审标准，认为知识分子是“臭老九”，是和剥削阶级连在一起的。按照他们的政审标准，这些人统统不能上大学。由于“四人帮”的流毒未肃清，去年高考政审中，有的单位宁“左”勿右，使一部分符合条件的优秀青年未能入学，是很可惜的。我们要坚持德智体全面衡量、择优录取的原则。对那种似乎很“革命”，实际上形“左”实右的论调必须批判。

第三，有论调认为去年招生实际择优录取，是恢复十七年的“智育第一”、“分数挂帅”，是“分数面前人人平等”，是“扩大了三大差别”。还提出：“择优，不光是分数优，政治上也要择优。”言外之意，去年招收的新生政治上不优。这是严重的把红与专、政治与业务割裂开来，把德育和智育对立起来，把招生中的政治质量择优和文化质量择优对立起来。说明“四人帮”的流毒和影响远远没有肃清。他们认为，我们现在的恢复高考，不是改革，而是复旧。高考制度需要不断前进完善总结，但绝不能借此非难，怀疑正确的改革方向。

述评文章进一步指出：以上所提出的问题绝不是招生问题或某一地区的问题，而是涉及党的路线、方针、政策的重大原则问题，是事关全局的大是大非问题。所以必须肃清“四人帮”这些流毒和影响，促使原有模糊认识的同志提高思想认识，一定要充分认识到招生制度的改革是当前的重大任务。

《人民日报》的社论则着重指出，要尽快改革教育同社会主义革命和建设严重不相适应的情况，当前首先要花大力气做好三件事：

第一，思想整顿，刻不容缓。教育战线是受“四人帮”流毒影响的重灾区，“两个估计”对教育战线影响最深，危害最大，远远没有批深批透。组织上属于“四人帮”帮派体系虽是极少数，但思想上中毒很深，甚至至今还有坚持“四人帮”思想体系的人。不少干事的人在工作实践中心有余悸。余悸和余毒联系在一起，只有余毒彻底肃清，人们的余悸才会消失。

第二，组织整顿刻不容缓。抓好清查工作，整顿领导班子。对那些坚持“四人帮”思想体系至今不肯转弯子的人，对那些不一定有什么高的职位，但是有野心，坚持资产阶级派性屡教不改的人，在整顿领导班子的时候，必须把他们撤换掉，绝对不能含糊。社论列举了安徽省对省教育部门和高等学校主要负责人整顿调整，加强领导，使工作面貌焕然一新的例子。

第三，落实党的干部政策和知识分子政策刻不容缓。由于林彪、“四人帮”假左真右的思想影响没有肃清，有些同志对此束手束脚，顾虑重重，甚至追求要稳当，不要把知识分子的作用强调得过分，不然知识分子又要翘尾巴。这些看法是完全错误的。当前的思想是对知识分子政策落实得不够，知识分子作用发挥不够。因此落实政策工作，必须有专人负责，抓紧进行，定期检查，限期完成。

《人民日报》社论的三个“刻不容缓”，非常清晰地向全党全国昭示了正确的教育改革，不能阻挡，从思想上、组织上、政策落实上采取了有力的措施。

这次招生会议对所谓考生的成分和出身以及分数取人，争论非常激烈，但执掌者不再犹豫不决，而是坚定不移，且在1978年6月6日国务院批转的招生工作意见中写明，报考人员的出身和婚否不受限制，年龄放宽，全国统一高考，公布考生各科成绩，分数面前人人平等，实际上比上一年更透明、更开放。

1978年4月招生会议上尖锐的对立意见，立场鲜明的辩论，本应在1977年招生工作会议上解决。但那时的主要精力用在冲破“两个估计”，摆脱“两个凡是”，准确完整地理解毛主席的“七·二一指示”，如何对待“文化大革命”，以及招收应届高中毕业生等问题上。

直到 9 月 19 日邓小平讲话，上述问题暂时缓解，也因为 1977 年的招生工作会议开得太长，关于考试的重要性和必要性，实在没有时间来得及认真而深入地讨论，这一问题在 1978 年招生工作会议上终于再次暴露。在会上邓小平和教育部重申了恢复高考的重要性和必要性，并在理论和实践上、历史和现实上都作了有力说明，绝不走回头路。这必要的一课，在合适的时机终于补上。从此以后，关于是否坚持恢复高考，是否公平公开对待每位考生，这片历史风云就轻舟已过万重山了。

浙江省1977年恢复高考实施情况

由于1977年全国没有统一教材，也没有统一的教学大纲，教育部提议并报国务院批转的招生工作意见规定，该年高考试卷由各省、市、自治区自行命题，自行组织考试。录取名额由中央下达到各地执行。所以该年全国的招考录取工作难以一一表述。这里以浙江省为例，推演全国。因为实际上各地均原则遵循国务院批转教育部的招生工作意见进行，招考工作大同小异。

国务院1977年10月12日批转《教育部一九七七年高等学校招生工作的意见》后，各地事实上开始了招生准备工作。10月21日《人民日报》向国内外公布高考改革的消息，浙江省的招生工作就紧锣密鼓地开始了。

全国的高考试点是广西壮族自治区百色县（今百色市）。之所以选择百色，并非因邓小平领导过百色起义，而是百色相对来说比较偏僻，不大容易走漏风声。加之百色有多个民族聚居，山区、平原兼而有之，厂矿也较多，人口、经济、文化在广西处中等水平，有一定的代表性。百色的高考试点从1977年10月26日开始，至12月上旬结束，历时一月有余。

浙江省的高考试点选择在桐乡县（今桐乡市），试点从10月下旬开始。《浙江日报》1977 年 11 月 11 日第 1 版，以《桐乡县高校招生试点工作做出成绩》作了专题报道。主题是：调动一切积极因素，广开才路，全面衡量，择优录取，为祖国选送人才。

报道说，桐乡县试点工作第一是抓路线，第二是抓班子，第三是抓作风，第四是抓党的方针、政策。要求把今年招生工作的方针、政策，原原本本交给群众，使群众了解今年招生工作要德智体全面衡量，重在表现，择优录取。在宣传发动时强调，既要注意把优秀人才选拔上来，又不能影响工农业生产，影响上山下乡的大方向。

招生试点工作还是把“上山下乡作为大方向，不能影响工农业生产”作为口号。因而该报道继续强调：对报名青年，要求坚持抓革命促生产，充分利用业余时间进行复习。强调要为革命而学习，

浙江日报

ZHEJIANG RIBAO

第10394号 1977年11月8日 星期二 今日四版

要在二十世纪最后四分之一时间内把我国建设成为伟大的社会主义的现代化强国，迫切需要培养和造就大批又红又专的建设人材。这就要从教育入手，要真正搞好无产阶级教育革命。

华主席在中国共产党第十一次全国代表大会上的政治报告

全党动员 书记动手 把教育搞上去

全省教育工作会议胜利结束

铁瑛同志作总结报告 陈伟达同志讲了话 张子石同志主持会议

到会同志表示一定要全面地正确地贯彻毛主席的教育方针，尽快改变教育的落后面貌，为实现四个现代化培养又红又专的建设人材

《浙江日报》1977 年 11 月 8 日刊《全省教育工作会议胜利结束》及配发《教育要大治快上》社论

接受祖国挑选，做到“一颗红心，两手准备”，不论是上大学，还是上山下乡、继续留在工作岗位都是光荣的，都可以为实现四个现代化贡献力量。

1977 年 10 月上旬，浙江省高等学校招生委员会拟定 1977 年高校、中专和技工学校招生工作的实施意见，于 11 月 8 日上报省里批准。

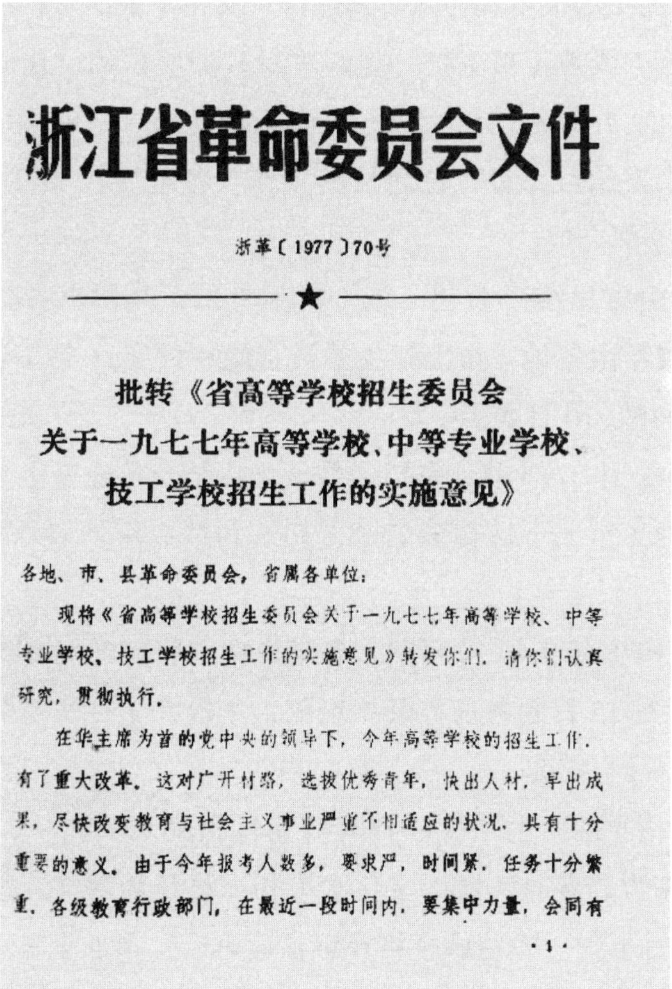

浙江省革命委员会文件

浙革〔1977〕70号

★

批转《省高等学校招生委员会关于一九七七年高等学校、中等专业学校、技工学校招生工作的实施意见》

各地、市、县革命委员会，省属各单位：

现将《省高等学校招生委员会关于一九七七年高等学校、中等专业学校、技工学校招生工作的实施意见》转发你们，请你们认真研究，贯彻执行。

在华主席为首的党中央的领导下，今年高等学校的招生工作，有了重大改革。这对广开才路，选拔优秀青年，快出人材，早出成果，尽快改变教育与社会主义事业严重不相适应的状况，具有十分重要的意义。由于今年报考人数多，要求严，时间紧，任务十分繁重，各级教育行政部门，在最近一段时间内，要集中力量，会同有

·1·

浙江省革委会 1977 年 70 号文件《批转〈省高等学校招生委员会 1977 年高等学校、中等专业学校、技工学校招生工作的实施意见〉》

省级执政者动作快速，即于次日以浙江省革命委员会文件（浙革〔1977〕70号）形式，批转《省高等学校招生委员会关于一九七七年高等学校、中等专业学校、技工学校招生工作的实施意见》，并下发给各地、市、县革命委员会、省属各单位遵照执行。

《招生意见》规定：凡符合规定的，均可报名。

（1）凡参加报名者均须对其进行“文化水平的审核”，审核工作由县（区）或地（市）统一组织进行，即所谓的“初试”。在对报考对象的政治表现、文化水平、身体健康审核合格后，由各县（区）招生委员会发给准考证。这阶段的工作，各地要在11月上旬至12月14日前全部完成。

（2）由省里统一命题，统一时间考试，具体由各县（区）组织实施。阅卷由各地（市）招生委员会组织评定，全省考试时间统一在12月15、16日两天。

（3）12月27日前，省招生委员会将结合各地（市）的考试成绩，给各地（市）下达初选名额，初选名额数按录取总数的2.5倍比例下达。

（4）1978年1月12日前，各地（市）将初选名单报送省招生委员会。1月15日起各高校开始录取，争取在1月底录取结束，并报省招生委员会批准。

（5）招收的新生要在1978年2月前报到入学。

具体来说，各县（区）文化水平初试科目为语文、数学两门，时间在11月下旬。经初试合格及审核通过后，参加全省12月15日开始的统考。理科考生考政治、语文、数学、理化，文科考生考政治、语文、数学、史地。各科考试时间均为100分钟，15日考政治、数学，

16 日考语文、理化或史地。每科目试题实行百分制（即满分 100 分计）。考毕由各市（地）招生委员会统一组织评卷。1978 年 1 月初，省招生委员会汇总各市（地）上报的文化考试情况。考生的成绩除了按 400 分总分统计外，还按照“3 ∶ 3 ∶ 2 ∶ 2”的比例进行折算，即理科的数学、理化各按照 30% 计，政治、语文各按照 20% 计；文科的政治、语文各以 30% 计，数学、史地各以 20% 计。最后，按照“3 ∶ 3 ∶ 2 ∶ 2”比例确定考生 4 门科目的总分。省招生委员会向市（地）下达录取数 2.5 倍的初选名额，由各市（地）招生委员会按德智体全面衡量，来确定参加政审、体检的名单，再由各个县（区）招生委员会组织实施政治审查和体格检查，并汇总全部材料（包括考生试卷）报送省招生委员会。

省招生委员会从 1 月 30 日起集中在杭州屏风山招待所连续工作，当年除夕之夜也在山上度过。2 月 12 日（正月初六），在浙江省招生的 113 所全国高等院校招生人员进驻杭州屏风山，开始录取工作。

1977 年浙江省高考的最低录取分数线（100 分制）作了如下细化：工作实践二年以上：理科 41 分、文科 53 分；工作未满二年、留在城里的：理科 44 分、文科 56 分；应届高中毕业生：理科 44 分、文科 56 分；66、67 届高中毕业生：理科 61 分，文科 66 分；在校高中生，年龄 25 周岁以上（不包括 66 届、67 届高中毕业生）：理科 66 分，文科 71 分。1978 年 2 月 23 日完成了全部录取工作，2 月 24 日统一发出录取通知书。

浙江省所发招生文件在原则上遵循全国文件以外，也有其特殊之处，主要是以下几点：

（1）应届毕业生不能报考农业院校。文件如此规定：“我省农业院校今年均招收具有二年以上实践经验，符合招生条件的上山下乡、回乡知识青年和农业科技积极分子。”这一规定，排除了应届毕业生报考农业院校的可能性。

（2）高等院校和中等师范，如果报考者有意愿，可以打通进入，也可两者兼报。文件规定如下：“报考高等学校的青年中，具有两年以上实践经验，愿意服从国家分配录取到中等师范学习的，可在填表时说明。”

（3）复习迎考只能就地利用业余时间，不能脱产复习。文件规定：“要加强思想政治工作，教育考生正确对待文化考试。应坚持生产和工作，就地利用业余时间复习迎考。”利用业余时间复习迎考，这点在桐乡试点工作中是着重强调的。不过招生文件也有一个意味深长的尾巴，在考试前，可安排适当时间组织报名青年复习。

（4）对“实践经验比较丰富，并钻研的成绩或确有专长的”考生作了明晰细化。文件规定：“这类青年的报名，应由本人提供可资证明的材料，或由本单位出具证明（以上对象包括工作有显著成绩的优秀民办教师、代理教师、赤脚医生和农业科技积极分子）。年龄在三十岁以内，婚否不限。”变相地放宽了报名年龄限制。

（5）对考生的政治审查，浙江省似乎比全国招生文件扣得更紧。文件如此规定：“政治审查由公社、街道、厂矿、企业、学校、机关的党组织负责，主要看本人的政治表现。要向所在单位群众公布名单，广泛征求意见，对群众的意见，大队和公社（包括街道、厂矿、学校、机关等单位）要认真听取，并由所在单位党组织按照中央文件规定的条件对本人作出实事求是的鉴定。”

文件又规定：“对考生父母的政治情况和主要社会关系中有重

大政治历史问题的要调查清楚，并取得旁证材料。”

如此一来，给家庭出身有这样那样问题的，或考生本人有这样那样不当言行的，设置了一个可松可紧的圈圈，实行执行时空间放大了。

也许时代局限所致，也许左风依然强劲，在浙江省招生文件上，阶级成分和考生出身还有明显痕迹。如文件规定：“要贯彻党的阶级路线和政策，在德、智、体诸条件相同或相近的情况下，要优先录取工人和贫下中农子女。”

浙江如此，其他各省、市、自治区类似情况也有不同程度存在。但无论如何，这个招生文件已与“文化大革命”中的招生文件发生了质的变化。至于“文化大革命”和阶级成分影响的余绪，只能放在当时的历史背景去理解，比如“文化大革命”实际上还在结束之中，否则就难以解释了。

《浙江日报》11 月 9 日公布了全国 115 所院校在浙江省招生的情况和专业，其中理科 98 所（包括工、医、农、林），文科 13 所（包括外语、财经、政法），艺术、体育 4 所。实际上不到 115 所院校，如文科、艺术、体育等类别重复列计的杭州大学等院校。以文科论，浙江省内是杭州大学、浙江师范学院、浙江师范学院宁波分校三所学校招生，而政治、历史、英语、教育学专业只有杭州大学招生。浙江师院及其宁波分校只招收中文一个专业。省外院校在浙江招收也只有 10 所。不过有两种情况需要说明，一是 1978 年 4 月以后扩大招生，有些升格而成的大专院校（如绍兴师范升格成浙江师范学院绍兴分校）的，不在此之列，二是实际招生时，有些院校调增了专业，但这毕竟是少数。

杭州大学77级诸暨同学毕业合照。第一排自左至右：田黎英（经济系）、陈洪檀（经济系）、徐友国（哲学系）、周健（中文系）、骆月瑾（地理系）。第二排自左至右：华民（体育系）、郑钦国（化学系）、陈侃章（历史系）、赵维江（哲学系）。第三排自左至右：边新灿（中文系）、徐一骐（中文系）、周怡平（地理系）、吴志宇（经济系）、黄秋生（中文系）。杭州大学77级录取诸暨考生计16人，未合影中陈乐洋（历史系）外出，阮建忠（物理系）已赴美留学。

1977年浙江省参加初试考生有370339人，经过初试淘汰了相当一部分人，参加全省统一高校考试的有效成绩人数为：文科16283人，理科57082人，共计73365人。浙江省招生总计划数为5182人。初选上线参加体检10103人，录取5346人，其中理科4460余人，文科及体育等专业共计880余人。按照中央规定，1978年4月后扩招了一批，但扩招比例不能超过已招人数的30%，约增加1500多人，最终1977年高考合计本科、专科录取6800多人，超过了原招生计划数。

需要进一步说明的是，浙江省1977年对录取考生，分“社会生”和“应届生”两个不同分数段对待。在“社会生”中，还要细分工

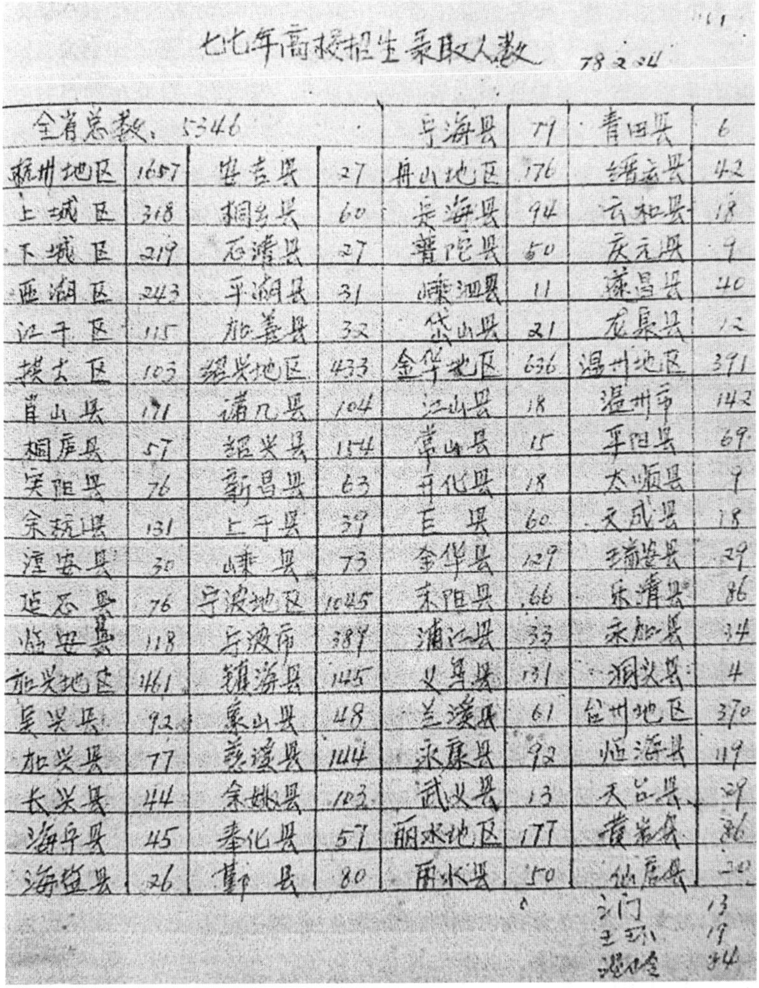

七七年高校招生录取人数　78.2.24

全省总数：5346				宁海县	77	青田县	6
杭州地区	1657	安吉县	27	舟山地区	176	缙云县	42
上城区	318	桐乡县	60	定海县	94	云和县	18
下城区	219	德清县	27	普陀县	60	庆元县	7
西湖区	243	平湖县	31	嵊泗县	11	遂昌县	40
江干区	115	加善县	32	岱山县	21	龙泉县	12
拱墅区	103	绍兴地区	433	金华地区	636	温州地区	391
肖山县	171	诸暨县	104	江山县	18	温州市	142
桐庐县	57	绍兴县	154	常山县	15	平阳县	69
富阳县	76	新昌县	63	开化县	18	泰顺县	7
余杭县	131	上虞县	39	巨县	60	文成县	18
淳安县	30	嵊县	73	金华县	129	瑞安县	29
建德县	76	宁波地区	1045	东阳县	66	乐清县	86
临安县	118	宁波市	387	浦江县	33	永嘉县	34
加兴地区	461	镇海县	145	义乌县	131	洞头县	4
吴兴县	92	象山县	48	兰溪县	61	台州地区	370
加兴县	77	慈溪县	144	永康县	92	临海县	119
长兴县	44	余姚县	103	武义县	13	天台县	29
海宁县	45	奉化县	57	丽水地区	177	黄岩县	86
海盐县	26	鄞县	80	丽水县	50	仙居县	20
						三门	13
						玉环	19
						温岭	34

1977 年全国院校在浙江省招生录取情况统计表（影印件）

作实践二年以上的、二年以下的，25 周岁以上的、25 周岁以下的不同分数段。这是根据 1977 年全国招生工作意见，按比例招收不同年龄段考生细化的。之所以这样，是因为在大力改革招生制度的同时，也适当考虑到当时的社会现实。如果不掌握这个特殊年代招生“密钥”，可能会难以理解这一招生细节。

不少 1977 级学生，一直不知道这“经历分段录取”的秘密。现已名满天下的华东师大教授杨国荣，对自己当年为何迟迟未被录取，一直疑惑不解，他有文章说：

> 鏖战四场之后，虽不敢说有大得，但亦无大失，总体感觉还相当不错，一些科目如作文之类，自认为很有可圈可点之处。然而，世事常非人所能逆料，虽自以为录取应无大碍，但到发榜之日，却迟迟不见录取通知书！那些日子的失落、惆怅，真有些难以言表。直到后来招生扩大，才总算拿到那姗姗来迟的通知书。据说高考第一次恢复时，录取的程序并不像后来计算机排序那样从高到低、“科学”严谨。我们这些迟到的被录取者中，相当部分都是高分获得者，不少人的分数要比一开始录取的幸运者高出许多。至于为何到后来才录取，具体原因至今似乎仍不甚清楚。[①]

无独有偶，华东师大另一名1977级学生，著名学者许纪霖教授也撰文求解，他说：“偏偏命运要捉弄我一回。发榜的时候，竟然没有我的名字！连公认比我差的同事，都一个个笑盈盈拿到了入学通知书。怎么回事？我想不通。当时的成绩是保密的，直到后来我进了大学，才知道，实际上我考得并不差，4门科目，总分为349分，平均每门87分，其中，数学还考了个满分。我的成绩，在当时属于高分。为什么一开始没录取呢？至今，这还是一个谜——那年头百废待兴，拨乱反正刚刚开始，你无法解释好多个为什么。不像现在电脑排名，从高分到低分，绝对公平。”

---

① 见未名主编《往事与随想——永远的1977》，北京大学出版社，2007年，174页。

杨国荣和许纪霖教授的遭遇，极有可能碰上了“经历分段录取”的特殊标准，即不同年龄、不同经历在分数面前并不绝对平等。这个“秘密”，估计至今还不被许多人士知晓。所以要搞清当年的真实，有时不能停留在一般记述上，还应走进别有天地的历史深处，这是历史的魅力所在，也是历史的繁复所在。

1977 年的《全国招生工作意见》还有几个细节值得一提，即：“参加统一考试者缴报名费五角，用于招生工作所需的费用。”“国家职工入学时工龄满五年的，在校学习期间，工资由原单位照发。”这些颇具时代特色的规定，充分考虑到了当时现实和学生的经济承受能力，放在今日观之，恍如隔世啊！

恢复高考与“文化大革命”期间招生工作意见比较

中华人民共和国成立后，凡年度的《全国招生工作意见》均由教育部提出报告，经国务院批准，以中央文件的形式下达至全国各地执行。1966 年“文化大革命”开始，高校停止招生，其后几年，都没有招生工作意见出台。

1970 年，北京大学、清华大学为落实毛泽东主席“大学还是要办的，我这里主要说的是理工科大学还要办，但学制要缩短，教育要革命……要从有实践经验的工人农民中间选拔学生”的指示，申请进行试点招生，并向中央上报《北京大学、清华大学关于招生（试点）的请示报告》，1970 年 6 月 27 日中央批准了这个报告。在报告中，实际形成了“废除考试、群众推荐、领导批准、学校复审”的招生办法。将招生对象定在一般是初中以上文化程度，但有丰富实践经验的，不受文化和年龄限制。学制缩短为 2 至 3 年。计划北大试招 2000 名，清华试招 2100 名。

1973 年全国的招生工作意见，是在 1971 年 8 月 13 日中央批转下发的《全国教育工作会议纪要》精神指导下形成的。该招生意见坚持要在有二年以上实践经验的优秀工农兵中选拔入学。招生办法是“自愿报名，群众推荐，领导批准，学校复审”。工农兵学员的现实和历史名字据此正式形成。对考生的要求是“又红又专”，文化程度初中毕业以上。对学生家庭和主要社会关系审查——即所谓政审非常严苛。招生名额分配到基层，群众推荐实际上流于形式，选送上学的对象基本上掌握在基层领导手上。

邓小平主导的 1977 年恢复高考决策，完全颠覆了“文化大革命”时的推荐入学制度，这是 1977 年 10 月国务院批转的《招生工作意见》最大亮点。凡工人、农民、解放军和应届毕业生乃至在校优秀高中生都可报名高考，考生年龄放宽到 30 岁。政审主要看本人表现。由于恢复高考在 10 月 21 日才正式向全国公布，全国命题试卷不现实，所以由各省、市、自治区自行命题，自行组织高考，在 1977 年冬季举行高考，1978 年春季入学，为中华人民共和国以来所唯一。这些都反映在该年的《招生工作意见》中。

1978 年的招生工作意见，是对 1977 年招生工作意见的完善。与 1977 年主要不同点是：该年由全国统一命题，统一组织考试，公布考生分数。考生所填志愿，出现了重点院校和一般院校之分。考生年龄比 1977 年进一步放宽，政审也进一步放宽，明确规定基层组织对考生的鉴定要与考生本人见面。

从本书所列出的“四个代表性年份”的招生工作意见中，可以清楚看出高校招生改革的轨迹和力度。而恢复高考以后的招生，对中国的教育改革具有重大的转折性意义。将四个《招生工作意见》要点列表比较如下：

“文化大革命”期间和1977年、1978年全国高校招生情况简表

年　份	招生对象和条件	招生办法	考试和命题	政治条件和政审	招生时间	招生计划和毕业趋向	备　注
1970年	政治思想好，有3年以上实践经验，身体健康。年龄20岁左右，相当于初中以上文化程度。	废除考试制度，实行群众推荐、领导批准、学校复审。学制2—3年。	不考试。	考生在三大革命运动中，特别是在近四年“文革”中表现好……贯彻党的阶级路线，既反对忽视成分，又要反对唯成分论，要重在表现。	不详。	原则上哪里来哪里去，也有部分由国家统一分配。 招生人数北大招2000名，清华招2100名。	在北大、清华试点。生源对象为北京、上海、天津、东北、广东、江西及中央有关部门和部队。
1973年	具有二年以上实践经验的优秀工农兵。初中毕业以上文化程度，年龄20岁左右，一般不超过25岁，未婚。	自愿报名，群众推荐，领导批准，学校复审。	要“又红又专”，在群众推荐、政审合格基础上，重视文化程度，进行文化考查，但防止“分数挂帅”。考查内容与方法各地可根据不同要求进行试验。	历史清楚，热爱中国共产党，努力学习马列主义、毛泽东思想，有一定阶级斗争，路线觉悟。贯彻执行党的阶级路线，注意成分，不唯成分论，重在政治表现。对考生家庭出身、直系亲属和有影响的主要社会关系都要调查清楚，要有证明材料。	6月中旬开始招生，9月初开学。	招生计划由国家计委按“块块”下达。毕业后哪里来哪里去。特殊需要国家统一分配。	1973年发生张铁生“白卷事件”。实际上文化考查走形式而已。
1977年	凡工人、农民、上山下乡和回乡知青（包括按政策留城尚未分配工作的）、复员军人、干部和应届高中毕业生。	自愿报名，统一考试，地市初选，学校录取。	由各省、市、自治区自行命题，县（区）统一组织考试。	考生政治历史清楚，拥护中国共产党、热爱社会主义，热爱劳动，遵守革命纪律，决心为革命学习。	10月21日公布恢复高考消息。大多地区11月中下旬初试，11月底至12月下旬全国高考完毕。	普通高校招生和毕业分配按国家计划执行。	大多数省、市、自治区不公布考生分数。

续表

年　份	招生对象和条件	招生办法	考试和命题	政治条件和政审	招生时间	招生计划和毕业趋向	备　注
1977 年	年龄 20 岁左右，不超过 25 周岁。未婚。对实践经验丰富和有专长的，放宽到 30 岁，婚否不限（要注意招收 1966、1967 两届高中毕业生）。具有高中毕业或相当于高中毕业的文化水平（在读高中生，成绩优秀，自己申请，学校批准也可报名）。	根据德、智、体全面衡量，择优录取。	77 年由于报名考生积压了 11 年，考生众多，大多由各地、县、市对报考者先进行文化测试。测试合格的才能参加由省、市、自治区统一命题和组织的高考。分文、理两科考试。	政审主要看本人的政治表现。	入学时间在 1978 年 2 月底至 3 月。 本年后来扩大招生，入学时间在 4 月至 5 月之间。	参加正式高考 570 多万人，录取新生 27.3 万人。	报考时没有重点和一般大学之分。
1978 年	主要招收 20 岁左右的青年，一般不超过 25 周岁。26 至 30 周岁的高中毕业生和具有高中毕业文化水平的优秀青年，以及 1966、67 届高中毕业生，仍可报考。在校高中生，个别成绩特别优秀，经过批准，可以报考。	未提及。	全国统一命题，由各省、市、自治区组织考试、评卷。分文、理两科考试。在公布考生参加体检的同时，公布全体考生的各科考试成绩。	政审主要看本人的政治表现。负责政审的要认真负责对考生的政治表现做出全面切实的鉴定，并与考生本人见面。	全国考试统一在 7 月 20 日至 23 日举行。9 月下旬入学（有不少在 10 至 11 月入学）。按多于录取线的 50%，划最低录取分数线，确定参加体检名单，从高分到低分，按考生所填志愿顺序，分段录取。考生可按重点大学和其他院校分别填写志愿。	招生和分配按国家计划执行。参加高考 610 万人，录取新生 40.2 万人。	考生较多的地区在统考前是否进行初试，各地可根据实情自定。

说　明：
1. 本表所列四个年度全国高校招生情况，是根据该年的《招生工作意见》列出。实际操作时各地略有变动。所列的是主要条款，有些条款和细节未列入。详细可参见相关年份的《招生工作意见》。
2. 资料主要来源于杨学为编《高考文献》上册第632—633页、第651—655页；下册第69—74页、第103—107页。

恢复高考大事简录（1977年—1978年）

1977年

5月12日，邓小平同方毅、李昌谈话，提出要办好二十多个好大学。

5月24日，邓小平同王震、邓力群谈话："要经过严格考试，把最优秀的人集中在重点中学和大学。"

6月29日至7月29日，教育部在山西太原晋祠召开"1977年高等学校招生座谈会"。

7月16日—21日，中共十届三中全会通过决议，恢复邓小平中央委员、中央政治局委员、常委，中央副主席，中央军委副主席，国务院副总理，中国人民解放军总参谋长等职务。

7月23日，邓小平同张文峰、高勇谈："不管招多少大学生，一定要考试，考试不合格不能要。不管是谁的子女，就是大人物的也不能要。我算个大人物吧！我的子女不合格也不能要，不能'走后门'。"

7月29日，邓小平同方毅、刘西尧谈话："第一，是否废除高中毕业生一定要劳动两年才能上大学的做法？在中小学完成了劳动任务，为什么还要集中搞两年劳动？第二，要坚持考试制度，尤其是重点学校一定要坚持，不合格的要留级。对此要有鲜明的态度。”

8月1日，邓小平同方毅、刘西尧谈话：“同意今年的招生基本上还按原来的办法。一年准备，从明年开始两条腿走路，一半直接招生，一半从别的路子来，特别是理工科。开学时间统一到秋季为好。”

“考核要按毛主席的指示，开卷考试，但是要考。平时的学习，用开卷考试和闭卷考试相结合的办法考核，要重视平时的成绩，以这个为主，但是进学校的考试是必要的。”

8月4日，教育部向国务院报送《关于全国高等学校招生工作座谈会的情况报告》和《关于一九七七年高等学校招生工作的意见》。“招生意见”仍然坚持“文化大革命”中“自愿报名，群众推荐，领导批准，学校复审”的十六字招生办法。

8月4日，邓小平邀请33位科技和教育界人士，在北京人民大会堂台湾厅举行座谈会。邓小平出席，并在座谈会上说：“对上山下乡知识青年中通过自学达到了较高水平的人，要研究用什么办法、经过什么途径选拔回来。这种人成千上万，要非常注意这部分人，爱护这部分人，千方百计把他们招回来上大学或当研究生。不要定什么名额，这样的人有多少就选多少，可以在名额之外。今年来不及，就从明年开始，大学可以直接从高中招生，也包括从社会上招好的青年。还要保留现在工农兵进大学的办法，在重点大学开一两个班进行比较。重点应该放在直接从高中招生这个方面。大学要办得活一点。有些青年成绩好，没毕业就可以当研究生。好的班也可以全班转入研究生。过几年后，大学要重点培养研究生。”

8 月 6 日，上午，清华大学何东昌、上海交大吴健中，医学科学院黄家驷，长春光机所王大珩等就教育工作中亟待解决的问题发表看法。

下午，武汉大学查全性就立即改进大学招生办法发表意见，指出现有招生制度的四个严重弊病，重点强调高校招生必须恢复高考制，对现行招生制度要有一个大改革。数学研究所吴文俊、长春光机研究所王大珩、上海有机化学研究所汪猷、中国科技大学温元凯等都纷纷赞同查的发言，并就恢复高考发表了自己的看法，促使邓小平下决心今年就立即恢复高考招生。

8 月 6 日，邓小平在科学和教育工作座谈会上的插话："大学只有那么多，全国一年高中毕业生有几百万人，进大学的才二三十万。重点大学应当从高中直接招生。学生的劳动可以在中小学完成。"

"从明年开始执行新的教育制度。今年做准备，学制、教材、教师、学生来源、招生制度、考试制度、考核制度等都要确定下来，都要搞好。"

"改变现行招生办法，既然今年还有时间，那就坚决改嘛。把原来写的招生报告收回来，根据大家的意见重写。招生涉及下乡的几百万青年。要拿出一个办法来，既可以把优秀人才选拔上来，又不要引起波动。重点学校要统一招生。过去允许自报三个志愿，到学校后再分专业。如果来得及就从今年开始改，不要耽误。招生十六字方针可以改一改嘛。改成'自愿报考，单位同意，统一考试，择优录取'十六个字的建议比较好，但第二句有点问题，比如考生很好，要报考，队里不同意，或者领导脾气坏一些，不同意报考怎么办？我取四分之三，不要这一句。今年下决心按要求招生，招的学生要符合要求。现在青年中想升大学的多，主要是有些不合格，要考试。选拔研究生也要考试。大学招生不管是从哪条路子来，都要确保质量。”

“大学要这样做，中学也要加强基础课，无非是学好数理化，学好外语。”

8月7日，科技和教育座谈会上，与会者对教育战线十七年和十一年的估计进行热烈讨论。中国农业科学院金善宝等发了言。认为只有分清路线是非才能调动广大干部和教师的积极性。

8月8日，邓小平在科学和教育工作座谈会上讲话：“今年就要下决心恢复从高中毕业生中直接招考学生，不要再搞群众推荐。从高中直接招生，我看可能是早出人才、早出成果的一个好办法。还有个跳级、留级问题。这涉及的只是少数人。我个人倾向于允许跳级。这样，人才出得更快嘛。”

8月13日，这天开始，教育部根据邓小平指示，在北京召开第二次“全国招生工作会议”。

8月17日，邓小平会见丁肇中时的谈话：“我还想管十年科学教育。现在是后继无人！大学、中学、小学质量很低。教育脱节。”“大学生要从中学选，也还要从生产单位选，大多数要从中学选。要改变大学招生制度。”

8月18日，邓小平在教育部《关于推迟招生和新生开学时间的请示报告》上指示：“这是经过考虑，为了保证重点大学学生质量而商定的。拟同意。”

9月6日，邓小平给华国锋、叶剑英、李先念、汪东兴的信：“国锋、剑英、先念、东兴同志：我约刘西尧、方毅等同志谈了一下。等他们写好教育问题汇报提纲后，拟提请政治局讨论一次。招生问题很复杂。据调查，现在北京最好中学的高中毕业生，只有过去初中一年级的水平（特别是数学），所以至少百分之八十的大学生，须在社会上招考，才能保证质量。”

9 月 15 日，教育部长刘西尧在招生工作会议上作总结报告。然后向邓小平呈送《关于一九七七年普通高等学校招生工作的意见》（送审稿）。

9 月 19 日，邓小平召集刘西尧、雍文涛、李琦谈话，对教育部议而不决及呈报“招生工作”中的政审条件进行了严肃批评：“一九七一年全教会时，周恩来同志处境很困难。一九七二年，他和一位美籍中国物理学家谈话时，讲要从应届高中毕业生中直接招收大学生。在当时的情况下，提出这个问题是很勇敢的。这是要教育部门转弯子，但是教育部门没有转过来。为什么要直接招生呢？道理很简单，就是不能中断学习的连续性。十八岁到二十岁正是学习的最好时期。过去我和外宾也讲过，中学毕业后劳动两年如何如何好。实践证明，劳动两年以后，原来学的东西丢掉了一半，浪费了时间。采取直接招生的办法，并不是不要劳动，劳动可以在中小学就注意。”

“教育部要争取主动。你们还没有取得主动，至少说明你们胆子小，怕又跟着我犯‘错误’。我知道科学、教育是难搞的，但是我自告奋勇来抓。不抓科学、教育，四个现代化就没有希望，就成为一句空话。抓，要有具体政策、具体措施，解决具体的思想问题和实际问题。你们要放手去抓，大胆去抓，要独立思考，不要东看看，西看看。把问题弄清楚，该怎么办就怎么办。该自己解决的问题，自己解决；解决不了的，报告中央。教育方面的问题成堆，必须理出个头绪来。现在群众劲头起来了，教育部不要成为阻力。教育部首要的问题是要思想一致。赞成中央方针的，就干；不赞成的，就改行。”

“工宣队问题要解决，他们留在学校也不安心。军队支左的，无例外地都要撤出来。学校里这些问题不解决，扯皮就扯得没完没了。”

“你们起草的招生文件写得很难懂，太繁琐。关于招生的条件，我改了一下。政审，主要看本人的政治表现。政治历史清楚，热爱社会主义，热爱劳动，遵守纪律，决心为革命学习，有这几条，就可以了。总之，招生主要抓两条：第一是本人表现好，第二是择优录取。”

9 月 21 日，教育部长刘西尧向招生工作会议传达了邓小平 9 月 19 日讲话，并作了初步检查，引起到会代表强烈反响。

9 月 25 日，从 8 月 13 日开始的招生会议终于结束，并形成了《关于一九七七年高等学校招生工作的意见》。华国锋、叶剑英、邓小平、李先念、汪东兴等中央领导同志接见了出席招生工作会议的代表。

9 月 30 日，教育部向邓小平呈送了《〈关于一九七七年高等学校招生工作〉的请示报告》以及由教育部代拟的《国务院转发教育部〈关于一九七七年高等学校招生工作的意见〉的批语》。

10 月 3 日，邓小平审阅教育部呈送的文件，同时致函华国锋：“华主席：此事较急，请审阅后，批印政治局会议讨论批准。建议近几日内开一次政治局会议，连同《红旗》杂志关于教育的评论文章（前已送阅）一并讨论。如何，请酌定。”

10 月 5 日，中央政治局讨论了招生工作文件。

10 月 7 日，邓小平审阅教育部按政治局指示修改的《关于一九七七年高等学校招生工作的意见》及国务院批语等，并批：“我看可以。华主席、剑英、先念、东兴、方毅同志核示。退教育部改。”

10 月 8 日，邓小平在刘西尧《关于一九七七年高等学校招生工作的意见》修改补充意见报告上批示：“拟同意。华主席、剑英、先念、东兴、方毅同志核示。退教育部照办。”

10 月 12 日，国务院以〔1977〕112 号文件发布实施《国务院批转教育部关于一九七七年高等学校招生工作的意见》，其中最重要的是废除了“文化大革命”中的推荐制，采取考试入学，大大简化了政审条件。

10 月 13 日，邓小平在《人民日报》社论《搞好大学招生是全国人民的希望》送审稿上的指示：“华主席、李、汪副主席、耿飚、方毅同志核阅。”

10 月 21 日，新华社发出通稿，公布了《一九七七年高等学校招生工作意见》的基本内容。《人民日报》在头版发表《高等学校招生进行重大改革》报道，并配发《搞好大学招生是全国人民的希望》社论。这年报考招生对象：“凡是符合招生条件的工人、农民、上山下乡和回乡知识青年，复员军人，干部和应届高中毕业生，均可自愿报名。”考试方式：“采取自愿报名，统一考试，地市初选，学校录取，省、市、自治区批准的办法。”

10 月 23 日，邓小平在会见美中关系全国委员会理事会代表团时说：“今年开始，可以从高中毕业生中直接招收大学生，这是毛主席生前就赞成，周总理一九七二年提倡的，由于‘四人帮’的干扰，没有实行。‘四人帮’的干扰是什么？就是不读书，‘知识越多越反动’，荒谬得很。今年从中学直接招生的比例不能很大，大体百分之三十左右，原因是中学水平低，完全从中学直接招生不能保证质量，还需要从社会上招收努力自学的青年。今后随着中小学教育的加强，还要增加从中学直升大学的比例。”

11 月 3 日，邓小平会见王浩时说：“高等院校招考新生，除了一般考题外，还可出些较深较难的题目。只要他答得出，就不一定上一年级，可以上二年级、三年级、四年级，有的甚至可以当研究生。主要是自然科学，文科也可以这样做。”

11 月 18 日，《人民日报》发表“教育部大批判组”的署名文章《教育战线的一场大论战——批判“四人帮”炮制的“两个估计”》，彻底否定了“两个估计”。

11 月，全国各地采取以县地市为单位接受报名，对报考者均采取文化科目初试，只有初试合格者才能进入正式高考。全国高考报名对象是：1966 届至 1977 届 12 个年级中学生，以及 1978 年在读优秀高中生，共计 13 个年级，报名达 2000 多万人。各地初试时间不一，一般是 11 月中下旬，如浙江的宁波是 11 月 20 日，余杭是 11 月 25 日，吴兴（今湖州市吴兴区）是 11 月 26 日。

11 月 28 日至 12 月 25 日，高考陆续展开，各地考试时间不一。如北京是 12 月 10 日至 11 日，上海是 12 月 11 日至 12 日，浙江是 12 月 15 日至 16 日，福建是 12 月 16 日至 17 日，黑龙江是 12 月 17 至 18 日等。官方公布该年参加正式高考的有 570 多万人。

1978 年

1—2 月份下旬初，全国由各省、市、自治区招生办分头录取考生，录取 1977 级第一批本专生 20.9 万人，录取率约为 3.6%。2 月底至 3 月中旬，77 级第一批录取的本科专科生赴各高校报到就读。4 月至 5 月：在邓小平提议下，国家计委和教育部决定扩大招收考生，扩招本科生 2.3 万，专科生 4 万，共计 6.3 万，并随之入学。至此 1977 级高考录取工作全部结束，共计录取约 27.3 万人，录取率约为 4.8%，是中国高考历史上最低的录取率。

4 月 22 日，全国教育工作会议和高等学校招生会议同时召开。邓小平到会讲话。

6 月 6 日，国务院批转教育部《关于一九七八年高等学校招生工作的意见》。恢复“全国统一命题，省、市、自治区组织考试、评卷”。公布全体考生各科考试成绩，政审鉴定要同本人见面。

7 月 20 日至 23 日，1978 年高考举行。参加高考的人数为 610 万，该年由全国统一命题，全国统一时间高考，录取本科专科生共计 40.2 万，录取率约为 6.6%。9 月至 11 月间到录取的高校报到入学。

自此，全国高考的命题和时间步入常规渠道。

附：1950 年至 1976 年高考大事

1950 年 5 月，教育部发布《关于高等学校一九五〇年暑期招考新生的规定》，高等学校采取联考、统考招生。

1951 年 4 月，教育部所发高考招生新规定，沿用 1950 年方法。

1952 年 6 月，教育部发布《关于全国高等学校一九五二年暑期招考新生的规定》，标志着中国高校举行全国统一招收考试学生制度的创立。历史背景是全面学习苏联，取消私立大学，所有教会大学一律撤销，全部大学改为公立。该年高考时间为 8 月 15、16、17 日三天。

1966 年 5 月 4 日至 26 日，中共中央政治局扩大会议召开，通过《中国共产党中央委员会通知》（即“五一六通知”），标志着“文化大革命”正式开始。

6 月 13 日，中共中央、国务院发布《关于高等学校招生工作推迟半年的通知》，认为现行招生制度必须彻底改革。

6 月 18 日，《人民日报》发表《彻底搞好文化革命，彻底改革教育制度》的社论。再次强调废止现行高等学校招生考试办法。同时配发北京四中和北京第一女子中学两封要求废止高考的来信。至此，高等学校停止招生。

1970 年 6 月 27 日，中共中央发出《关于北京大学、清华大学招生（试点）的请求报告的指示》，部分高校开始招收“试办班”学员。

1971 年 4 月 15 日至 7 月 31 日，全国教育工作会议召开，制定了《全国教育工作会议纪要》，炮制了“两个估计”，“即‘文化大革命’前十七年教育战线是资产阶级专了无产阶级的政，是‘黑线专政’；知识分子的大多数世界观基本上是资产阶级的，是资产阶级知识分子”。关于高等学校招生，《纪要》规定，招收“初中以上文化程度”、“具有二至三年以上实践经验的优秀工农兵”，这就是工农兵学员的由来。

1973 年 7 月 19 日，《辽宁日报》以《一份发人深省的答卷》为题，发表经粉饰的张铁生的答卷。8 月 10 日，《人民日报》转载了《辽宁日报》《一份发人深省的答卷》及其按语，这就是轰动一时的“白卷事件”。

1976 年 5 月 6 日至 6 月 23 日，教育部分三批开完了 1976 年高等学校招生工作座谈会，推广辽宁省“三来三去”的经验。

7 月 25 日，教育部批转辽宁省教育局《一九七五年高等学校招生工作总结》。

中篇

恢复高考回眸

恢复高考，邓小平与华国锋的定位和作用

前些年，看到《恢复高考不是邓小平拍板决策》一文，笑笑而过。意想不到的是此文竟跨越时空，通行无阻，网络传播愈来愈广，标题党的色彩愈来愈浓，吸睛的程度一浪高过一浪。不熟悉那段历史的人，有些信以为真，随之起舞；有些困惑不解，月迷津渡。对一些历史大事，提出不同看法本属正常，抒发己见，也应允许。但写重大翻案文章应持之有据，实事求是，不能猜测推理，更不应编造史据为文章服务，这也是基本底线。此文立论夺目强势，毫无根据地说“恢复高考，邓小平既不是提出者，也不是拍板决策者，而仅仅是个支持者”。邓“是贪天之功”。对这种离谱之论，本文查找到当时所产生的相关文献档案资料，正本清源，让客观事实说话，邓小平、华国锋在恢复高考中各有他们的历史定位和作用。

一、说“‘文革’推迟高考始于刘少奇”并说“刘少奇、邓小平对推迟高考负有领导责任”云云，系推测和编造

此文首先说：“（1966年）6月18日，《人民日报》发表了刘源的信和北京女一中高三（4）班的学生要求废除高考制度的文章。同时发表社论《彻底搞好文化革命，彻底改革教育制度》……从时

间上看，推迟高考正是刘少奇和邓小平主政文革和通过工作组控制高校的时期，对推迟高考负有领导责任，这也是邓小平虽然后来支持恢复高考，却对当年推迟高考没有垢（诟）病的原因。”“邓小平1966年参预（与）决策取消高考。”

该文在想象的基础上，又编造出论据。似乎这样论点、论据都有，逻辑上就成立了。然而即使再严密的逻辑也要建立在事实基础之上。查1966年6月18日《人民日报》可知，根本没有什么刘源的来信，显系编造。这天的《人民日报》在发表社论时，配发了北京第一女子中学高三（四）班6月6日致党中央、毛主席的信，以及北京市第四中学6月11日响应女一中废除旧的升学制度的倡议书。1966年5月16日，中央发出了《中国共产党中央委员会通知》，宣布“文化大革命”开始。5月31日，陈伯达以中央名义率工作组进驻人民日报社，夺了《人民日报》的权。5月28日成立的“中央文化革命小组”已大权在握。刘、邓其时虽仍任职，但已无力行使职权了。

6月12日，毛泽东在杭州主持中共中央政治局常委扩大会议时说：“中央要搞个高中、大学入学考试制度，办法是学校推荐和选拔相结合。初中还要考试。今年大学招考推迟半年，闹半年‘文化大革命’。”①

《人民日报》6月18日以社论形式，要求废除现行高校招生办法。7月24日，中央发出通知，提出取消考试，实行推荐。自此直至1969年，高校停止招生整整四年。高校推迟乃至停止招生，是“文化大革命”初期重要的组成部分。

① 中央文献研究室编《毛泽东年谱（1949—1976）》，中央文献出版社，2013年，第五卷593页，第六卷172—173页、306页。

对于当时高校的招生和教育，毛泽东主席在“文革”前就有相关谈话：

1964年2月13日，毛泽东说：教育“学制可以缩短……现在课程多，害死人”[①]。

毛泽东1964年7月5日对毛远新说：“阶级斗争是你们的一门主课。你们学院应该去农村搞‘四清’，去工厂搞‘五反’……整个教育制度就是那样，公开号召去争取那个五分。”[②]

1964年8月18日，毛泽东召集吴江、龚育之等哲学工作者时谈到：现在大学的文科教学没有什么作用，所有文科的教授、助教、行政人员、学生统统都要下乡去，同吃同住同劳动同斗争，去搞阶级斗争。那是一个大学。什么北大、人大，还是那个大学好。我就是绿林大学的，在那里学了点东西。[③]

毛泽东1965年12月21日在杭州会议上说：“现在这种教育制度，我很怀疑，从小学到大学，一共十六七年、二十多年看不见稻、粱、菽、麦、黍、稷，看不见工人怎样做工，看不见农民怎样种田，看不见商品是怎样交换的，身体也搞垮了，真是害死人。”[④]

1968年7月22日，《人民日报》在为调查报告《从上海机床厂看培养工程技术人员的道路》所加按语中，公布了毛泽东在7月12日所说的一段话：“大学还是要办的，我这里主要说的是理工科大学还要办。但学制要缩短，教育要革命，要无产阶级政治挂帅，走上海机床厂从工人中培养技术人员的道路。要从有实践经验的工

① 杨学为著《中国高考史述论》，湖北人民出版社，2007年，144页。
② 同上书，145页。
③ 《科学的力量》，160页。
④ 《中国高考史述论》，146页。

人农民中间选拔学生，到学校学几年以后，又回到生产实践中去。”[①]毛泽东说理工科大学还是要办，但“学制要缩短”，招生要“从有实践经验中选拔”学员入学。这段话（即“七·二一”指示）成了1970年以后“文化大革命”时期高等学校招生工作的最高纲领，直至1977年恢复高考那年才停止。

经毛泽东审阅同意，中共中央1970年6月27日批准了北京大学、清华大学招生（试点）的请示报告。这一年，北大、清华等少数高校在局部地区开始试招具有二年至三年以上实践经验工农兵学员。[②]

把“文化大革命”时高校延期招生并停止招生工作归咎于刘少奇、邓小平，真是想象力非凡。至于说：“这也是邓小平虽然后来支持（作者用了‘支持’）恢复高考，却对当年推迟高考没有垢（诟）病的原因。”这子虚乌有之论，不知从何而来，依据何在。

另外，该文还有错误，或故意混淆了不同概念。其一，说1970年没有招生，这不是事实，工农兵学员招生就是从这一年开始的。其二，说工农兵也有“文化考试”，这是偷换概念。1973年的招生工作意见有“文化考查”一项，但不是考试，二者内涵不同，且注明“各地可根据具体情况进行试验”，让学生“有相当于初中毕业以上文化水平”就行了。即或文化考查这种宽松的试验，也出现了张铁生的“白卷事件”，毛远新借此大做文章，所谓的考查试验这一点缀，也烟消云散了。其三，说“文化大革命”前也有政审，这确实有，且到20世纪60年代中期时，政审也趋紧。但相比“文化大革命”时招收学员要求“党团化”、“赤贫化”，纵查祖宗三五代，横察“七

① 《毛泽东年谱（1949—1976）》第六卷，172页。
② 同上书，306页。

大姑”、“八大妈”，就完全不是一个量级了。故而1977年恢复高考对考生政审的大大简化，社会上欢呼雀跃的场面就可以想见了。

二、邓小平领导恢复高考并决策，是伟大政治家的担当和使命感所致

1. 关于恢复高考的时段界定

恢复高考于1977年8月上旬全国科教座谈会酝酿初定，到1977年10月21日《人民日报》正式向社会公布实施，前后仅两个半月左右时间。江湖庙堂紧密互动，形成历史合力，迅速将大学招生从“推荐入学”扭转到“考试入学”上来，从而引起各行各业的呼应，风气为之一振。如果稍微上溯下沿，从1977年7月23日、7月29日邓小平找相关人士谈话时已讲到大学要凭考试入学，要考虑取消高中毕业生劳动两年开始，直至1978年4月至5月份，全国高校招生会议为恢复高考补课，对上一年的高校招生政策作了进一步的完善，国务院6月6日批转教育部所报招生工作意见为止，历时一年稍多。恢复高考制度从此步入正常轨道。

这个历史时段，产生了一系列的领导人讲话、会议文件、简报、《人民日报》报道、中央文件、邓小平和华国锋的批示，还有时任教育部部长刘西尧以及方毅（不同时段有不同职务）等负责人的讲话。恢复高考决策程序有条不紊，清晰有序。从这批原始文献资料看，邓小平副主席代表党中央提出并领导恢复高考毫无疑义，时任党中央主席华国锋和副主席叶剑英、李先念、汪东兴也全力赞同支持恢复高考，中央核心层一路绿灯。一时的阻力恰恰来自教育部和一些

资深教育干部，这既有当时大背景的原因，也有认识过程的问题，关键还是“文化大革命”的思维方式依然在惯性运行。有些阻力不一定是对峙，解除了某些“金科玉律”的约束，冻结的思想就冰雪消融，一通百通。

2. 邓小平以党中央副主席身份分管教育和科技，在中共历史上是第一次，他具有重要的决定权

1977年5月24日，邓小平与王震、邓力群谈话：“我出来的事定了，至于分工做什么，军队是要管的，我现在还考虑管科学、教育。”①3月14日的中央工作会议上，时任党主席华国锋说过：“邓小平同志的问题应当解决，但要有步骤，要有一个过程，只能在适当的时机让邓小平出来工作。中央政治局的意见是，经过党的十届三中全会和党的第十一次代表大会，正式作出决定，让邓小平同志出来工作，这样做比较适当”。②7月16日至21日，中共十届三中全会通过决议恢复邓小平中共中央副主席、军委副主席、国务院副总理等职务。当邓小平分管科技和教育工作明确以后，时任教育部部长刘西尧去见邓小平，刘对邓说：“大家都很高兴。”邓说：“我可是不客气的。”刘答：“那很好。”刘向邓反映了“两个估计”问题。邓嘱咐刘，先要暂时避开“文化大革命”，提出新中国建国二十八年教育战线都是毛主席的路线占主导地位，他果断地否定了“两个

---

① 中共中央文献研究室编《邓小平年谱（1975—1997）上》，中央文献出版社，2004年，160页。
② 同上书，156页。

估计”[①]。刘西尧以教育部长的身份，在1977年9月19日招生工作会议上再次强调：“我们敬爱的邓副主席，自告奋勇抓科学、教育。大家知道，党中央决定一位副主席亲自抓教育，这在我们党的历史上是从来没有过的。”[②]

3. 邓小平在8月上旬科教座谈会上拍板恢复高考是必然中的偶然

“文化大革命”结束，恢复高考是必然的。但在1977年恢复高考还真偶然，可以说，没有邓小平，1977年恢复高考根本不可能。在科教座谈会上，邓小平听到与会专家要求尽快恢复高考的强烈呼声，便从善如流，一改原先准备一年后恢复高考的打算。这在1977年8月7日中科院、教育部所发的8号、9号两份简报上，都有披露。在6日这天会议上，查全性、何东昌、吴健中、王大珩、吴文俊、严东生、温元凯等要求尽快将推荐招生改成考试入学，并恳切呼吁今年不要再招不合格的大学生了。招生方式改变一定要当机立断，只争朝夕，今年能办的就不要拖到明年去办。邓小平在征求教育部部长刘西尧意见后说：“既然今年还有时间，那就坚决改嘛！把原来写的招生报告收回来，根据大家的意见重写。招生涉及下乡的几百万青年。要拿出一个办法来，既可以把优秀人才选拔上来，又不要引起波动。重点学校要统一招生。今年下决心按要求招生，招的学生要符合要求。”[③]

---

① 《攀峰与穿雾》，214页。
② 《高考文献（下）》，48页。
③ 《邓小平年谱（1975—1997）（上）》，176页。

邓小平这里所说“原来写的招生报告”，是指1977年6月底至7月上旬在太原召开的全国高等学校招生会议所写的《招生工作意见》。8月4日这天教育部将此上报国务院批转。报告的主旨坚持“文化大革命”时期“自愿报名，群众推荐，领导批准，学校复审”的十六字招生办法，且这个《招生意见》稿事先请华国锋审阅过。邓小平当然清楚其中的经纬，但还是态度鲜明地责成教育部把文件追回来，“根据大家的意见重写”。为使重写的招生文件合法化，邓小平又要求教育部重新召开全国招生工作会议，这就是1977年8月13日开始的第二次招生工作会议的由来。邓的用意非常清楚，就是要将座谈会上定下来的恢复高考意见，通过合法的平台和程序出台文件。一般来说，禁锢是一点点冲破的，但邓小平不然，他要以恢复高考作为突破口，尽快冲破“两个凡是”。这个拨乱反正，事前没有大呼小叫，做起来却是真真切切，实实在在，典型地体现了邓小平刚毅果断的领导风格。

4. 邓小平认准恢复高考后，对教育部门所下的指示都是决断和结论性的

邓小平1977年8月6日公开说：恢复高考“如果来得及从今年开始改，不要耽误。招生十六字方针可以改一改嘛。改成‘自愿报名、单位同意、统一考试、择优录取’十六个字的建议比较好，但第二句有点问题，比如考生很好，要报考，队里不同意，或者领导脾气坏一些，不同意报考怎么办？我取四分之三，不要这一句”[①]。

① 《邓小平决策恢复高考讲话谈话指示集》，16页。

8 月 17 日邓小平会见丁肇中时说："我还想管十年科学教育。现在是后继无人……大学要从中学选，也还要从生产单位选，大多数要从中学选。要改变大学招生制度"。[①]

8 月 18 日，邓小平批准教育部《关于推迟招生和新生开学时间的请示报告》。该报告提出："原计划高等学校和中等专业学校八月开始招生，十一月中旬新生开学。现根据邓副主席最近的指示，我们将对高等学校招生制度作较大的改进，招生时间拟推迟到第四季度，一九七七年新生于明年二月入学，推迟三个月（包括寒假）。"邓小平在报告上批示："这是经过考虑的，为了保证大学学生质量而商定的，拟同意。"[②]然后将自己的意见批送华国锋、叶剑英、李先念、汪东兴、纪登奎、吴德、余秋里、谷牧核示。以上几位领导，全部圈阅同意邓小平所提意见。

恢复高考需要时间，出台政策需要程序和平台，几千万学子在急切等待。邓小平这一举措，为该年恢复高考从时间上提供可能。1977 年 8 月 13 日至 9 月 25 日全国高等学校招生工作会议据此决定：从当年起高等学校招生改变"文化大革命"期间不考试的做法，恢复"统一考试、择优录取"的办法。

5. 邓小平以其坚定的意志力推动恢复高考，严厉批评阻挡恢复高考的相关部门负责人，甚至不惜采取组织措施

1977 年 8 月 13 日开始的第二次招生会议，到 9 月中旬还迟迟未决。邓小平了解到阻力主要来自教育部领导。9 月 19 日，邓小平

---

① 《邓小平决策恢复高考讲话谈话指示集》，21页。

② 《邓小平年谱（1975—1997）（上）》，185页。

召集刘西尧、雍文涛、李琦等谈话，以十分严厉的口气说：

> 教育部要争取主动。你们还没有取得主动，至少说明你们胆子小，怕又跟着我犯“错误”。我知道科学、教育是难搞的，但是我自告奋勇来抓。不抓科学、教育，四个现代化就没有希望，就成为一句空话。抓，要有具体政策、具体措施，解决具体的思想问题和实际问题。你们要放手去抓，大胆去抓，要独立思考，不要东看看，西看看。把问题弄清楚，该怎么办就怎么办。该自己解决的问题，自己解决；解决不了的，报告中央。教育方面的问题成堆，必须理出个头绪来。现在群众劲头起来了，教育部不要成为阻力。教育部首要的问题是要思想一致。赞成中央方针的，就干；不赞成的，就改行。
>
> 你们起草的招生文件写得很难懂，太繁琐。关于招生的条件，我改了一下。政审，主要看本人的政治表现。政治历史清楚，热爱社会主义，热爱劳动，遵守纪律，决心为革命学习，有这几条，就可以了。总之，招生主要抓两条：第一是本人表现好，第二是择优录取。①

对 1977 年恢复高考之举，还有这样那样的非议，这在 1978 年高校招生工作会议上反映得尤其明显。为此，邓小平决定将这种议论向社会公布。他亲自审改《人民日报》社论和记者述评文章，认为这种错误思潮和观点必须纠正。1978 年 5 月 17 日所发社论更有直接措施：“思想整顿刻不容缓”，“组织整顿刻不容缓”，“落实党的干部政策和知识分子政策刻不容缓”。三个“刻不容缓”，

① 《邓小平文选》第二卷，68—69页。

再次体现了邓小平恢复高考坚定不移的意志和魄力。[①]

6. 邓小平组织撰写批判“两个估计”的文章，彻底为知识分子平反，使恢复高考名正言顺地推进

“两个估计”是1971年4至7月间由迟群主持，姚文元修改，张春桥定稿，经毛主席8月13日圈阅同意，以中央文件形式发出。如今要恢复高考，从理论、政策乃至行政程序上是避不开“两个估计”的。邓小平又一次发挥了跳出僵化意识形态，注重实际，多干少说的治国本领，一方面他要求教育部暂时避开“文化大革命”，强调新中国成立以来教育战线始终是毛主席革命路线占主导，现在恢复高考是必要的。另一方面，他在第二次高校招生工作会议上寻求批判“两个估计”的突破口。《人民日报》记者穆扬于9月15日以《情况汇编》（特刊628期）形式，报告了《全教会纪要是怎么产生的》，一一列出事实依据，揭露“四人帮”如何操纵出笼“两个估计”。邓小平看了以后，于9月19日找来了刘西尧等人，指出“两个估计”的来龙去脉。同时告诫教育部：“建国后的十七年，各条战线，包括知识分子比较集中的战线，都是以毛泽东同志为代表的路线占主导地位，惟独你们教育战线不是这样，能说得通吗？《纪要》是毛泽东同志画了圈的。毛泽东同志画了圈，不等于说里面就没有是非问题了。我们不能简单处理……《纪要》引用了毛泽东同志的一些话，有许多是断章取义的。《纪要》里还塞进了不少‘四人帮’的东西。对这个《纪要》要进行批判，划清是非界限……‘两个估计’是不

① 《邓小平年谱（1975—1997）（上）》，313页。

符合实际的。怎么能把几百万、上千万知识分子一棍子打死呢？”[①]

在邓小平指示下，教育部党组决定由李琦（党组副书记、副部长）挂帅，组织写作班子起草批判“两个估计”的文章。教育部部长刘西尧组织了五次党组扩大会讨论此稿，邓小平调来胡乔木，对文章的每一稿都审阅修改。11 月 13 日，这篇批判文章送华国锋、邓小平审阅。14 日，胡乔木对文稿又作了修改，15 日再送华、邓。华表示不再看了，邓小平又审阅一遍，并于 17 日批示：“此稿可以发。”[②]《人民日报》11 月 18 日第一版发表《教育战线的一场大论战——批判“四人帮”炮制的“两个估计”》的长文。新华社发出通稿，各省、市、自治区党报转载。《红旗》《人民教育》同时刊出。解除了束缚在知识分子身上的枷锁，为全国教育战线平反，为恢复高考扫清了理论和政策障碍。

三、从教育部等领导的大会报告，看邓小平在恢复高考中的决定性作用

1977 年 9 月 15 日，教育部部长刘西尧代表教育部在第二次招生工作会议作了总结。整篇讲话，都是华主席、邓副主席重视教育并列同提，没有主次之分。但谈到教育的政策方向问题时，刘西尧说：“根据邓副主席最近对教育工作的指示，为了尽快培养出大批又红又专的科学技术人才，高等学校的招生要坚持一部分招收有实践经验的工人、农民和上山下乡及回乡的知识青年，一部分招收应

① 《邓小平文选》第二卷，66—67页。

② 程中原著《转折年代：邓小平在1975—1982》，当代中国出版社，2014年，164—165页。

届高中毕业生。”“党中央决定由一位副主席亲自抓教育，这在我们党的历史上是从来没有过的……邓副主席一再向我们作重要指示，澄清了被“四人帮”搞乱的路线是非，提出了今后奋斗的纲领。”[①]

刘西尧又说：“从教育部来说，我们一定要和同志们一道，根据邓副主席讲话的精神和国务院批准的招生文件，把今年的招生工作搞好……遵照邓副主席的指示，积极准备明年召开教师大会，遵照邓副主席指示，我们正在组织全国中小学教学大纲和教材编写工作，组织全国高等学校理工科教材的编写工作，遵照邓副主席指示，教育部要抓好重点大学的工作。”“要向教育战线的广大师生和干部传达邓副主席 8 月 8 日在科教座谈会上的重要讲话，广为宣传，做到家喻户晓，人人知道。”[②]

9 月 21 日，刘西尧向出席招生工作会议的代表传达邓小平 19 日讲话时指出：会议认为“邓副主席 19 日重要指示是继 8 月 8 日重要讲话后，响彻教育战线的一声春雷，击中了要害，说出了大家早就想说而不敢说的真心话。这次招生会议能得到邓副主席这样重要的指示，是会议的最大收获。有了这些宝贵指示，不但招生工作有了明确的方向，整个教育工作也有了更明确的方向。邓副主席说，他抓教育要抓到底，这是对我们极大的鼓舞，深刻的教育。”[③]9 月 25 日，刘西尧在 1977 年第二次全国高等学校招生工作会议结束时讲话：“十届三中全会以来，邓副主席对教育作了一系列极为重要的指示，高举和捍卫毛主席教育革命的思想体系，这是搞好教育领

① 《高考文献（下）》，49页。
② 同上书，49页。
③ 同上书，56页。

域的革命，大力发展社会主义教育事业，迅速改变教育和社会主义严重不相适应的状况的强大动力和武器。9 月 19 日，邓副主席对教育工作和招生工作再次作了极为重要的指示，对教育部进行了严厉的批评，主要是对我的批评，要我不要拖了整个教育战线的后腿，要当动力，不要成为阻力……我诚恳地接受邓副主席的批评，并决心改正。”[①]在这个会议上，刘西尧公开检讨自己所犯错误，同时揭露了“四人帮”炮制“两个估计”一文是如何出笼的。

9 月 30 日，教育部将 1977 年招生工作意见呈报给国务院和邓小平，并写上:“遵照邓副主席的指示，我部于 8 月 13 日至 9 月 25 日，在北京召开了全国高等学校招生工作会议……经与会代表反复讨论，起草了《关于一九七七年高等学校招生工作会议的意见》，会后又征求了 26 个部委的意见，基本取得一致。但在讨论过程中仍有两处看法不同：一，关于招生对象和条件，除应届高中毕业生外，部分同志意见，为了有利于促进知识青年上山下乡，仍主张暂缓维护两年劳动锻炼的规定。部分同志主张去掉劳动锻炼的限制，写招收‘工人、农民、上山下乡和回乡知识青年、复员军人、干部’，至于应上山下乡而不上山下乡者不得报名。我们倾向于后一种意见。二，关于普通高校是否举办‘社来社去’班的问题……”[②]

10 月 12 日，国务院批转了教育部《一九七七年高等学校招生工作的意见》。

10 月 13 日，邓小平审阅人民日报宣传小组起草的《人民日报》社论《搞好大学招生是全国人民的希望》，邓小平同时将此件批送

① 《高考文献（下）》，58—59页。
② 同上书，68页。

华国锋、李先念、汪东兴、耿飚、方毅核阅。社论在10月21日《人民日报》发表，正式宣告，1977年起大学恢复高考招生。

四、华国锋等中央领导赞同并支持邓小平恢复高考的意见

1. 在恢复高考问题上华国锋没有坚持“两个凡是”

1977年2月7日《人民日报》、《红旗》、《解放军报》发表社论，提出:“凡是毛主席作出的决定，我们都坚决维护，凡是毛主席的指示，我们都始终不渝地遵循。”社论经华国锋批准发表，“两个凡是”实际上是华当时的“政治态度”。然而在恢复高考这个重大事件上，华国锋并没有坚持“两个凡是”。

其一，1977年6月29日至7月14日，高等学校招生工作会议在太原晋祠召开，在教育部部长刘西尧主持下，会议依然沿袭“自愿报名，群众推荐，领导批准，学校复审”的十六字招生办法，实际上是“两个凡是”的体现之一。这个文件曾在会前送华国锋审阅认可。虽然与会者对这个文件稿意见极大，但教育部钦命在握，基本上没有吸纳会议意见作修改，并于8月4日将招生工作意见上报国务院审批。8月6日，邓小平听取查全性等专家意见后，拍板恢复高考。8月8日，邓小平就恢复高考又作系统讲话，同时责成教育部将已报国务院的招生工作意见收回，并要求教育部重开招生工作会议，重写招生工作意见。对于邓小平这种重大决定，华国锋不但没有表示反对意见，而且还自我否定，收回了他原先同意过这个报告的意见，这是难能可贵的。且在其后的行动中继续赞同并支持邓小平所提出恢复高考的决定。

其二，恢复高考与推倒“两个估计”相辅相成；不从理论上、政策上推翻《全国教育工作会议纪要》，恢复高考就难以深入。故而，1977年恢复高考遭到了不少非议，在1978年4月下旬召开的高校招生工作会议上反映得尤其明显。对于这些声音，华国锋、邓小平等领导人当然听到，并为此作出了相应的指示。时任政治局委员的方毅，在5月3日全国教育工作会议领导小组扩大会议上，对华国锋和邓小平相关的指示作了传达。方毅说：“这次教育工作会议，华主席、党中央非常重视。华主席亲自主持政治局会议审议了会议的主要文件。华主席要求我们这次会议做到澄清思想，明确方针政策。邓副主席的重要讲话，集中阐述了在新时期如何进一步贯彻毛主席的教育方针问题，武装了我们的头脑，对今后工作关系很大。”5月4日，刘西尧在会上又说：对于恢复高考之事，“去年10月5日华主席指示，先就这样定下来，然后再不断总结经验”。①

其三，为从理论上、事实上彻底批倒《纪要》中的“两个估计”，邓小平责成教育部组织写作班子，又请胡乔木修改把关。经多次修改，写成了《教育战线的一场大论战——批判“四人帮”炮制的“两个估计”》一文。华国锋同意在《人民日报》发表。这在上面已经提及，此不再展开。

从以上所举事例可以看出，华国锋在恢复高考上并没坚持“两个凡是”，而是顺应时势，赞同支持邓小平提出的高考改革举措，这值得书上一笔。

---

① 《高考文献（下）》，96页。

2. 华国锋及时召开并批转邓小平要求政治局讨论恢复高考事项。

自邓小平8月召开科教座谈会以来，许多涉及全局性的大事需要政治局讨论，在邓小平报送给华国锋的同时，也报送给时任党的副主席叶剑英、李先念、汪东兴等其他领导。华国锋都根据邓小平的提议及时召开会议研究，或及时批转，因为中央文件的出台必须集体讨论后才可发出。当恢复高考遭到非议时，华国锋旗帜鲜明地要求有关部门澄清说明，这在前文也有叙述。

3. 华国锋及时会见出席全国招生会议的代表

1977年9月25日，华国锋与叶剑英、邓小平、李先念、汪东兴等接见出席全国高等学校招生工作会议、全国科学大会预备会议等代表，以示对恢复高考工作的支持。

五、关于恢复高考的重大事宜，邓小平报送华国锋等批转和集体讨论，是必要的行政程序，与邓小平恢复高考的决策并不相悖

邓小平虽就恢复高考作出了许多指示和决定，但个人的话不是政策和文件。在领导恢复高考过程中，邓小平提出自己的意见，然后按照程序报请中央政治局、国务院讨论决定。中央和国务院讨论后下发文件，各地执行。现在所能看到的，中央关于恢复高考的事，都是根据邓小平的意见转化成文件的。这种必要的行政程序，即或1978年12月十一届三中全会以后，也依然如此。

当时中央政治局由五名常委组成核心决策层，分别是华国锋、叶剑英、邓小平、李先念、汪东兴，华是主席，其他四位都为副主席，华国锋主持中央工作。在恢复高考一事上，邓小平与华国锋观点一致，是一致行动人，五位常委也都一致同意。尽管如此，从领导分管和所作系列工作来说，邓小平作为党的副主席、最资深的领导人，在教育领域大刀阔斧，冲开阻拦，拨乱反正，领导恢复高考，提出决策意见，这是历史事实。当然，这个重大决策，华国锋等中央领导全力赞同和支持，也功不可没。但有的文章，仅根据领导架构和邓小平相关事宜的报送程序，说恢复高考是华国锋的决策，邓小平仅仅是恢复高考的分管者和支持者，显然偏离和割裂了历史事实。至于说“邓小平决策恢复高考模糊了中央领导集体的作用，是贪天之功”。想当年，这种“文化大革命”的思维和语言不知道坑害了多少代人。

以上这些文献档案是历史的实证，清晰地说明恢复高考之路是如何一步一步走出来的。邓小平以他的远见卓识、政治智慧、崇高威望，为恢复高考作出了无可比拟的贡献。毫无疑义，这些影响深远的全局性决策，将永载史册。

（本文发表于《教育与考试》2020年第1期）

77级、78级大学生的历史履痕

时光虽然任性，但还是没有把77、78级大学生轻抛。不管是其中“红的樱桃”，还是“绿的芭蕉”，都镌刻在厚重的年轮里。特别是近几年，电影电视，书刊网媒，反映这两届学生的作品犹如“千树万树梨花开”。然而时光又是如此无情，不经意间，就把这两届年龄悬殊的考生照进了人生斜阳——有些已含饴弄孙，有些将届退休，年龄最小的亦从知天命向耳顺迈进，挥斥方遒的岁月与这两级学生渐行渐远。

由于77、78级考生是时代转折的重要符号，是不可复制的一代，所以相当多的作品聚焦于这两届学生种种的不易与成功，可谓喝彩声一片。然谈及他们的不足及两级学生同与不同的文字，似未见到。本文试图从这一视角，以一个亲身经历者的遭际，为记录中国现代史者提供若干细节，并求教于识者。

一、两级学生的相同

77、78级考生绝大多数被“文化大革命”十年所耽误，来源庞杂，经历丰富，志趣广泛。既有上山下乡的城市知青，也有面朝黄土的农村青年，还有被改造或待改造的家庭出身不好的子女，工农兵学商，各种成分都有。他们在社会上摸爬滚打多年，栉风沐雨，受冻挨饿，经历过世态炎凉。是时代的风云际会，把这批阅历不同、年龄参差的青年聚拢到一个群体中。

这两届学生是从二千多万考生中筛选出来的，是通过独木桥的幸运者；骤然之间，他们从社会的底层变成了令人称羡的时代骄子。因为饱尝过失学的痛苦，深知机会来之不易，加之服膺“书山有路勤为径”的古训，晨曦诵读，挑灯夜战，是十分普遍的现象。我有个同级室友，总是早晨六时左右出门，晚上十一时左右归舍，四年下来，几乎天天如此。这样的执着，既有自我期许，又因负有家庭和社会的重托。倘有心人能将这两届学生的刻苦攻读景象汇集，应当是中国“科举史”上一部“春天的故事”。

还别有一景的是，这两级学生的年龄跨度非常大。1966年至1978年的13届中学生，都有代表会聚于此，大的三十多岁，小的十五六岁。有兄弟、姐妹、叔侄、师生、夫妻、妯娌同年考入，入校读书的序列完全被打乱。而这一序列的打乱，完全得益于邓小平的坚持。1977年9月6日，邓致信华国锋、叶剑英、李先念、汪东兴，说今年“招生问题很复杂。据调查，现在北京最好中学的高中毕业生，只有过去初中一年级的水平（特别是数学），所以至少百分之八十的大学生，须在社会上招考，才能保证质量”。[①]并附上刘西尧关于教育工作几个问题的汇报。于是各个年龄段的大学生聚集一堂，有饱经风霜的，也有风华正茂的，还有稚气未脱的，各色脸庞济济于同堂，成为十分罕见的历史画面。笔者所在班级发生了这样的真实

① 《邓小平年谱（1975—1997）（上）》，195页。

杭州大学历史系1977级姜乐英自习照

故事：1978年10月，78级新生报到，77级一位17岁的同学，与其他几位一起，举着“新生报到处”的牌子到杭州火车站迎新。未几，一个熟悉的身影迎牌走来，两人大眼瞪小眼，一时无法反应过来。原来，他接到的新生竟是他中学老师，一位出生于20世纪40年代末期的“老三届”（指66、67、68届中学毕业生）！河北师范大学则别出心裁，把录取在1977级数学系的66、67届高中毕业生，单独编成一班，戏称“老头、老婆混合班”。呵呵，这种别开生面的喜剧，只能由那个时代制造。

无疑，恢复高考以后的这两级考生的成才率很高。77级于1978年2月至3月入学，1982年1月至2月毕业，78级于同年9月至10月入学，1982年7月毕业，相差仅七八个月。毕业那年，国家百废待举，各个岗位都缺人，社会对这两级学生翘首以待，因而成了“抢手货”。加之他们强烈的社会责任感和使命意识，适逢施展才能的广阔舞台，因而大多成了各行各业的中坚乃至栋梁。如果排列其成功者的姓名，不啻是一个亮丽华彩的方阵，世称“77、78级现象”。

二、两级学生的稍异

虽然两届学生入校、毕业都是同一年，大多数情况都相同，但还有稍异之处。

77级考试方式特殊，绝大多数考生都须参加初试和复试，这种两次考试的方式至少空前，也可能绝后。录取率之低也是前所未见。1977 年 10 月 21 日，《人民日报》在第一版发布了恢复高考的消息，同时配发《搞好大学招生工作是人民的希望》的社论，社会顿时沸腾。但难题马上出现，报考人数远远超出预期：有 1966 年至 1977 年的高中生，有历届初中毕业生以同等学力报考，还有允许在读的 1978 届优秀高中生提前报考，总数多达 2000 余万人。由于管理部门的准备时间短，加上高考废止了十多年，工作失去了连续性，物质和心理准备都难以适应这场规模空前的高考，因而许多省市只得采取先行初试一次的方法，淘汰一批人，初试合格者才允许参加正式高考。浙江省的初试以县市为单位出考卷，各地区初试时间不作硬性统一，如余杭县（今杭州市余杭区）是 11 月 25 日，吴兴县（今湖州市吴兴区）是在 11 月 26 日，宁波地区是 11 月 20 日（但初试时间集中在 11 月中下旬）。初试分数上线的参加 12 月 15 日至 16 日省里命题的正式高考。全国该年高考时间没有统一，从 1977 年 11 月 28 日正式开始，至 1977 年 12 月 25 日结束，历时约 1 个月。浙江省高考的科目，文科为语文、数学、政治、史地，理科为语文、数学、政治、理化，总分为 400 分，不考外语。作文题目是《路》——相信当年的参考者永远不会忘记这个作文题。即使以这样的方式“拦截”了相当大一部分人，全国参加高考者仍有 570 多万人。第一批本科生共录取 17.7 万人，录取率约为 3%。拒之门外的优秀生实在太多，不少考生到教育部质询，为什么不录取他们。教育部将此情况紧急上报党中央、国务院，又是邓小平发话：那就扩招吧。于是扩招工作在第一批学生入学后进行，录取工作延长至五月份才告段落。浙江省扩招录取是在四月五日结束。加上第一批学生，全国共录取本科生 21 万，专科生 6.3 万，共计 27.3 万人，录取率也只有 4.8%；如算上初试参考生，录取率自然更低，淘汰之多，简直“惨不忍睹”。《羊城晚报》首席记者，1977 级学生樊克宁曾撰文谈及，他们农场 600 多名知青参加高考，正式录取的只有两个人。杭大历史系 77 级寿柏年也有文章谈到：“我当时所在第二农垦场有 2000 多名知青，而考入 77 级本科的仅我一人。”杭大历史系 77 级项一中有回忆文章：缙云县 1977 年参加高考初试为 2652 人，其中理科生 1941 人，文科生 711 人。初试合格后参加复试的理科生 606 人，文科生 135 人。最终录取文科只有 3 个大学本科生，也即参加初试的平均是 237 人录取一个，参加复试的是 45 人录取一个。

有一种说法较普遍，说这年高考由于参考人员众多，当时连印刷试卷的纸张都无法供应，以至不得不动用印刷《毛泽东选集》的纸张应急（刘海峰教授认为是动用《毛泽东选集》第五卷印刷剩余纸张）。纸张问题解决以后，有些地方又出现了试卷运输、保密物资不够，像云南省最后动用战备物资，征调了 2000 多条麻袋，才解决了试卷分装和铅封问题。

77 级高考时，没有重点与非重点大学之分，也不公布高考分数；志愿只能填三个。考试口号是“一颗红心，两种准备”，“接受祖国挑选”。我们几位考生，包括当时一些“内行”人，根本没有搞清楚大学与中专是两个不同的招生系统。自以为是：报考大学分数不够，就降级到中专好了。“内行”人士还如此这般悉心指导，纷纷在志愿表的备注栏写上：“如大学不能录取，愿到任何中专学校就读。”当时农村师生和家长的普遍心态，只要有书读，不管什么学校都可以。这种现在看来很幼稚的想法，就是当时当地的真实水平。

当然也反映出不少人对高考已是多么的生疏。这年考生的政审依然严格。在分数上线、体检合格后，对每个考生组成了两人以上的“政审调查小组”，查考生的政治表现，家庭出身，包括亲属有无政治和历史问题，写成专题政审材料。笔者记得非常清楚，政审小组在诸暨县（尚未改市）档案馆查到我那已去世的父亲，在“集体加入国民党”栏中有他的名字。闻知这一消息，我很是紧张。幸亏所在公社（现今为镇）革委会主任挑担子，召集会议，统一口径，让政审调查小组写上“该考生表现优秀，其父亲已去世，对考生无影响”的结论，再盖上大红印章。那时阶级、成分的意识尚到处弥漫，左风依然强劲，他们这样做需要很大的勇气和担当。至今想起，我仍感念、感佩不已！

77 级学生由三部分人组成：第一部分是成绩、体检、政审都合格的本科生，在 1978 年二月底三月初入学；第二部分是扩大招收的本科生和专科生，在四五月份入学；第三部分数量非常少，但与第一部分学生入校时间相同，他们是从历届优秀中学生中选拔，不用参加高考，采用与工农兵推荐生相同的入学路径（我所在公社就有一位）。据说，之所以还要以这种方式招一部分学生，目的是为了对比到底哪种方式录取的高考生更为优秀。

77 级的扩招之举，还直接推动了一批中专学校升格为大专院校。由于扩大招生的人数较多（占第一批录取生的 30% 左右），原有院校的校舍和师资都成了问题。于是将录取在大城市本科院校的扩招生，以“走读生”的名义入学；在地区级城市入学的，则将一些老牌中专升格成大专。以绍兴师范专科学校（1978 年 4 月以前称绍兴师范学校，后改为绍兴文理学院）为例，77 级学生是以浙江师范学院绍兴分校的名义招收，国务院批准绍兴师范专科学校之名是在1980年8月，其时该校77级学生已进入毕业之季。

称77级也好，81届也罢，实际上是同一批学生，然而其数序名实不符。恢复高考后，要给入学生确定序列，级、届不能随意称呼。教育行政部门最后统一规定，入学之年称“级”，毕业之年称“届”。如照此处理，77、78级的学生都是78年入学，82年毕业的，同一年不是有两批毕业生了吗？于是管理部门对77级来个溯源去尾，78年春季入学是实，但考试在77年冬举行，那么就定为77级；82年1月底毕业也是实，这一个月时间可忽略不计，就称81届。浙江大学有方姓资深教授戏称：“名为77级，却是78年入学；算作81届，实是1982年毕业。”

这一名实不符的届次，终给后人带来某些困惑乃至混乱。《南方人物周刊》是一本有追求的刊物，其人物专栏往往产生重磅效应。然而其所刊发的《青年李克强》一文，其中两个具体日期都错误。该刊2013年第14期第42页如此叙述：“1977年7月23日……见李皋兰进院，李克强迎上前去，跟他说，‘我今天刚从农村参加高考回合肥’。”第43页直引李克强的信函云：“老纪……我于上月二十七日到校报到……克强，78.8.13。”李克强是77级北大法律系新生，1977年12月参加高考，1978年2月底到北大报到。显然《青年李克强》所引的两个日期，无论如何不可能出现在李克强的口述和信件中。文中两个日期为什么有误？猜测度之，撰稿人大概不了解当年特殊情况，来个以今推昔，根据后来的高考日期作了善意的改动。然而这样一改，却有违当年历史实情。或许还有另外一种可能，就是这两个日期都是此文作者的笔误。

浙江大学的民间校友会办得风生水起，点子迭出，还不时推出“校友名片”，影响越来越大。但一不小心，也闹乌龙，其校友介绍中多次将77级误成78级，依据的大概是77级学生亦是1978年进校。校友会是介绍校友的权威平台，这种误会，或许会带来更多的后续误会。

此类例子不一而足，俯拾皆是，这种差错甚至国家级的信息平台也时常发生。

从1978级开始，高考试卷由全国统一命题，各省、市、自治区组织考试评卷，高考时间全国统一在7月20日至23日。大学有了“重点”和“非重点”之分，再无推荐入学生；考生的各科成绩公布，考生能知道自己的分数，政治审查和年龄也大大放松，“级”“届”序列开始名实相符。这一年参考者有610万人，录取本、专科学生40.2万人，录取率为6.6%，也非常低。这年考生的报考志愿，可分别按重点院校和其他院校两栏填写，且还有一个特殊待遇，考生在考前先填志愿，考后如分数达到体检线，则允许对原填院校和志愿作修改调整。以上这些细节的变化，客观上反映出中国历史的演进。

三、两级学生的特质与不足

77、78级毕业生大多有几分理想色彩，较能独立思考，不大肯随声附和，内心颇有几分“天下英雄舍我其谁”的狂傲。这样的特质，遇到开明的领导，会因势利导，用其所长；而碰到嫉贤妒

杭州大学历史系1977级学生赵雄、王旭烽演出话剧剧照

能的，穿你小鞋也不难。这两级学生包括稍后79级等届次的毕业生，较多集中于党政机关。他们既有通力合作，也有互相竞争；在某些特定的场合，还有血气方刚、互相不服气的争吵。

笔者当时所在机关，有两个77级本科生，四个78级本科生，还有相当数量恢复高考后及以前毕业的大中专生。工作之余，常到单位食堂买几个菜，沽酒聚餐，高谈阔论，其中有一个老三届的78级生也时常参加。他为人处事，机敏练达，颇受领导赏识，不知不觉间成了众同学的顶头上司。

有次聚会，不光有十多位大学生，还有几位领导参加。因是周末，大家酒喝得不少，话题天南地北。哪知在酒酣耳热之时，发生了一桩意想不到的插曲：一位77级的同学突然向78级的上司喊话："来，师弟，给师兄敬上一杯酒。"

78级那位也许没有听到，也许懒得理会，依然与其他人高谈阔论。77级那位以为是故意不理他，面子上挂不住，追问道："叫你给师兄敬酒，没听到吗？"

那位78级的顿时反诘："什么师兄师弟，我与你同一年，我还是全国出卷的重点大学生。"

77级的声调立马升高："我是首届的，有我在，有你这种重点大学生吗？"

"我第一年是所谓政审，没进校，要不，我也是首届的。你牛什么？"

"既如此，我们两人再考一次，你敢不敢？"

……

众人一时惊愕，因为按照这两位平时的处事风格，是不会这样激烈交锋的。然而酒精发酵时那番控制不了情绪的对话，还是颇值得玩味。

不过事后还好，这两位同学都未记隙，工作依然合拍。再以后的人生经历证明，这两位确实不同凡响。

77 级那位，在 20 世纪 90 年代下海创业，筚路蓝缕，企业办得有声有色，手下有多个上市公司，多次跻身“福布斯”百强之列。

78 级那位，凭着出色的才干和综合协调能力，在政界崭露头角，从一个毫无背景的农家孩子变成省部级官员，实在不易。

当然，这也许是个例，不具有普遍性。但这两人的奋斗历程，实是 77、78 级学生的缩影。

不过，这两级学生大多也清楚，自己无非是同辈中的幸运儿；

杭州大学（现浙江大学）历史系 1977 级篮球爱好者合影（前排左起：王茂法、左兵、方新德、赵如祥、龚国庆、吴高洋；后排左起：陈侃章、许广跃、张汝潮、周庆治、洪建明、陈乐洋）

个人努力固然重要，但时代的机遇更为重要。就像“五四”运动中的北大学生，国共合作时期的第一至第四期黄埔军校毕业生，他们之所以纵横当时，无非是历史摆放了一个表演的舞台。

坦率说，77、78级学生有许多先天缺陷。无论是文科生还是理工科生，大多欠缺学问的童子功，外语基础普遍较差。许多学生，包括笔者在内，英语是从ABC开始学起的；加之地域的局限，视野也不那么开阔。随着互联网时代来临，77、78级学生的知识和年龄结构方面的缺陷，露怯得更加明显。尽管他们力图融入，但毕竟是“外来移民”，与往后几届，特别是当今大学生的“自然居民”身份无法相比。在这一领域，作为学长的他们，似乎难以与后辈同场竞技。这也是后浪推前浪的历史使然。

是的，对于77、78级大学生，历史有过误会，但历史还是公平的，最终对他们还是青睐有加。青睐有加的结果是对其社会感恩式的回馈。发光于未来，还要从脚下的路开始。

以杭大历史系77级为例，该级毕业生在大学科研单位的，有的早已成为各专业学科的领军人物，蜚声国内外，如宋史研究的包伟民、法国史研究的沈坚、博物馆学的严建强、美术史研究的洪再新等教授。还有不少人早成为一线企业家，有多人次多年入列“福布斯”排行榜，如周庆治、宋卫平、寿柏年等。十多年来每年捐赠数量可观的资金，分别投向教育、文化、贫困山区等。南都、绿城等几家有影响的公益慈善基金，七八个资助项目已运营多年。搞写作的，如王旭烽的作品曾获“茅盾文学奖”、“五个一工程奖”。还有与中西方文化交流，硕果累累，其中有在美国和中国著名大学同时讲授美术史的，这样的教授世界上并不多见。他们懂得一切都会过去，

杭州大学历史系七七級毕业合影

1982.1

杭州大学（今浙江大学）历史系 77 级学生和教师合影：

前排左起教师：胡为民、戴尔俭、蒋兆成、孙仁宗、龚延明、蔡俊士、史月庭、杨树标、郑云山、蒋寿康、仓修良、宋显昌、胡玉堂、沈炼之、徐规、金普森、陈非、王正平、管佩韦、倪士毅、钱茂堂、戴成钧、蔡文林、楼子芳、杨福茂、徐正章；

二排左起学生：陈明、陈晓燕、林桂琴、姜乐英、吕红、张鲁杭、董建萍、姚道伦、王小平、倪集华、戴松岳、严建强、章大国、沈坚、冯宇甦、许建平、徐水、邹莹、王金玲、黄永红、徐明、王旭烽；

三排左起学生：傅立平、金儒宗、路虹、陈海克、张明炯、韩李敏、王中海、张富强、许广跃、洪建明、滕建明、张建明、王茂法、项一中、叶良、郝海雁、王渭忠、张志伟、周庆治、陈乐洋、洪再新、包伟民、陈侃章、董惠民；

四排左起学生：周勤、吴高洋、单建民、赵雄、宋卫平、张学舒、梅宇、龚国庆、刘森林、方新德、马登潮、寿柏年、方立新、李世扬、周平、陈松尧、陈光天、陈仰光、胡序杭、赵如祥、杨念迅、洪偶、左兵、张汝潮。

但文化传承对历史推进将是永恒。目前已做成和计划做的有：整理影印出版文澜阁《四库全书》，参与组织全国一流专家编纂中国现代史，与海峡两岸学者共同书写抗战历史。将茶文化与欧美多方位互动，共享共荣，共促共进。探索城市反哺农村途径，打造乡村小镇，策动新一轮农村建设。“安得广厦千万间”——引领同行为老年社会提供安享晚年之所。在山东曲阜打造建筑规模和收藏内容均将首屈一指的孔子纪念馆，引起中央高层关注。如此等等。

收笔之时，我想起杭州大学（现浙江大学）历史系77级毕业三十周年《纪念册》中的一段话，就以这篇文白相间的序言作结。文曰：

杭州大学历史学系一九七七级同学以毕业离校三十旬岁，乃摭拾旧影，掇集成册。众同学肄业于史学，虽多未以习史为业，然久聆师训，岂不知世事之远亵。以不百之群好，倏尔之记忆，本无足称。乃汲汲者，盖有说焉。想我七十同学来自南国，于浩劫之后，长者或有家室之牵，少者甫及弱冠之年。共读成均，携手西子湖畔。“彼其之子，邦之彦兮”。同窗相亲之谊，历时弥坚。读史知世，豁达人生。学教政商，挥斥纵横。更以知非耳顺，曾无金瓯之缺，虽曰天命，岂非人事？众同学咸曰：物变无穷，人灵有常。同窗契心，厚地高天。掠取旧踪，以志此盛。

（本文首发于2015年3月30日《文汇读书周报》，署笔名高逸。后收录于浙江人民出版社2018年1月出版的《120个回望——纪念高考恢复40周年》一书。本书收录时，作者对题目和文中个别地方作了补充调整。）

恢复高考追忆中的分歧和辨正

人生有限，最深的思念终归一抔尘土；岁月无垠，思辨的结晶将走入历史深处。笔者是1977年恢复高考的受益者，曾写过一些与那段岁月相关的文字。众所周知，撰文谋篇要看当时的文献资料，亲历者的记录，要看专家的研究成果，更要看亲历者深情款款、流光溢彩的回忆。看后，就有了比对和想法，觉得这些文字大背景基本正确，但有不少矛盾之处，特别是恢复高考推进过程中一些重要细节与事实严重不符。朝野都公认1977年高考恢复深具历史影响，比较重要的场景当然需要真实，对一时无法判断和决断的事件也要提出，以便后人进一步探讨辨析。高考研究专家，浙江大学刘海峰教授曾说：对这次高考我们既要回顾和叙说，更应该注重恢复高考的全景扫描和历史复原，时代转折的历史应接近本真。有鉴于此，我形成了这篇文字，分成“刚性”和“柔性”两个部分，以作引玉之砖。

第一部分：刚性硬伤历历

邓小平主持的1977年8月4日至8日科技和教育座谈会，是恢复高考一次转折性会议。众多专家畅所欲言，痛陈时弊，而邓小平成竹在胸，又从善如流，让教育部收回已报国务院的1977年招生工作意见，自己也改变了原本准备一年后恢复高考的打算。这一必然中发生的偶然，使恢复高考提前一年举行。这次会议地位之重要毋庸置疑。意想不到的是，关于这次会议的不少重要细节却有诸多分歧和误记。现将其主要节点罗列辨析如下。

一、与会33名科教专家有些姓名张冠李戴，出现了未参会者变成参会者，未参会者在会场上有发言，参会者被遗漏等情况

刘道玉的误记。刘道玉先生是德高望重的教育界前辈，特别是执掌武汉大学时的改革有口皆碑，令人钦敬。高考恢复的1977年5月，刘先生应召从武汉大学副书记任上调到教育部任党组成员兼高等教育司司长，直接参与组织当年八月那次载入史册的科教工作座谈会，有许多与会者是刘先生提名。他在其名著《一个大学校长的自白》列出了与会的13人姓名（其他与会者未列出），书中说："参加会议的科学院系统的科学家有钱三强、张文裕、王大衍、柳大纲、林兰英、彭恒（桓）武、邹承鲁等；教育系统有周培源、张光斗、杨石先、苏步青、唐敖庆、史绍熙等。"[①]经查证资料，刘先生所列13人名单，有5个人既未邀请，也未到会。有1人与会但仅最后一天参加，也未发一言，只听取会议精神而已。这五人是：钱三强、柳大纲、林兰英、彭恒（桓）武、张光斗。最后一天参会未发言的是周培源。

温元凯的误记。温元凯先生是最年轻的与会者，那年他只有31岁。他发表的诸多文字，也有不少误记误忆。他说："参加这个

① 刘道玉著《一个大学校长的自白》，长江文艺出版社，2005年，130—134页。

会议的有中国科学院著名物理专家、核弹之父钱三强……参会代表多为六七十岁的老专家，年龄最大的是82岁的杨石先。”[①]短短文字两处有误：一是钱三强没有参加会议，二是与会者年龄最大非杨石先，而是中国农业科学院院长金善宝，金比杨大二岁。温元凯在2018年5月16日接受中央人民广播电台记者时又说：“出席会议有……时任中国科学院副院长周光召教授。”事实上，周光召既没有参加这个会，其时也非中科院副院长。

查全性的误记。查先生将随同邓小平开会的于光远，混入33人与会者名单。于光远此时的身份是原国务院政治研究室人员，是跟随邓小平来听取与会专家意见的工作人员之一。

那么，凭什么说刘、温、查三位先生记述有误呢？首先，拿出否定的依据必须是可靠的原始记录；其二，要有文献性质的权威著述；第三，与其他亲历者的回忆文字相较核对。试述如下：

其一，《邓小平决策恢复高考讲话谈话指示集》中有《邓小平决策恢复高考》一文，列出参会者名单如下[②]：

“按照邓小平的要求，中国科学院和教育部分别在科学院系统和高等院校找人，确定了一个33人的与会者名单。他们是：中国科学院数学研究所研究员吴文俊，物理研究所研究员马大猷、助理研究员郝柏林，化学研究所研究员钱人元，生物物理研究所研究员邹承鲁，高能物理研究所研究员张文裕，发育生物研究所研究员童第周，地质研究所研究员张文佑，大气物理研究所研究员叶笃正，地

① 朱悦华采访《温元凯，恢复高考39年前，那不能忘记的回忆》，见《北京日报·公道》，2016年6月7日搜狐网转发。
② 《邓小平决策恢复高考讲话谈话指示集（1977年5月—12月）》，51—53页。

理研究所研究员黄秉维，半导体研究所研究员王守武，计算技术研究所助理研究员高庆狮、许孔时，上海有机化学研究所研究员汪猷，上海硅酸盐研究所研究员严东生，长春光机研究所研究员王大珩，中国农业科学院院长金善宝，中国医学科学院院长黄家驷，北京大学教授周培源、沈克琦，清华大学党委副书记何东昌、副教授潘际銮，复旦大学教授苏步青，上海交大教师吴健中，南开大学教授杨石先，天津大学教授史绍熙，吉林大学教授唐敖庆，南京大学教师苗永宽，武汉大学副教授查全性，西安交大动力二系主任程遒晋，华北农大教授沈其益，中山医学院讲师宗永生，中国科技大学助教温元凯。其中年龄最大的是82岁的小麦育种专家金善宝，最小的是31岁的化学键理论研究者温元凯。”

其二，时任北京大学物理系副主任沈克琦副教授是应邀的33人与会者之一，他对会议作了全程记录，更重要的是还保留着会议参加时所发的33人名单。陈芳所著《拜访京华名家》上公布了沈克琦先生提供的这份原始资料[①]。

座谈会名单标题只是《名单》二字，前4页都是所请专家名字，上面内容为姓名、年龄、政治面貌、职务、专业、单位几项。第5页则为出席会议的领导和工作人员名单，只有两项内容：姓名、单位，如“方毅　科学院”、“刘西尧　教育部”、“胡乔木　政治研究室”。名单上专家部分第一人是吴文俊，最后一人温元凯（那年31岁）是最年轻的一位，名单上打成34岁，座谈会上做了更改。33人里中共党员有24人，无党派人士8人，只有民盟马大猷先生一位党派成员。具体人员名单见本书上篇所引。

① 陈芳著《拜访京华名家》，中央文献出版社，2012年，4—6页。

沈克琦还提供了一个细节，会议刚开始发的资料上专家名单是30人。黄家驷、张文裕、童第周是后来加上去的。而邀请童第周出席有一个插曲，4日开会当天，邓小平开场白讲话时环顾四周问："童老有没有来？"并接着说："'文革'中童老扫地，他扫地都是科学态度，真认真。让他扫地真是糟蹋圣人。"会议组织者马上在第二天就请童第周先生参加会议。

其三，当时会务组所编发的会议简报直接可证。这几期简报《高考文献》收录时虽然隐去了发言者姓名，但注明了发言者单位，也不难分辨出这六人没有参会。

其四，一直在教育部工作的考试中心主任杨学为汇编了那次高考的相关文字资料，也从没有提及刘、温、查所开列这六位名家参与此会。刘海峰关于恢复高考的书文较多，但对刘、温所列参会人员，没有表示意见。

不过这两份原始资料也有微瑕，即沈其益的单位是北京农业大学，而不是华北农大；胡乔木、于光远、邓力群是国务院原政治研究室人员；沈克琦所述，陈芳著录的书，把中科院地质所研究员张文佑误写成"张文裕"，似笔误所致。

二、开会日期的误记和订正

刘道玉在《一个大学校长的自白》第130—131页说："1977年8月2日，邓小平在北京召开了科教座谈会……会议已举行了三天了，（查全性）在4日晚上找到我。"

拉家渡主编，广州出版社2003年出版的《八二届毕业生》第2页说："1977年8月，邓小平主持一个科学和教育工作座谈会，一共开了三天。”

温元凯说，刘道玉告诉他要开四天会[①]，其后有不少文章资料蹈袭这个日期。

其实，纠正误记开会日子并不难，如查核《邓小平年谱》《邓小平文选》，教育部《高考文献》《邓小平决策恢复高考》等书籍就可，这些文献都认定这个科教座谈会 1977 年 8 月 4 日至 8 日在北京举行，会期共 5 天。

刘道玉在《一个大学校长的自白》第135页又忆述：“8月6至8日，（教育部）召开党组会议，研究如何贯彻科教座谈会精神。”这一日期刘也误记了，因为8月6日至8日，正是座谈会议达到高潮的这几天时间，会议并没结束。所以教育部不可能在此日期研究贯彻这次座谈会精神。

三、大多回忆文章都说在五天会期中，邓小平到会四天半，只有半天邓因外事活动没有参加，而实际上邓小平到会是四天

查《邓小平年谱（1975—1997）》记载：“8 月 4 日上午，主持科学和教育工作座谈会……下午，和华国锋、叶剑英、李先念等接见出席”其他六个会议的代表。第 178 页载：“8 月 7 日主持科学和教育工作座谈会……下午，会见朝鲜民主主义人民共和国驻中国大使全明洙。”从《年谱》表述中可以看出，邓参加的这两个重要活动内容有些多，不大可能参加某一活动结束后，又赶去参加科教座谈会。所以应认定五天科教座谈会议，邓小平到会四天。

① 《温元凯：我向邓小平提出恢复高考十六字方针》，见《中国网财经》2018年7月17日发。

四、开会的地点应在人民大会堂台湾厅，说四川厅、江西厅、江苏厅还是北京饭店都误记误载

说北京饭店的如："1977 年，纪念恢复高考 20 周年的时候教育部牵头组织了名叫《千秋伟业》的纪录片，我也应邀参加了拍摄。我和当年参加过 1977 年 8 月科教座谈会的老同志一起回到北京饭店召开会议的那个房间……。"[①]

说台湾厅的有：

沈克琦说："8 月 4 日上午到人民大会堂台湾厅开会。"[②]

温元凯说：刘道玉在机场接机时告诉他，"会议明天在人民大会堂台湾厅召开，开 4 天"。[③]

说四川厅的有：

刘道玉说："会议于 8 月 2 日至 5 日在四川厅举行。"[④]

说江西厅的有：

查全性说："1977 年 8 月 4 日，人民大会堂江西厅，科学和教育工作座谈会召开。"[⑤]

刘海峰说：1977 年 8 月 4—8 日，在北京人民大会堂江西厅，邓小平召集开会。[⑥]

---

① 《邓小平与恢复高考（下）》，见《北京日报》2004年8月11日。
② 《拜访京华名家》，2页。
③ 朱悦华采访《温元凯：恢复高考39年前，那不能忘记的回忆》，见《北京日报·公道》，2016年6月7日搜狐网转发。
④ 《一个大学校长的自白》，130—134页。
⑤ 见《团结报·文史e家》2017年6月7日。
⑥ 《高考改革的理论与历史》，213页。

还有江苏厅说。查全性教授在另一处又说："8 月 2 日，座谈会在人民大会堂（江苏厅还是台湾厅不记得了）开幕。"①

会议到底在人民大会堂哪个厅举行?《求是理论网》2017 年 8 月 29 日转载了《恢复高考的史实复原》一文，但没有署作者名。溯源此文，实是刘海峰教授发表在2017年8月29日《中国科学报》上《恢复高考的史实复原》一文。刘教授在文末有一段话：

对会场有各种说法，"有说是在人民大会堂台湾厅开的，有说在江西厅的，有说在四川厅的，还有说在北京饭店召开的……"2017年 6 月 7 日，新华社的重点栏目《国家相册》记者找笔者去录制采访恢复高考 40 年的回忆，顺便问及当年开会地点到底是在哪个厅，因为他们要到现场去复原拍摄。笔者说各种说法都是当年参与座谈会的专家或组织者的回忆，自己也不能确定，或许四川厅比较有可能，因为回忆者说邓小平跟四川比较有感情。结果摄制组去人民大会堂四川厅看过后，发现跟那张珍贵的照片场景不符，到台湾厅后打开门一看，果真与当年照片的场景一样，于是才最后确定开会地点是在台湾厅。而台湾厅的名称不仅与邓小平没有什么特别的关联，与恢复高考也没有什么关系。但现场认定后确实是台湾厅，可见历史事实需要科学复原。

如此，开会地点应是人民大会堂台湾厅，其他说法可以排除。

五、把没有参加会议的人员，也说在会上发言了，此误主要是刘道玉和温元凯等引发，继而踵之不断

---

① 《查全性：我发了言，邓小平拍了板》，见《新京报》2007年3月27日。

刘道玉在《一个大学校长的自白》第132页尾行说："清华大学张光斗先生谈到'刘冰事件'时说……"。温元凯说："清华大学校长何东昌……核弹之父钱三强等说……"①

上面已经反复证明清华大学张光斗、核弹之父钱三强都没参加这次会议，两人自然不可能在会上发表讲话。另外，何东昌其时的职务是清华大学党委副书记、革委会副主任，不是清华大学校长，诸如这类细节之误就不再展开。

六、周培源仅在8月8日到会听取邓小平的报告，没有发言

刘道玉《一个大学校长的自白》第132页说："北京大学周培源先生显得格外激动。他说：北京大学是'文化大革命'发源地……。"与会的北京大学物理系副教授沈克琦（沈对这次会议有54页的全程记录）说："开会时拿到与会者名单，看到上面有周培源先生的名字，但当时周老正在黄山参加一个基本粒子的学术会议。当天会议结束后，晚上我就赶回北大，向校领导汇报了第一天会议的主要内容，领导要我立即和黄山会议会务组联系，会务组说周老已经上山了（会议在山下宾馆开），并答应立即设法通知周老。那时电讯、交通都不方便，黄山市还不通飞机，必须到杭州或南京才能有航班回北京。8月7日周老终于赶回北京，参加了8月8日的闭幕会议，听到了小平同志的总结讲话，遗憾的是他未能有机会发言。"②

---

① 朱悦华采访《温元凯：恢复高考39年前，那不能忘记的回忆》，见《北京日报·公道》，2016年6月7日搜狐网转发。

② 《拜访京华名家》，3页。

七、武汉大学查全性副教授重磅发言的时间是8月6日下午，清华大学何东昌发言是6日上午

对于查教授语惊四座的发言时间，刘道玉这样回忆："8月2日，邓小平召开科教座谈会。4日晚上，武汉大学查全性找到我说……"而到了"5日上午，武汉大学这位代表首先发言"。[①]

还有许多资料说8月6日上午查全性讲了这番慷慨激昂的话。

查核1977年8月7日中国科学院、教育部所编《科教工作座谈会简报》第8期和第9期，分别这样记载："8月6日上午……清华大学×××（何东昌）同志说……""8月6日下午，武汉大学×××（查全性）同志在发言中……"[②]与会者沈克琦的记录也作了印证："8月6日上午，上海交大的吴健中发言时也提到……当天下午武汉大学的查全性先生就招生问题作了系统性发言。"[③]

座谈会上首先发言是谁？继之者又是谁？有的说是杨石先，有的说是苏步青，有的说是周培源等等，这里不一一考辨了。

针对上述所列的几种不同说法，根据档案文献和亲历者的回忆一一核对，窃以为可以统一如下：

第一，会议出席者33人名单中，刘道玉和温元凯等书籍提到的钱三强、柳大纲、林兰英、彭恒（桓）武、张光斗、周光召等6个重磅人物没有参加这个会议。西安交大出席人员为程遒晋，而非陈道俊。方毅其时的职务是中国科学院副院长，而非国务院副总理。《邓

---

① 《一个大学校长的自白》，133—134页。
② 《高考文献（下）》，23—25页。
③ 《拜访京华名家》，14页。

小平决策恢复高考》和与会者北京大学沈克琦的原始记录是正确的（有点微瑕前已指出）。

第二，本次科教座谈会开会日期是1977年8月4日至8月8日，共计5天。说其他开会日期为误记。

第三，在5天开会时间里，邓小平出席会议4天，说出席4天半不确。8月4日下午，邓小平与华国锋、叶剑英、李先念等参加国内重要活动，8月7日下午邓小平会见朝鲜驻华大使，这两个半天邓小平没有参会。

第四，开会地点在人民大会堂台湾厅。四川厅、江西厅、江苏厅和北京饭店之说有误。

第五，张光斗和钱三强没有出席这个会议，自然不可能在会上发言，说他们发言可能是“张冠李戴”。

第六，周培源会议前期因已外出安徽黄山开会，待学校通知他回北京，他只赶上8月8日最后一天会，仅听取邓小平的报告，周培源也没有发言。

第七，查全性的重磅发言是8月6日下午，说查在其他时间发那番言论不正确。

第二部分：柔性分歧对立

这里将有分歧的各家之说一一列明，同时略作辨析。

一、查全性的重磅发言是自己的心声，还是刘道玉司长策动

1977年8月6日上午，清华大学何东昌首先就清华工农兵学员水平低下发言，引起邓小平共鸣：那干脆叫清华中学、清华小学好了，

还叫什么大学！到了下午，武汉大学查全性副教授几乎敞开心扉，痛陈时弊。所讲主要内容在中科院、教育部所编1977年8月7日第9期《会议简报》上有反映。

对于查全性会上的这番发言，刘道玉《一个大学校长的自白》有如下记述：

> 会议已进行三天了，来自武汉大学的一位代表一直没有发言。4日晚上，他找到我说："会议开了三天了，听了其他人的发言很受启发，但是我本打算讲的，别人都已讲了。你看我讲点什么为好？"我作为会议的工作人员，对会议的进程很关心，通过简报把会议的内容陆续地报送到中央政治局。出于我的职责，连日以来，我一直在思考"十六字"招生方针，如果不推倒这个方针，大学招生质量就得不到保证，也不能在广大青少年中造成良好的读书风尚。于是，我向这位代表建议说："代表们的确讲了很多意见，但是还有一个非常重要的问题没有讲，那就是由迟群一伙在北京两校推行的十六字招生方针。会前，我在天津、顺义县作过调查，广大群众一致认为这是一个开后门的方针，强烈要求推倒十六字方针，恢复统一高考，而且广大工农子弟说，他们不怕考。因此，希望你明天就集中讲这个问题，明确提出推倒十六字方针。"听后，他说："好，这个题目好，我明天就讲这个。"

而对于刘道玉这番详细描述，查全性认为与事实不符。查先生申述如下："发言之前，我没有和任何人商量讲什么，也没有任何人建议我怎么讲。我估计，虽然个人有点风险，但风险也不大。其实，我知道大家心里对这些事的看法基本是一样的。我讲的这些内容其实也并没有什么新奇，大家都是这么想。果然，我的建议得到了几乎是所有人的赞成。”[①]

查全性对于没有人建议他如何如何讲的这一点，非常坚持。2014年10月10日《人民日报·海外版》刊出该报记者傅振国的《查全性与恢复高考》一文中说：“电视剧《历史转折中的邓小平》第7集有查全性面向邓小平，慷慨陈词提出具体建议的镜头。但是，有关查全性在发言前找到南开大学杨校长了解生源情况，则是虚构的。查全性说，他发言前没有找人征求意见，也没人单独指示他怎么发言。当然，这是电视剧，基本事实准确就行，细节可以虚构。”

刘道玉自然看到查教授的回应，所以在2017年第3期《教育与考试》上发表了《刍议恢复统一高考的得失与对策》。在文中，刘道玉先生对原先的有些错误回忆有所纠正。但对策动查全性发言之事反而强化了。刘说：那次会议“3天时间很快过去了，来自武汉大学的一直没有发言，5日晚他找到我说：‘会议开了3天，听了其他人的发言很受启发，我本想讲的，别人都讲了，你看我讲点什么好？’我说：‘你来得正好，我打算把推翻十六字招生方针作为高等教育拨乱反正的突破口。’于是，我向这位代表建议，希望他明天发言就讲这个问题。他说：‘是呀，大家都没有提到这个问题，这的确是一个重要问题，我明天就提出恢复全国统一高考问题。’他当晚作了认真准备，8月6日上

刘道玉

①　《查全性：我发了言，邓小平拍了板》，见《新京报》2007年3月27日。

午他就这个问题慷慨陈词，得到了汪猷、吴文俊、王大珩等代表的支持，最后邓小平充分肯定了他的发言”。

刘、查两人的说法显然有所不同，分歧点也明显，好在向邓小平陈述的内容上，二人的回忆基本一致，只不过“直达天听”这番话的源头，局外人就难以判断内涵底蕴了。

但邀请查全性参加会议是刘道玉先生提名。刘讲了内情：“我当时是教育部高教司司长，和同事商量后决定从高校挑选代表……武汉大学代表查全性，当时还是副教授，按规定没资格参加会议，但我是武大出来的，有点偏心，就让他去了。”[①]

二、关于教育部部长刘西尧对“今年恢复高考是否来得及”的表态问题

1. 说刘西尧表态今年恢复高考来不及了

刘道玉在《一个大学校长的自白》第134页记述：邓小平说：“‘十六字’方针必须推倒，恢复统一高考从今年开始。”刘西尧说：“今年恢复高考来不及了，招生工作会议已开过了。”邓小平说：“今年就改，看准了的，不能等，重新再召开一次招生会议就是了。”就这样，一个阻碍高等教育拨乱反正的拦路虎被铲除了。这次座谈是在这场压轴戏的高潮中

刘西尧

① 《原高教司司长刘道玉：邓小平批评教育部胆子小》，见《看看新闻网》2017年12月10日。

胜利结束的，与会代表个个心情舒畅，决心以实际行动参加到拨乱反正的伟大实践中去。

沈克琦回忆也有这层意思，但未指名道姓："在查先生发言过程中，小平同志插话，问刘西尧同志：'现在的招生进行到什么程度了？'刘回答说，不久前在太原召开的招生会议上决定，按过去的办法办。报告已报到国务院，还没有批。小平同志又问，'是否还来得及改？'大家七嘴八舌地说，既然还没有批，就来得及改。刘说，如果要改，今年就不能如期招生了。"①

温元凯也持同样观点："邓小平接着又转身问教育部部长刘西尧，说今年恢复行不行。刘西尧当时比较保守，说我们工农兵推荐上大学的中央文件已经下发各省市。"②

王志纲是兰州大学77级学生，毕业后在新华社当记者，2018年他撰写了较有影响的《邓公的遗产》一文，文中透露一细节，也可印证此事："温元凯和我聊天时曾讲过，在1977年8月的高等教育研讨会上，初生牛犊不怕虎的他，关于高考制度改革提了四句话：'自愿报名，领导批准，严格考试，择优录取。'他当时还不敢把话说得太满，不敢说恢复高考，择优录取，他觉得自己说的已经够过头了，他当时一边说，旁边的教育部部长刘西尧一边皱眉头……"显然，刘西尧对恢复高考，至少对1977年恢复高考态度并不积极。

2. 说刘西尧表态今年恢复高考来得及

---

① 《拜访京华名家》，15页。

② 《温元凯：我向邓小平提出恢复高考十六字方针》，见《中国网财经》2018年7月17日发。

刘西尧说："邓小平连续亲自召开教育问题的座谈会。在1977年8月的一次座谈会上，武大教授查全性慷慨陈词恢复高考的必要，小平肯定了他的意见，但招考通知已由国务院发出，开学日期临近，有个当年是否来得及的问题。所以小平说，今年来不及了，明年恢复吧。我说，若推迟开学还是可以的。小平断然说，那就立即恢复。"①

龙平平、张曙说："专家们的一致意见使邓小平受到很大震动。他问坐在身边的教育部部长刘西尧：今年就恢复高考还来得及吗？刘西尧说，推迟招生，还来得及。"②

查全性这样回忆："今年就恢复高考，还来得及吗？"邓小平侧身转头，问教育部长刘西尧。查全性赶忙插话："来得及！来得及！宁可推迟两个月高考，不然，又招来20多万人，好多不合格，浪费损失可就大了！""来得及！"刘西尧的回答，进一步增强了邓小平的信心。③

教育部负责招生工作的杨学为与樊克宁对话中谈到此事时，引用了刘西尧的回忆。当时的教育部部长是刘西尧，他的回忆录记录了同邓小平的一段对话。邓小平问刘西尧当年恢复高考"来不来得及"，刘说："如果推迟开学就来得及。"邓小平问："报告送出去没有？"刘说："刚送出去。"邓小平说："赶紧追回来，就下决心今年开始改。"当时已经是8月8日了。④

---

① 《攀峰与穿雾》，214页。

② 《邓小平决策恢复高考讲话谈话指示集（1977年5月—12月）》，53页。

③ 《查全性与恢复高考》，见《人民日报·海外版》2014年10月10日。

④ 杨学为、樊克宁对话《恢复高考，历史记住这条脉络》，见《羊城晚报》2007年6月16日。

三、温元凯“十六字”建言提出的时间

温元凯“自愿报名，领导批准，严格考试，择优录取”的十六字招生建言，提纲挈领，是对“文化大革命”推荐招生考的否定。查看温先生所撰的几篇回忆和接受采访的文章，对“十六字”建言在哪天提出，温元凯自己也有不同说法。在接受马国川访谈时温是这样说的：“就在8月4日下午，在邓小平询问大家有没有补充意见时，我利用这个插话的机会表达了恢复高考的想法。我说，高考应该恢复。现在工农兵推荐上大学导致学生质量参差不齐，他们尽管学习愿望很好，但基础太差，导致人才出现断层、荒芜的现象。我提出恢复高考的十六字方针，即‘自愿报考、领导批准、严格考试、择优录取’。听完我的发言，邓小平当即表态：‘温元凯，至少采纳你四分之三。’当时不少代表没弄明白‘四分之三’的含义，邓小平补充说，第二句‘领导批准’可以拿掉，考大学是每个人的权利，不需要经过领导批准。”①

无疑，8月4日是误记，因为那天会议刚刚开始，在4日和5日两天，与会者还比较拘谨，还未敞开心扉。会议的高潮是8月6日上午何东昌的忧虑发言，下午查全性的“重磅炸弹”，所以温元凯在8月4日提出“十六字建言”这一时间节点基本可以排除。其后，2018年7月17日温元凯在《中国网财经》所发《我向邓小平提出了恢复高考十六字方针》是这样写的：

> 可能是到了第二天还是第三天，谈到了高校招生，工农兵学员部分素质太差，我就举手插话。我说小平同志，当前大学

① 马国川著《我与八十年代》，三联书店，2011年，146页。

最重要的事情是恢复高考，恢复秩序，我提十六个字恢复高考："志愿报名、领导批准、严格考试、择优录取"。邓小平听完我发言立即对我说："温元凯，至少采纳你四分之三，第二句话领导批准可以拿掉，考大学是每个人的权利，不需要领导批准。"说实在我也是刚从"文化大革命"走过来，也不敢不讲领导批准啊。邓小平接着又转身问教育部部长刘西尧，说今年恢复行不行。刘西尧当时比较保守，说我们工农兵推荐上大学的中央文件已经下发各省市，邓小平马上说，发下去可以收回，我们哪怕推迟几个月，今年就恢复高考，否则我们又要耽误一代人。邓小平讲完这句话，我记得当时我们所有的参会代表，连人民大会堂端水的女孩子都激动得情不自禁地站起来，鼓掌了整整五分钟，我们这些人已经清楚地意识到，中国一个改革的新时代已经到来！①

从这段文字中反映，温元凯的建言好像在邓小平拍板恢复高考以前提出的。而查亲历者们的回忆，对这"十六字"涉及较少，再查当时会议所发简报也未提及。但龙平平、张曙《邓小平与恢复高考》中提到温的"十六字"，沈克琦接受陈芳采访时也提到了温元凯的"十六字"，这段采访文字如此表述：

邓小平拍板恢复高考后说：今年还有机会，要坚决改。要给上山下乡的知识青年一个机会，这涉及几百万人。但要有些措施，不能（使社会）发生波动，重要的是要招到能学的人。

① 《温元凯：我向邓小平提出恢复高考十六字方针》，见《中国网财经》2018年7月17日发。

特别是全国重点学校统一招生，每人可填3个志愿。把你（指温元凯插话中说的16个字自愿报名、单位同意、统一考试、择优录取）改一改，第二句话有问题，“单位同意”这句话要去掉。脾气坏一点，得罪了领导，他就不同意。要下决心，完全符合不可能，要尽可能好一些。

但朱悦华所写《恢复高考39年前，那不能忘却的回忆》一文发表时，编者在文末加了一个澄清性注释，对温元凯所提出十六字建言的时间有异议：“据中国科学院档案中的科教座谈会原始记录显示，温元凯十六字高考建议，是在邓小平拍板后提出的。”①

从邓小平8月6日的讲话中涉及“十六字”可以改一改这句话分析，温元凯的建言当是在8月6日下午查全性发言以后提出。

四、与会者赴京开会时知道这个会议的内容吗

事前知道与不知道的说法都有。

查全性说不知道：“1977年7月底的一天，也记不住哪一位领导通知他，说教育部来了通知，点名要他到北京开会。既没有说开会内容，也没有说会期有多长。”②

沈克琦也说不知道：“8月初接到会议通知后，我不知道要开什么会，只知道去北京饭店报到。8月4日上午到人民大会堂台湾厅开会时才知道，是小平同志召开的会议。”③

① 朱悦华采访温元凯《恢复高考，39年前那不能忘记的回忆》，见《北京日报·公道》，2016年6月7日搜狐网转发。

② 《查全性与恢复高考》，见《人民日报·海外版》2014年10月10日。

③ 《拜访京华名家》，2页。

温元凯说知道开会内容：1977年8月2日我接到北京电话开会（温在马国川《我与八十年代》一书中说是接到中共中央办公厅电报赴会）,8月3日我乘机到北京。高等教育司司长刘道玉来接我时说："温元凯，你可是我们刚复出的邓小平副主席的客人。明天在人民大会堂台湾厅，邓副主席要和你们三十多个代表开四天会，讨论我国科技教育发展，你要好好发言。"①

五、1977年高考试卷是否动用印刷《毛泽东选集》第五卷的纸张

大多数回忆都说到当时高考试卷印刷纸张不够用，最后动用了印刷《毛选》纸张。有篇文章如此说："由于执行了几十年计划经济，资源严重匮乏，如何解决如许考生的试卷纸张，竟然成了一个叫人头疼的大问题。问题最终反映到邓小平那里，他当机立断，决定将印刷《毛泽东选集》第五卷的计划搁置，调配相关纸张，先印考试试卷。"浙江大学教授刘海峰曾为此写过文章，并溯源这种说法的由来，和《毛选》第五卷印成的时间。刘教授的结论是，未动用印刷《毛选》第五卷的纸张，只有个别省份在征得中央同意后，动用了印刷《毛选》第五卷剩余的纸张②。刘教授这一考证应当是科学可信的。

① 《温元凯：我向邓小平提出恢复高考十六字方针》，见《中国网财经》2018年7月17日发。
② 《高考改革的理论与历史》，226—227页。

六、关于77级高考录取率两种不同的计算口径

杨学为编《高考文献》下第52页讲到，1977年国家计划："今年招生，2000万人报考，录取20万人，录取率是1%。"刘海峰说：结果这一年全国最后实际考生为570万人。后来经邓小平提议，国家计委、教育部决定扩大招生，扩招本科生2.3万人，大专生4万人，共扩招6.3万人，扩招比例达29.3%，最后录取272971人，按考生比例，录取率为4.8%[①]。

官方的大多说法是报考为570万人，录取27万多，录取率4.8%。鉴于那一年招生报名达2000多万人，所以大多数省市自治区对凡报考大学的，由各地市先采取一次文化水平测试，只有达到测试文化水平合格线，才能参加由省统一命题的正式高考，习惯上叫"初试"和"复试"。初试时全国有2000多万人参加，淘汰四分之三左右，筛选出570万人参加正式高考，最后录取27.3万人，录取率为4.8%。

参加初试者报考的也是大学，当然属于大学应招对象，不宜将这批报考者排除在外。如浙江省对所有初试报考人员均有注册，浙江省招生办公室（省教育考试院）计算机室原主任宣成是1977级考生，他从浙江省档案馆查到，浙江省参加初试的注册人员是370330人。那年全国各院校在浙江录取文理科学生为5346人，文理科平均录取率为1.4%。但4月5日以后，浙江省奉令扩招了1000多本专科生，所以录取比例略有提高。与此印证，杭大历史系77级学生项一中（原浙江省缙云县文广局局长）著文提供一组数据：缙云县当年参加高考初试为2652人，其中理科考生1941人，文科考生711人。

① 《高考改革的理论与历史》，218页。

初试合格参加复试的理科考生仅剩 606 人，文科考生只有 135 人。最终录取的文科生，只有三个大学本科生。也即参加初试的，平均 237 人录取一个；参加复试的，平均 45 人录取一个。

以上所列举的关于 77 年恢复高考这些事实、观点和数据，是从现在所能看到的文献和资料中得出的。对于这些考证辨析，比较繁琐费力。也许有人认为应“大而化之”，不必如此较真，因为有些失误是各种原因导致。然这些错误，大多是亲历者所述文字引发，有相当权威性，加之错列的参会人员大名鼎鼎，故后来许多书籍文章及影视剧，诸如拉家渡《八二届毕业生》、宁夏人民出版社《大学梦圆》、马国川、赵学勤《高考年轮》等等又踵原错，转引复转引，成延绵不断之势。这样一错再错的记述，有可能改变历史本来事实。

本文撰写过程中，查全性院士在 2019 年 8 月 1 日逝世，享年 95 岁。查教授的葬礼备极哀荣，习近平及李克强等中央领导对查老去世表示哀悼，对家属表示慰问，并敬献花圈。8 月 1 日武汉官方媒体《长江日报》综合了《人民日报 · 海外版》的内容，对查老发了盖棺论定的文章。遗憾的是，这样重要的文章依然错误连连。举例如下，第一，作者说所撰之文的依据之一是《邓小平文选》第三卷，然《邓选》第三卷主要是邓小平 1982 年至 1995 年的文章和讲话，与 1977 年恢复高考是两个时段，完全无关。在这里，作者恐将《邓选》二卷当三卷；第二，文中说清华大学校长何东昌亦误，何没有任过清华大学校长，他参加会议时的职务是清华大学党委副书记；第三，文中说 8 月 6 日下午清华大学党委负责人何东昌发言，又误，何发言在上午，下午才是查全性教授的重磅发言；第四，文中说座谈会在人民大会堂江西厅召开也失实，这个会议是在台湾厅召开。

所以历史研究者和事实记录的主管部门，有必要厘清事实，统一认识，消除恢复高考重要节点与事实不符的言说。只有真实的细节，才能构成丰满可信的历史。故写下此文，供读者参考，识者指正。

（本文原发于《教育与考试》2019年第5期，本书收入时略有改动。）

那一年，浙江高考作文题已成经典

人生追远道，情思满天飞。若将历史长河里的转瞬定格，得抓住恰好的时间节点。2017 年 10 月是高考恢复四十周年，亲历者寿剑刚、祝毅等敏锐地察觉到其纪念价值，与三五同仁合计，发起以杭州大学（今浙江大学）1977、1978 级大学生为对象，撰写纪念高考恢复四十周年征文活动。这一倡议瞬间引爆神经元点，分布国内外的当事者纷纷应征，锦绣珠玑文章源源流出，以至不得不平衡各个系科，割爱定夺，仅仅选用 120 篇。所述故事点面结合，动态描述，还原真相，既有见解才情，兼具文采风流。以《120 个回望——纪念恢复高考四十周年》为书名出版。浙江省新闻出版广电局楚蓓蓓处长、浙江人民出版社叶国斌社长除派出了资深编辑外，也审读书稿。相信这本书值得咀嚼回味，会在高等教育史上留下深深浅浅的一笔。

往事回忆，随意聊聊，或不必太严谨，但还原历史，付诸文字，载之书籍，就得慎而又慎。真实是本书的生命线——这是该书坚守不移的定位，为大家所遵循。这批 60 岁左右的“青年老头老太”重振当年雄风，再现少年奔放，集体回忆，查阅档案，翻读报章，在微信群里争吵得不亦乐乎。祝毅、宣成、董绍林、陈欣文等编委到浙大档案馆、浙江省档案馆，对相关 77、78 级档案资料几乎竭泽而渔。

一些往事渐渐明晰，记忆空白逐一落实，原来的一些不解也找到答案。尽管如此，当年有些科目的试卷样本还是没有找到，一些今天看起来很简单的小事还是无法统一。在此不妨拾取几朵花絮，让它们在历史的时空中多飘舞一会。

一、高考对象空前绝后

“文化大革命”开始之年，也就是高考中断之时。至1976年，中国大地已整整十一年没有高考了。否极泰来，1977年10月21日，《人民日报》公布恢复高考消息，同时配发《搞好大学招生是全国人民的希望》的社论。社论说：恢复“高考招生是一件大事，涉及各行各业，千家万户。”今年高考“采取自愿报名，统一考试，地市初选，学校录取，省、市、自治区批准的办法”。招生对象“凡是符合招生条件的工人、农民、上山下乡和回乡知识青年，复员军人，干部和应届高中毕业生，均可自愿报名。”具体说来，1966年高中毕业生及到1978年毕业的在读的优秀高中生，这十三届学生都可报名。后来的事实证明，还有中专、初中生，甚至有小学毕业生以同等学力报考的。

报名者如同大坝泄洪，兄弟姐妹、老师学生、夫妻双双、叔侄妯娌等纷纷上阵，报考人数之多，成分之复杂，创下了中国“科举”史上的纪录，竟达2000多万！万马奔腾，街谈巷议，让人真正体会到不拘一格选人才带来的社会新气象。欣慰洋溢之时，也略有遗憾，还有一批人因各种原因一时无法报考大学，而其中的佼佼者干脆抄了捷径，直考研究生，如易中天、葛剑雄、李梦生等就是。

二、全国高考持续一个月

国家相关部门了解到报考人数会空前之多，所以采取了分流措施，要求各地先进行一次初选，只有初试合格者，才能参加以各省、市、自治区自行命题和组织的统一高考。

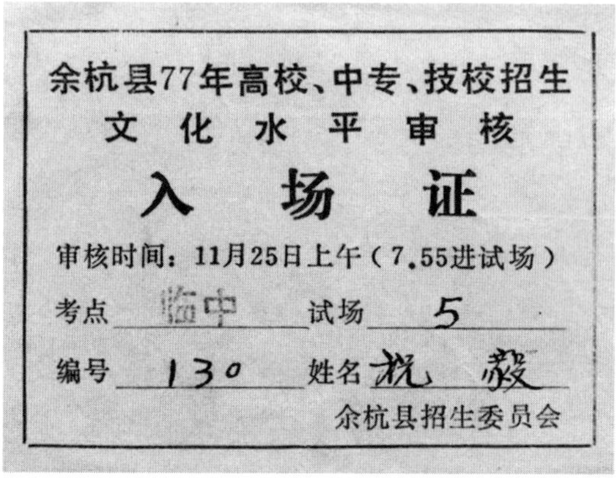
余杭县77年高校、中专、技校招生
文化水平审核
入场证
审核时间：11月25日上午（7.55进试场）
考点 临中 试场 5
编号 130 姓名 祝毅
余杭县招生委员会

“初试”入场证

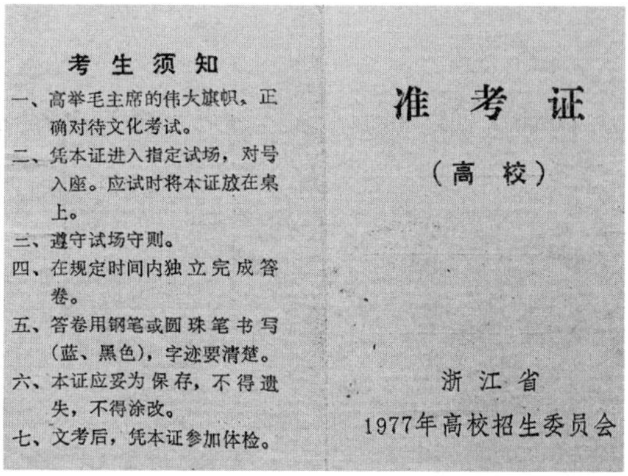
考生须知
一、高举毛主席的伟大旗帜，正确对待文化考试。
二、凭本证进入指定试场，对号入座。应试时将本证放在桌上。
三、遵守试场守则。
四、在规定时间内独立完成答卷。
五、答卷用钢笔或圆珠笔书写（蓝、黑色），字迹要清楚。
六、本证应妥为保存，不得遗失，不得涂改。
七、文考后，凭本证参加体检。

准考证
（高校）
浙江省
1977年高校招生委员会

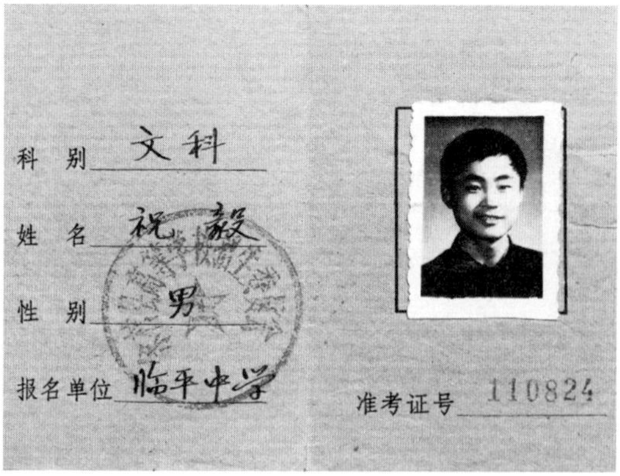
科别 文科
姓名 祝毅
性别 男
报名单位 临平中学
准考证号 110824

高考准考证

稍感意外的是，这批亲历者在回忆考试时间时却歧说纷呈：有的把初试、复试的日期混淆，有的虽然保留了当年的准考证，但77级的准考证上却没有日期，依然无法确定。杭大77级历史系有一批穷根究底的行家，单为浙江省统考的日期争论几天，还是达不成共识。由于那时的档案资料并不完整，竟然遍觅无果，嘉兴无，舟山无，杭州无，绍兴无，最后总算从温州市档案馆找到一些原始资料，事情才算定夺。中央是在1977年10月21日公布高考消息，浙江省是在11月中下旬由各地市县自行组织初试，惟时间略有先后，如宁波地区是 11 月 20 日，余杭是 11 月 25 日，吴兴是 11 月 26 日。初试合格上线的参加 12 月 15 日至 16 日由省里组织命题的统一高考。而全国各地高考时间该年并不整齐划一，从 11 月 28 日开始至 12 月 25 日结束，历时约一个月，这又是一个特殊岁月的不同寻常。

三、那年高考作文题已成经典

这次应征文章最集中的话题是浙江省当年的作文考题，因为无论是文科生，还是理科生，都须写相同的题目——《路》。

这个作文题，人人可开笔，个个有得写。大家印象深刻，终生难忘，实在经典。当年我考完回家，大哥关切地询问了情况，自然问到作文题目是什么，我简单作答。学历不高却颇具文才的大哥竟脱口而出："哦，路！鲁迅《故乡》中有'地上本没有路，走的人多了，也便成了路'句子，你的作文是不是就此展开？"我一脸茫然，因为我根本没有看过鲁迅的《故乡》，自然不知道这一名句。加之感到考得一般，心情原已怏怏：看来，我自认为擅长的作文也要马失前蹄喽！善解人意的大哥看出我的失落，马上安慰说："许多考生如果都写上鲁迅这段话，你不写可能还是好事，这样你的作文就不从众，不落俗套了。我相信你的实力。"

果不其然，众多学子的应征文章，验证了我大哥四十年前所说，绝大多数都说在作文中引用了鲁迅关于"路"的那句话。具体说来，考生回忆他们是如此写《路》的：有写乡间小路的，有写革命大道的，有写知识青年与工农结合之路的，有写科学有险阻，苦战奋斗能过关之路的，有写当年依然盛行阶级斗争道路的，也有写文学令人憧憬，文艺为革命服务之路……还有一位帅哥才子在混沌未明的形势下也够大胆，够浪漫，竟写到青梅竹马，情窦初开之路，不过也是点到即止了！这些写作内容都鲜明地反映出那个时代的痕迹。

时过境迁，当年的绝密已被时间消融，神秘的面纱演绎成美丽的故事。据知情人士告，《路》这个题目是绍兴柯桥中学语文老师李秀实先生首先提出，并陈述了要出这个题目的种种理由，高考命题组商讨后一致同意通过。李老师对鲁迅的文章滚瓜烂熟，胸有万池墨，且思路开阔，点子特多。《路》这个题目极有可能是从伟大的乡贤文豪文章中化出。这一食古善化，应时应景的妙着，为高考恢复的开局之年留下了回味无穷的话题。

凑巧的是，我熟识的《浙江通志》副总纂颜越虎研究员，毕业于柯桥中学，于是我又向他核实。他告诉我："李秀实老师是我们中学的，也是我的语文老师，大约有几个月时间，他被省里借调去。他所教语文课只能由别的语文老师临时代替。对我们在读中学生来说自然是损失，但从另一方面看，这也是柯桥中学的骄傲，因为他出了一个如此好的高考作文题，为浙江众多应考生贡献了智慧。自此以后，高考就由全国统一命题了。"

1977 级杭大中文系的一位考生，考后回家即把考场所写作文默记出来。他这次的应征稿，重拾当年旧文，可谓"此情可待成追忆"，只是现在不惘然了！这次高考之《路》写得最出色的，也许是诸暨籍上海返乡知青徐启华，据说是省文科状元，北大中文系 1977 级在浙江省仅录取他一人。他所写的《路》稍后刊登在《浙江日报》上，引起其后众多应考者传抄摹写，一时声名远播。惜乎这位才子的人生之路，竟英年在异国他乡，戛然而止！

四、1977 年，绍兴考生考得好

1977 年的考生量多面广，官方公布当年全国参加高考生为 570 多万人。录取本科生第一批 17.7 万人，到后来扩大招生，本专科生全国共增至 27.3 万，平均录取率 4.8%，其中理科略高，文科更低。但这个统计数字忽略了当年参加高考报名的初试生，该年参加大学初试考生实际上是 2000 多万，所以已很难算清准确录取率了。如以 2000 万整数计，平均录取率约 1.4%。杭大历史系 77 级学生寿柏年发表文章："我当时所在第二农垦场有 2000 多名知青，而考入 77 级本科的仅我一人。"《羊城晚报》首席记者，广西大学中文系 77 级考生樊克宁撰文回忆：他所在农场 600 多名知青参加高考，正式录取只有两人。杭大历史系 77 级学生项一中著文提供了一组数据：缙云县当年参加高考初试为 2652 人，其中理科考生 1941 人，文科考生 711 人。初试合格参加复试的理科考生仅剩 606 人，文科考生只有 135 人了。最终录取文科生，只有三个大学本科生。也即参加初试的，平均为 237 中取一个；参加复试的，平均 45 人录取一个。这次从浙江省档案馆查到原始档案，1977 级浙江省高考初试在册人数是 370330 人。全国各大高校在浙江各市县录取大学生总共是 5346 人（见本书所配档案图示），文理科平均录取率为 1.4%。这 5346 人分布浙江 80 余个市县区，以绍兴县（今绍兴市）录取最多，有 154 人；青田县最少，仅录取 6 人。当然，各县市基础人口有多少，不宜以绝对数而论。此档案统计截止于 1978 年 2 月 24 日，实际上 4 月 5 日以后浙江扩招了一批本科和专科生，大概还要增加 1000 多人。

五、高考录取通知发放时间成谜

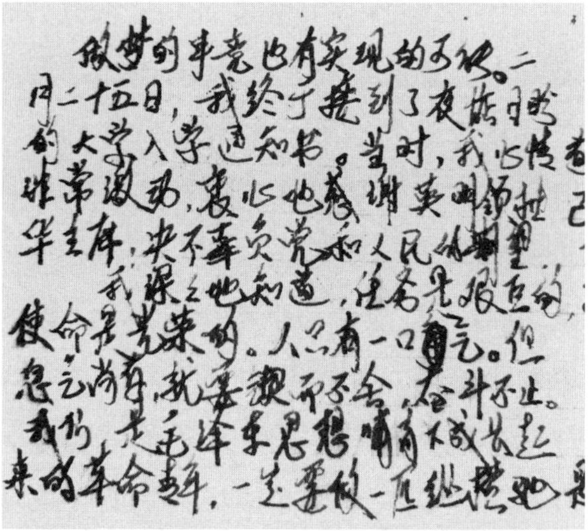

1978 年 2 月 25 日杭大历史系 77 级龚国庆（后为浙江师范大学教授）收到录取通知书后所写日记

特殊的 1977 年高考，匆匆上阵，其录取通知何时寄发？何时收到？一时成了话题。这张旧船票如今虽不必登新客船了，但亲历者觉得搞清其中节点还是有点意思。意想不到的是录取通知书——这个进入大学的必备通行证，众人竟回忆不一。不少人言之凿凿，他们是在 1978 年春节之前收到的，但马上有人反驳，他们是春节后才收到的，且手中还保存着当年杭州大学寄出的邮戳信封，“新生入学须知”也在，落款为 1978 年 2 月 19 日，而该年春节是 2 月 7 日，惟“新生入学须知”是不是与录取通知书同时收到，不敢肯定。杭大历史系 77 级姚道伦、郝海雁二位班长几乎同时力摒其他说法，认为他们记得非常清楚，那年家里过年特别开心，因为有人破天荒考上了大学，快乐畅饮，全家陶醉，铭记在心，绝不会错。77 级历史系学生浙大沈坚教授提供了另外一种可能。他写道：对于当年的大学录取通知何时收到，同学们回忆不一，而我“求助我母亲，她有记家庭大事的习惯。记事本上记得清楚：1978 年 1 月 6 日大学录取发榜，2 月 25 日（沈）坚去太湖公社领取杭州大学录取通知书，3 月 6 日赴杭州大学报到。”

虽然如此，到底是春节前还是春节后被录取，依然扑朔迷离。难道当年对同一批入学的考生是分期录取、分期寄发录取通知吗？争论到最后，大家似乎达成默契，对这事不再穷溯，留点“糊涂地带”吧。也许这是一种别样的念想，一个别样的话题，一个特殊年代产生的一种别样的历史级现象。

通过这次较大规模的集体回忆，这批亲历者均感到真实的回忆文章、口述历史实在难写。这批 60 岁左右的人，年龄不算太大，身体尚属健棒，思路仍然清晰；距今天 40 年的时间，说短不短，说长也不长。那么，这么多亲历者回忆同一件大事，怎会有如此多的抵牾？茫茫书海，琳琅满目，看看那些年事更高，人生经历更丰富，历史地位更炫目的回忆录，好像对远去的往事有条有理，清晰如昨，他们是如何写出来的呢？

如今这批往昔的天之骄子，已渐渐走入人生斜阳，他们品尝过春的和煦、夏的灼热、秋的金黄、冬的凛冽。那风动涟漪，雨打芭蕉，鱼翔浅滩，虎落平阳，龙潜深海都已经历，那沧海水、巫山云也已见识浸淫。他们大抵明白人生之路往南往北，是对是否，并全非个人所能左右。卷面之“路”好写，实践之“路”不易，只有升华心灵，星空才会浩瀚。面临人生之路新阶段，似应三五知己，把酒临风，如歌如诉，追云赏月，人生青春无穷期，恰似滚滚长江向东流。

（本文原发于《钱江晚报》2017 年 9 月 10 日，略有修改）

那一年，浙江高考语文试卷你能考几分？

高考中的语文科目，无论是文科生还是理科生均十分重视，而其中的作文题又像是皇冠上的明珠，众星捧月，关注程度往往超出考生范围，甚而引发成全社会的公共话题。毋庸讳言，无论以后人生从事何种行业，语文的实用和升华程度将伴你终生。

1977 年是恢复高考元年，由于高考中断已达 11 年，全国没有统一的教材，更没有统一的考试大纲，只能让各省、市、自治区自行命题。这一即兴安排，虽属无奈，但事实上检测了各地的组织能力和教育文化积淀。现在回望，各地的试卷精彩纷呈，各具特点，当然也五花八门，参差不齐。有些试卷紧贴现实，时代特色明显；有些试卷，如浙江省的语文试卷既符合于当时，也经受住时间考验，即或放在今天也“风采依然”，如让经过题海战役训练过的考生去做，过关也许轻松，但要考出高分并非易事。

一、浙江77级语文全真试卷

准考证号………………　评分………………

浙江省1977年高校招生语文试卷

一、写出下列加点字、词的意思。

①欲盖弥彰（　　　　）②色厉内荏（　　　　）

③叱咤风云（　　　　）④高屋建瓴（　　　　）

⑤流水不腐，户枢不蠹（　　　　）

二、改正下列病句，并说明原因。

①看完电影《创业》，主人公周挺杉的高大形象在我心中久久不能平静。

②为了抢救国家财产和阶级兄弟的生命安全，哪怕刀山火海，我们就要上。

③许多老一辈无产阶级革命家，一生光明磊落，作风正派，他们大义凛然，毫不退让，表现了坚定的无产阶级原则立场。

三、学习毛主席诗句：1、解释诗句中加点的词；2、扼要地写出诗句的含意。

①宜将剩勇追穷寇，不可沽名学霸王。（《七律·人民解放军占领南京》）

②为有牺牲多壮志，敢教日月换新天。（《七律·到韶山》）

四、阅读古代寓言《齐人攫金》：1、译成现代汉语；2、简要地写出它的寓意。

齐　人　攫　金

昔齐人有欲金者，清旦衣冠而之市，适鬻金者之所，因攫其金而去。吏捕得之，问曰：“人皆在焉，子攫人之金何？”

对曰：“取金之时，不见人，徒见金。”

（选自《列子·说符篇》）

五、作文题：路。（不要用诗歌的形式写）

不难看出，浙江语文试卷有五大部分。

第一是解释加点的字、词。当年许多考生对高屋建瓴的“建”字解释不出来，此时如能知道“瓴”就是瓶子，解释“建”就比较容易了。同样的道理，求解“户枢不蠹”的“蠹”字时，如能明白“户枢”的本意就是门轴，那么即使“蠹”不太明白，联系上下文也能连猜带蒙啦。如果不知道“门枢”为何物，就猜测不到“蠹”的意思。“欲盖弥彰”、“色厉内荏”中的“彰”、“荏”都是对应的正反义。相对来说，“叱咤风云”中的“叱咤”较易理解。

第二是改病句。改正局部问题不大，但要改正全部，还要讲出为什么这么改的原因，难度增加，既要知其然，又要知其所以然，这大概是出题者检测考生的本意。

第三是解释毛泽东主席的诗句。毛泽东同志的诗句在当时比较普及，无论在校生还是往届生都耳熟能详。但要准确解释诗中的点和词，且要写出诗句的含意，就是考查你对诗句理解到底达到什么程度。

第四是古文今译。材料选自战国时期道家列子的著作中的一个名篇。这段古文比较浅显，并不很难译。但答题的要求是：在翻译成现代汉语的同时，还要求讲出其中的寓意。寓意表述要有哲理，精确表述并非易事。

第五是语文卷的重头，即命题作文——路。《路》这个题目简洁直白，容易理解。考生根据自己的经历和领悟，可以上天入地，漫漫求索，也可以洞烛幽微，寻找心路，在检测考生发散性思维的同时，看你能不能收拢归纳到主题上来。这个题目每个人或深或浅都能写出一点来，不太会对卷发呆，无语凝噎。当然，这样的作文题，容易拉开考生的档次。1977年，北京大学文科在浙江省只招古典文献、哲学、图书馆学等专业。徐启华是诸暨籍上海知青，也许他的《路》写得出色，被北大中文系调档录取，其后他所写《路》刊登在《浙江日报》上。稍显不解和遗憾的是，语文试卷五个部分没有分数比重公布。我曾求助于一直在浙江省招办任职的宣成先生。宣成是杭大物理系77级毕业生。他提供了样卷，但对分数分配也遍查无果。他又询问多位相关人士，多也回忆不一，有的说作文占60%，有的说占50%。但无论如何作文比重较大。

二、北京试卷的他山之石

1977年北京高考语文试卷层级清楚，仅仅两大版块。

第一版块分成“古今”两个部分，一是从鲁迅名篇《中国人失掉自信力了吗？》取出一段，让你解释文中的“中国的脊梁”是什么意思，“这一类的人们”和“一部分人”在当时指向什么人，鲁迅在文中怎么批判谬论，考查学生对现代文的理解能力。二是从“孙子兵法”中提取《谋攻篇》短文，即“知己知彼，百战不殆”这一段，仅仅六七十个字而已，考生将其翻译成现代汉语就可以，没有再提出其他要求。以上“古今”两部分各占10分，即总共20分。

第二版块是命题作文，该年北京的文理科考生均须写《我在这战斗的一年里》的作文。作文占语文总分100分中的80分，比重非常大。反映出题者的独特思路：考语文就是考作文能力，其他相对无足轻重。也就是说，你作文写好了，语文考试就成了最大的赢家。

北大77级中文系新闻专业刘学红忆述当她看到这个作文题目时，可谓“漫卷诗书喜欲狂”。因为考前一天晚上，她躺在知青宿舍的床上，“脑子里像放电影一样，把插队两年来的生活重新回顾了一遍，寻找和筛选着可以作为作文素材的一个个真切的故事和生活细节”。所以当她考场上邂逅这个作文题时，成竹在胸，将头天晚上打好的腹稿，洋洋洒洒地挥写在考卷上：“前一天晚上在脑子里闪过的一幕幕全部浮现出来，我几乎不假思索地一气呵成。”正因为有如此修炼和机缘，刘学红还蒙在鼓里，就已喜讯频传，她的作文，1978 年 2 月 19 日的《人民日报》上刊登了。这等于告诉她：你已被你心仪的大学录取。

编者按：在华主席为首的党中央的关怀下，一九七七年高等学校招生工作行将结束。我们高兴地看到，实行招生制度的改革，广开才路，择优录取，为选拔各方面的优秀人才开拓了广阔的道路。通过这次考试，各个学科都发现了不少优秀的人才，充分显示了新的招生制度的优越性。尽管由于“四人帮”的干扰和破坏，使教育质量严重下降，但是许多青年为革命刻苦学习，仍然取得了比较好的成绩。这里发表的三位考生的作文答卷就是有力的证明。

我在这战斗的一年里

北京市密云县知青考生　刘学红

一年一度秋风劲。

转眼之间，从去年金色的十月，欢乐的十月，到今年丰收的十月，胜利硕果累累的十月，已经整整一年了。

我——一名普通的上山下乡知识青年，在广阔的农村，沸腾的田野上也度过了这战斗的一年。我们所在的小小的山村，虽然偏僻、贫穷，可是，这里的贫下中农都有着难以估计的伟大力量。自从粉碎“四人帮”的消息在山村传开，这里的人们哪个不心花怒放，拍手称快！欣喜的心情还没有平静，一股东风又激起心潮的波澜。毛主席的好学生，好接班人，我们的好领袖啊，华主席又作出了“高举毛主席的伟大旗帜，抓纲治国，实现安定团结，达到天下大治”的战略决策，亲自主持召开了第二次全国农业学大寨会议，向我们，战斗在农业战线的同志发出了向高标准大寨县进军的伟大号令。顿时，小小的山村又沸腾起来了，党支部迅速作出了以治山改水为中心的农田基本建设计划，广大社员——我也在其中，摩拳擦掌，浩浩荡荡地开上了荒山，开始了重新安排山河的战斗。

塞北的寒冬，北风刺骨，寒气逼人，我这个长期生活在城市的女孩子，还是头一次度过这山村的寒冬。我们林业队的任务是开山垫土，修筑水平梯田，开辟一个大型的现代化的苹果园。荒秃秃的山上，枯黄的野草在寒风中被吹得抬不起头来，土冻得一镐下去一个白点，刨半天也刨不出多少来，手被风吹的尽是裂口，冻得通红，被镐一震，从裂口里渗出点点殷红的鲜血。怎么办，打退堂鼓吗？还是看看贫下中农吧。我身旁的一位大爷头发已经花白了，可他干得却是那样的起劲，笨重的镐在他手里是那样的得心应手，随着他那一起一落的动作，死硬的土石大块大块被刨出来，不一会儿就开出了一片。我看着他那因劳动过猛而冒着热气的头，汗珠正从两鬓往下淌，饱经风霜的脸上布满了条条皱纹，结实的骨架还是那样硬朗，那高大的身材，宛如一棵经过风吹雨打傲然挺立的苍松。再看别的社员也个个汗流满面，有的甚至脱掉了上衣，甩开膀子大干。看到这情景，我脸上猛的一红，我和贫下中农比起来差距是多么大啊！贫下中农此刻想的是大干社会主义，把“四人帮”耽误的时间夺回来。而我——想到这里，我浑身好象增添了一种力量，这种力量能叫狂风低头，能叫寒冷退却，这就是贫下中农那种战天斗地，不畏严寒的拚命精神。我也高高举起大镐，猛刨起来。一镐两镐……一天两天……

冬去春来，冰消雪化，昔日那荒草遍布的秃山上，今番却是别样景象，站在高高的山头上，放眼四望，水平条田平平整整，从脚下一直延伸到那田野边，整齐如切，真是壮丽！山的一面是一片花果园，艳丽的花朵已经开满枝头，远处望去，真是一片红云。

春天来到了，党支部又作出了植树造林的决定，全体社员又开始了新的战斗。我们起早贪晚，挑水上山，植树造林，妙妙的半个月，我们栽上了四千多棵苹果苗，四千多棵红果树，挑水浇了两千多棵小树，劳动的汗水洒遍了坡坡岗岗，泉水和汗水滋润着又嫩又绿的果树。

经过一个夏天，四百多……出来了。我们辛勤的双手，……倒，劳动的汗水也冲洗了我头……艰苦的，是严酷的，但它却……只有经过艰苦的劳动，才能……

又一个金色的十月，会……和贫下中农一起，摘收着丰……那片经过我们一年苦战，已……果园，憧憬着那小树成材，……景，心头涌起无比甜蜜的忠……光，明日花开蜂飞舞，待到……实挂满枝，辛勤汗水浇那……是啊，我们今天的努力，是……一九七七年这不平凡的一年……起，为普及大寨县，为改变……

《人民日报》1978 年 2 月 19 日刊 1977 级刘学红高考作文《我在这战斗的一年里》

三、那时考生的现状

1977 年的参考生大多有两个经历，一是参加过“文化大革命”，一是上山下乡、回乡知青。66、67、68 届的三届高中生文化基础较为扎实，他们有过一至三年的高中经历，但放下书本，走出课堂，进入社会已经多年，大多已成家立业、结婚生子，碌碌于生活，高考的愿望只能在美好梦想中。更多考生上的是“戴帽中学”，他们形式上有过两年初中、两年高中经历，但在完成所谓的学业后，就上山下乡了。还有不少考生读完初中也加入这个行列。应届生可以参加高考，但考试结果证明，应届生录取比例少之又少。

更重要的是当时的学习环境，不少农村中学没有书本教材，课堂可以随便进出，课上与不上也无纪律约束。“读书无用”风行大地，“知识分子是臭老九”四处弥漫。年轻人可塑性本来就强，这些深入人心的观念，将他们搞得消沉迷蒙，还有几个人能够沉浸学习，迷恋课本呢？

恢复高考消息突然传来，他们随即放下镰刀，走出田头，收起铁锤，告别车床，仅仅一个多月以后就匆匆进入考场，面对大学考卷，他们是如此的陌生，除了知道考试时间和科目以外，没有人为你辅导，也没有几个人有能力辅导。关于文化课的信息一片空白，比如说，考试范围、难度和时长都没有人告诉，即或有些人想翻翻课本，寻找点有用的东西，也有好心人马上提醒：要利用业余时间复习，不要影响工作，不要干扰上山下乡大方向。

考试，这久违的考试入学，已整整十一年未现，那远去的故事已是上一辈人的传说。面对眼前的考卷，他们是那样的迫切，跃跃欲试，但又是那样的无力，一筹莫展，即使常识性的题目，也是横亘在前面的大山，他们只能凭借碎片的积累，在记忆频道里搜寻那若隐若现的孤帆远影。这些试卷，对现在的中学生难度可能不大，也不时听到议论：那一年的考分真低啊！然而，思维也许要换一角度：考试分数的高低放在任一时段，也仅仅是一个表象，关键是在同批考生中你处于哪一分数段。这些现象需放到历史背景中去看待，即或比较，亦应在纵向同一基础上横向展开，若以“考试为龙头”的今天，去观照“广阔天地为课堂”的时代，二者诚不可同日而语也。回溯既往的峥嵘岁月，读史使人明智并非虚言，只要不后见之明，稍带一点哲理思考，就可以清晰看见时光老人如何一步一步走向历史的未来。

（本文原发于《钱江晚报》2019 年 7 月 14 日）

悲欣交加的高考故事

一、莫言效仿张铁生

莫言，原名管谟业，1955年2月出生，山东高密市人。是中国第一个获得诺贝尔文学奖的，在中国文学史上占有重要地位，在世界文学史上享有一席之地。

现在已名满天下的莫言，当年是多么渴望进入大学读书，甚至可以说到了挖空心思的地步。1973年，轰动一时的张铁生“白卷事件”给他带来人生创作灵感：既然张铁生写了一封信可以堂而皇之进入大学，那我又何不可呢？于是在高密乡下的偏僻山村里，不到20岁的莫言，以虔诚的心情，给时任教育部部长周荣鑫写了封情真意切的信，而周荣鑫竟用红头信笺给他复函了！这一大胆的举动吓坏了他的农民老父亲。因为，在“文化大革命”中，莫言不知一个什么举动，得罪了当权的老师，12岁那年，他被开除出学校，时在1967年，他刚在读小学五年级，莫言这次又如此“犯上”能不使家里担惊受怕嘛！莫言叙述道：

> 失学后，我深深地体会到了高玉宝式的痛苦。那时又复课了，我的小学同学大多转到我家前边的农业中学就读。虽然上

学如同胡闹，但毕竟还上课。每当我赶着牛羊、背着草筐从学校窗外的小路上走过时，听到教室里昔日同学的喧闹声，心中的滋味确实不好受。不但大学梦彻底破灭，连中学也上不成。过了几年，出了一个有名的人物张铁生，尽管他走的不是正路，但他的方式的确启发过我，使我在黑暗中看见了一线光明。原来靠一封信就可以堂而皇之地上大学呀！于是，我就学着张铁生的样子，给当时的国家教育部长周荣鑫写了一封信，表达了我想上大学的疯狂愿望。信发出半个月后的一个傍晚，我正在灶前帮母亲烧火，父亲步履踉跄地回家来了。他的手上，捏着一个棕色的牛皮纸信封。我的脑袋嗡地一声响。我本能地猜到了父亲手里捏着的，就是我发出的那封信的回音。我既激动又害怕，不知道是福是祸。父亲捏着那封信——他的手在微微颤抖——并不急于给我，他的双眼盯着我，眼神是那样的迷惘、苍凉——令我至今难忘——他终于说话了："你想什么呀？"然后他把信递给了我。那是一张很小的印有红头的便笺，上边有十几行用圆珠笔写的字迹。信的内容大概是：您的信我们收到了，您想上大学的愿望是好的，希望在农村好好劳动，等待贫下中农的推荐。虽然是官腔套话，但当时真让我感动得不得了，这毕竟是国家教育部的回信啊！夜里，我听到父母在低语。父亲说："这小东西，出息好了没准能成个小气候；出息不好，就是个惹祸的老祖宗。"母亲叹息道："苦了这孩子了，那么个好脑子，天天闲着。"教育部的回信，使我的大学梦愈加疯狂。但我清楚地知道，在村里待着，即使我干活比牛还卖力，也不会有贫下中农来推荐我上大学。当时，所谓的贫下中农推荐完全是骗人的空话，每年那几个名额还不够公社干部的孩子们分配的，根本轮不到农村青年的份，更别说像我这样出生在富裕中农家庭、连小学都没有毕业的农村青年了。于是，我想到了当兵。当了兵，只要好好干，就有可能被推荐上大学。即使上不了大学，能提成干部也是一条金光大道。

未过几年，莫言参军。在军中，莫言的大学梦始终萦怀，经过努力和波折，于1984年考入解放军艺术学院，继之转北京师范大学鲁迅文学院读研，并获文学硕士学位。莫言成名作为《透明的红萝卜》，其《红高粱家族》享誉文坛，《蛙》获得茅盾文学奖。所著作品获得多项大奖。先后被聘为多所大学客座教授，并当选中国作家协会第九届副主席。

莫言2012年诺贝尔文学奖获奖的理由是："通过幻觉现实主义将民间故事、历史与当代社会融合在一起。"看来早在三十多年前，莫言已将"幻觉现实主义"——用自身的行为艺术将它刻印在活生生的现实中了。历史就是如此吊诡。

二、余华潇洒对落榜

余华，1960年4月出生于浙江杭州，祖籍山东高唐。余华之名从父亲华自治、母亲余佩文中各取一字。后随从医的父母从杭州迁居海盐，在那里读完小学、中学。

余华20世纪80年代中期开始发表小说，为"先锋文学"的代表人物之一。其代表作《活着》、《许三观卖血记》驰名文坛，享誉国内外。这两部小说被业内评为"90年代最具影响力的十部作品"。又获中华图书特殊贡献奖。

1977年余华高中毕业，刚好碰上恢复高考，作为应届生的他有资格参加高考。他和他的同学们非常高兴，认为这下有希望到大城市去上学和生活了。余华是这样忆述的：

> 其实我们当时的高兴是毫无道理的，我们根本就不去想自己能不能考上大学，对自己有多少知识也是一无所知。我们这一届学生都是在“文化大革命”开始那一年进入小学的，“文化大革命”结束那一年高中毕业，所以我们没有认真学习过。我记得自己在中学的时候，经常分不清上课铃声和下课铃声，我经常是在下课铃声响起来时，夹着课本上课，结果看到下课的同学从教室里涌了出来。那时候课堂上就像现在的集市一样嘈杂，老师在上面讲课的声音根本听不清楚，学生在下面嘻嘻哈哈地说着自己的话，而且在上课的时候可以随便在教室里进出，哪怕从窗口爬出去也可以。四年的中学，就是这样过来的，所以到了高考复习的时候，我们很多同学仍然认真不起来，虽然都想考上大学，可是谁也不认真听课，坏习惯一下子改不过来。倒是那些往届的毕业生，显得十分认真，他们大多在农村或者工厂待了几年和十几年了，他们都已经尝到了生活的艰难，所以他们从心里知道这是一次改变自身命运的极好机会。1977年的第一次高考下来，我们整个海盐县只录取了四十多名考生，其中应届生只有几名。

余华还忆述，当时在高考前就填写志愿了，班上有好几个同学填写了剑桥大学和牛津大学，成为笑话。不过那时候对大学确实不太了解，大部分同学都填写了北大和清华，或者复旦、南开这样的名牌大学，也不管自己能否考上，先填了再说。

高考那一天，学校的大门口挂上了横幅，上面写着：一颗红心，两种准备。教室里的黑板上也写着这八个字，两种准备就是录取和落榜。一颗红心就是说在祖国的任何岗位上都能做出成绩。我们那时候确实都是一颗红心，一种准备，就是被录取，可是后来才发现我们其实做了后一种的准备，我们都落榜了。

高考分数下来的一天，我和两个同学在街上玩，我们的老师叫住我们，声音有些激动，他说高考分数下来了。于是我们也不由地激动起来，然后我们的老师说：你们都落榜了。就这样，我没有考上大学，我们那个年级的同学中，只有三个人被录取了。所以同学们在街上相遇的时候，都是落榜生，大家嘻嘻哈哈地都显得无所谓，落榜的同学一多，反而谁都不难受了。

余华后来没再报考大学，他的父母希望余华继续报考，但他不愿意再考大学。余华认为父母对他期望过高了。他对高考没有信心，也觉得没什么希望，所以就参加了工作。先在卫生学校学习了一年，然后分配到了镇上的卫生院，当上了一名牙医。一个名作家就这样熬出来了。

余华后来并没有刻意追求进大学，但他还是苦读，不停地看书写作。有人曾对他说，学过医的人在文学上成功的事例很多，如鲁迅、郭沫若乃至上海名主持兼作家曹可凡等。余华潇洒地回答：怎能和鲁迅去相比。事实上，余华的作品在国际上知名度较高，流传甚广，不少作品先后被翻译成英文、德文、俄文、法文、意大利文、韩文、日文等在国外出版。并先后在法国、意大利、澳大利亚等国获奖。

余华为中国作家协会第九届全国委员会委员。

三、寿柏年，千里挑一本科生

寿柏年，浙江诸暨人，杭州大学（今浙江大学）历史系1977级学生，1982年1月毕业。毕业后先后在鄞县（今宁波市鄞州区）和宁波市政府机关工作，后转入央企中国华能集团浙江公司任职。1998年4月下海创业，任绿城集团副董事长兼行政总裁，绿城教育集团董事长等职。

1977年高考好不容易来临，寿柏年突然间碰到难以预料的磨难，为此他不惜舍命一搏，终于转危为安，且脱颖而出，是那年他所在农场2000多名“农垦知青”中唯一进入本科的大学生。2017年寿柏年写了《77高考，我人生最重要的转折点》忆述文章，原文发在《120个回望——纪念高考恢复40周年》一书中。

高考，我人生中最重要的转折点

1977年恢复高考，开“文化大革命”拨乱反正之先河，其历史意义举世公认。值此盛事40周年之际，故效先贤朝花夕拾之义，撷取一些杂忆，既资个人备忘，亦为有兴趣者提供了解彼时世象之案例。

考前蹉跎

参加高考之前，我作为城市“知识青年”之一员，在萧山第二农垦场围垦造田近八年。“知识青年”之所以加引号，盖因我们这一批是“文化大革命”中入学的第一届两年制初中毕业生,学历配不上知识两字,且我下乡年仅16岁,称青年亦勉强。

八年农垦生活，是我的炼狱和成人礼，既备尝艰难，亦受益终生。我体验了社会底层真实的生活，感受了国家的落后和社会的不平。“天下兴亡，匹夫有责”，“知识就是力量”，我们这一代人自幼就被熏陶浸润的信念在那里得到了强化。我曾竭尽所能搜集阅读了许多哲学、文学、政治、历史书籍，从书籍和社会现实中汲取营养，从而奠定了我的人文知识基础和价值观。当时，最苦恼的并非是生活条件的严酷、体力劳动的繁重和农村生活的单调，而是困守一隅、前途渺茫、报国无门的无奈和苦闷。

很难形容从中央人民广播电台听到恢复高考消息时的心情。既有“漫卷诗书喜欲狂”的兴奋，又有“书到用时方恨少”的担忧。文史方面我尚自信,但数学基础太差。12年来首次高考，应试者众多，而高校文科乃“文化大革命”重灾区，劫后重建，招生必少，必须奋力一拼。

备考过程印象较深的是两件事。一是临时抱佛脚，托人到书店购买了中学数学课本全套八册(当时初高中学制各两年)，再翻出早先所置上海人民出版社出版的《青年自学丛书·数学》，自学恶补。后来的考试证明，几何部分很难靠短期自学奏效，但代数部分尚有可能，只不过是学得快，忘得也快。二是除了动用半个月探亲假去宁波家中突击复习外，在参加初试前未为复习请过一天假，白天照常出工，晚上复习。原因是当时同事都未上过高中，视大学为高不可攀，故全连仅我一人报考，请复习假无例可循，且时值秋收秋种农忙，担心请假复习后如果最终没考上，被人讥讽为逃避劳动。现在想来，也是年少虚荣，幸亏后来侥幸考上，否则将会抱憾终生。

考试周折

由于报考人数太多，1977 年高考分为初试和复试。初试在县里，合格者方能进入全省统考。初试时间是 11 月中旬的某一天。我的考点在萧山义蓬区义丈中学，距我们连队驻地单程 25 里，需步行到达。好在我们连队地处全场最偏僻的围垦十二工段，外出皆要步行，平时走惯了，去考点根本不觉得是问题。

初试为语文、数学两门。上午考语文，顺利完成。下午数学却考砸了。原因是不知道答题应先易后难，而是从头开始按次序往下做，结果中间被一道题卡住，很久才做好，以致影响后面答题时间，到收卷时卷尾几道应用题来不及做便交了卷。考完后自认复试已无可能，心情沮丧。加上此前复习熬夜较累，于是自我放松，接下来的十余天基本没再复习。谁知到 12 月初，竟意外接到了复试通知，惊喜交加，喜的当然是尚有机会，惊的是离复试只有十余天，时间太紧了。

于是，我立马请假来到萧山衙前中学复习（我叔叔是该校校长），那边比农场集体宿舍清静，且遇问题有老师可请教。谁知到第三天，因为叔叔正感冒，他便让我服了一片 SMD （长效磺胺）以防感染，结果引发我严重的磺胺过敏症，酿成一场大病。

一开始也不知这病的厉害，只是脸肿得厉害，手脚发水泡，在当地公社卫生院住院，结果病情加重，水泡蔓延全身，口腔内也都是水泡，无法进食。卫生院马上要我转萧山县人民医院治疗，萧山县人民医院见状不肯接收，要我转杭州浙二医院，于是又当晚到了浙二医院住院。住院需缴费，我是国营农场职工，有公费医疗，但需要农场出具证明，所以办住院手续时电话通知了农场。第二天下午，同事好友陈信伊从农场来到医院办公费手续。信伊说他在场部办理公费证明时，得知场部正要给我寄发高考准考证，就顺便领了带来给我作个纪念。此时是考试日的前一天。当时我虽十分虚弱，但脑子清醒，看到准考证后心情激动。在医生查房时，恳请我出院参加考试，医生根本不予考虑。我再三说明高考机会的重要性和我不惜代价以求一试的决心，最后医生被我感动，以“系自行出院，出了问题医院不负责任”的方式作了默许，为我配了药，留了住院床位，嘱我不得大意，考完仍去住院治疗。

我立即请叔叔联系萧山教育局，要求将我的考点从离县城70多里的义丈中学就近调到萧山县城的考点。但因次日开考，准考证名单已下达各考点，考生必须对号入座，考点根本无法调整。

考试那天，我在信伊和头天晚上来杭的弟弟永年的搀扶下，凌晨4点从浙二医院出发，乘51路电车到龙翔桥车站，转15路郊区汽车到萧山，再乘7时左右萧山去义丈的头班长途车，辗转到义丈中学考场。此时，正好赶上考生排队进场。一摸口袋，发现只带了准考证没带笔，于是叫永年在街上小店花0.12元买了支圆珠笔，用这支笔，我完成了一生中最重要的考试。

具体考试过程中，有三件事至今记忆犹新。

一是除了信伊陪护我从杭州到考场以外，农场的战友光荣、阿七、顺康、国良、阿毛等兄弟，在两天考试期间，每天步行往返50余里，在考点为我加油助力，浓浓的友情温暖我心。八年来我们相濡以沫，是一辈子的兄弟。

二是当时因口腔内水泡溃疡，喉咙肿胀，加上在医院连续五天未进食，靠输液维持体能，身体十分虚弱。进入考场前，我反复默念着但丁《神曲》中的那句“这里必须根绝一切犹豫，这里任何怯懦也无济于事”，以激励自己尽力一搏。不知是否是意志激发了潜能，考试过程中我精神一直较佳，而且在第一天上午考完后，已能喝点流质了。

三是考试分语文、史地、数学、政治四门，各半天时间。第一天考完后，我得知由于考生众多，且其他考生都是考前一天就住下的，因此当天晚上义丈镇上已找不到住宿之处了，实在始料未及。正当我坐在一家面食店内一筹莫展之时，店老板仁慈相助，说他们这里有个工人今晚不会回来，其床位可借我住。于是，我那天在那工人住的棚屋和衣将就了一夜。另外，考虑到义丈回萧山的末班车是下午3时发车，为避免再陷无处可住的窘境，次日下午的政治考试我提前交了卷，终于赶上末班车回到了杭州浙二医院继续住院。在那里又治疗了两星期后，我于元旦前回到农场。

考后纠结

1978年2月下旬，我在农场收到了杭州大学历史系的录取通知书。第二农垦场2000多名知青，考入77级本科的仅我一人。记得当时北大等名校的文科未在浙江公开招生，杭州大学应该已是浙江文科考生能期盼的最好学校了。在欣喜之余，我内心也有一份忐忑。因为1977年高考分数和各校的录取分数线是不公开的，考生并不知道自己的分数是多少，也不知道各校的录取标准。而在录取阶段，母亲曾去找过父亲的老战友、当时省政府的一位领导，向他讲了我带病赴考的情况，希望有关部门在同等条件下能酌情考虑。那位领导也当即给省教育厅的厅长写了条子。此事我和父亲都是事后知道的。我理解母亲的护犊之情，也感谢那位前辈的相助。但这并非父亲所愿，他一生清高，从不求人，希望子女也能自食其力，否则我早就离开农场了。这也非我所能接受，我固然很想入学改变命运，但我有我的荣誉感和底线。所以，当我收到录取通知书时，真不知道我是由于自己的成绩还是因为走了后门才进的大学，内心不免纠结。

尽管我大学期间出色的学业成绩聊可自慰，但这件事一直是我不能与外人道的一块心病。直到2012年，历史系77级同学聚会纪念毕业30周年，当年留校的同学从旧档案中翻找出各人的入学成绩单分发给大家作为纪念，我才知道自己当年的高考成绩在年级里尚处于中上水平，肯定不是开后门上的学。直到此时，我方才释怀。

而今，我已年逾耳顺，老之冉冉而至矣！反观来路，参加1977年高考无疑是我人生最重要转折点，从那一刻起，个人的命运汇入了改革开放的时代洪流，我们这一代人是幸运的。当祖国千年难逢的大时代到来，我们躬逢其盛，深受其益。

阮建忠：浙江第一个获得全额奖学金的留美研究生

放眼当下，自费留学欧美已稀松平常，但在20世纪七八十年代之交，自己联系大学，渡洋留学，颇像天方夜谭。回望那些洪荒旷野的开拓者，其恍如隔世的故事值得叙说。有一种说法传播较广，恢复高考以后，杭州大学（今浙江大学）物理系1977级学生阮建忠，是浙江省第一个靠自己申请成功，且获得全额奖学金的留美学生。

阮建忠是大三那年，也即1980年下半年开始向美国几所大学提出留学申请读研的。大四上半学期（77级考生是78年春季入学）开学不久，即1981年3月，美国名校凯斯西储大学（Case Western Reserve University，简称凯斯大学）同意阮的申请，接纳他到该校物理系读研，并提供全额奖学金。由于赴美护照签发好事多磨，阮建忠1981年10月才到该校就读。他在那里连读硕博，并于1986年5月提前完成学业，获得博士学位，又在该校做了两年博士后。阮是恢复高考以后，凯斯大学第一个中国大陆博士研究生。

媒体多有报道，北京大学经济系1977级学生海闻（后出任北京大学副校长），是北京大学第一个自费留美研究生。海闻是浙江杭州人，1969年赴黑龙江上山下乡，恢复高考那年考入北大。大三那年，海闻开始自费留美申请，并于大四下半学期，也即1981年下半年，接到美国长滩加州州立大学经济系的通知，接受他的读研申请。1982 年 2 月，海闻赴美留学，在该校硕博连读，于 1991 年获得博士学位。海闻的自费留学申请，得到著名经济学家陈岱孙、厉以宁教授的指点和帮助。

阮、海二位都是恢复高考以后，中国自费留美的先驱者，而阮比海又早了半年多。中国要到 1984 年才颁发《国务院关于自费留学的暂行规定》，他们先行了四五年。唯不太清楚的是，在这个时段，中国是否还有比阮建忠更早出去的自费留美研究生？在 1986 年以前，自费生中是否还有比阮建忠更早获得美国博士学位？

阮建忠是浙江省第一个自费留美研究生，我也有第一手信息可以佐证。

大概是在 1981 年 5 月间，建忠跟我说，他赴美留学的申请获美国一所大学同意，而且那所大学提供奖学金，可浙江省公安厅的护照迟迟签发不出来，内心很急。他问我在省公安厅有没有熟人可以了解下情况。事有凑巧，我中学时的班主任黄乾鑫老师前几年调到省公安厅工作。他是上海人，毕业于上海外语学院（今上海外国语大学）俄语专业。公安部门缺外语人才，把他从诸暨调来。我跑去找他，询问阮的护照签发情况。他说，此事他略有所闻，浙江省公安厅从来没有碰到过靠自己联系到美国留学，且美国那所大学还发给丰厚奖学金的情况。由于没有先例可循，所以阮建忠要求签发赴美护照一事，在层层上报。至于护照到底能不能签发，只有等待上级指示。我据实告诉建忠，他露出一丝落寞的浅笑。

一、自费留美，独辟蹊径

阮建忠是浙江省诸暨市枫桥人。我们是恢复高考那年，进入杭州大学读书后才认识的。也许是同级、同乡、经历相似之故，比较谈得来。虽然不同系，但平时接触还不少。他们物理系的食堂与我们历史系的食堂是前后幢，建忠去用餐似乎比我们早。我们去食堂时，往往看到他一手捧着搪瓷盆，一手捏着铁调羹，在食堂前面的操场上旁若无人地转着圈子，念念有词，若有所思，少顷，往嘴巴里放进一勺饭（大概饭菜拌在一起），好像给机器添油似的，然后又兜圈，又念念有词，如此往复。这种陀螺转圈的吃饭方式，我记忆犹新。显然，他想抓住点滴时间，连吃饭时间都要利用。这种疯狂读书之状，令人叹为观止。他成绩之所以出类拔萃，还是那句老话，除了天赋还是勤奋。

杭大物理系是杭大理科的“主力部队”之一，历史悠久。当时的杭大物理系主任由杭大副校长、物理学家、教育家朱福炘兼任。朱教授1928年协助中国早期物理学家张绍忠教授创办浙大物理系，两人通力合作，使浙大物理系蓬勃红火。1946年，朱福炘赴美国加州大学伯克利分校留学，后在著名核物理学家赵忠尧的介绍下进入麻省理工学院从事研究。中华人民共和国成立前夕归国，任之江大学数理系主任兼浙大教授，继而出任浙师院物理系主任。浙师院与杭州大学合并后，出任杭大副校长，并创建物理系，兼主任，是杭大物理系的主要创建者。后来朱教授忙于校务工作，已无精力给本科生上课了，但他对物理系的壮大还是给予很大关注。

阮建忠是77级物理系几个成绩优异者之一。大三那年，他参加了杭州大学组织的数学竞赛，得了99分，位居总分榜第二。阅卷老师事后找到他说，如果凭算法的技巧性和科学性，你应是第一名。你有一道题结果是对的，可论证过程中忘写了一个符号，所以扣了一分，让他在吸取教训的同时又表扬了他一番。还有一次，中国科学院一位学者来杭大访问，阮被派去作陪。那位老师问：你是哪一级的？阮答：77 级。再问：你们那级哪几位比较厉害？阮报了两三个同学的姓名。那位老师说：听说 77 级有个叫阮建忠的比较厉害。阮默然。旁边的老师回答说："他就是阮建忠啊！"周围的人都笑了。那位学者在应和的笑声中，流露出对阮的欣赏。

阮建忠自费出国申请并非偶然。虽然他在大二时已决心报考研究生，但出国留学的念头尚未有过。其时国门微微开启，经过"文化大革命"的动乱和封闭，信息还是比较闭塞，对外部世界的了解依然有限。阮建忠的大哥阮耀钟是中国科技大学的讲师，1980 年，被公费选派到美国做访问学者。出国前夕，大哥写信告诉弟弟，在准备考国内研究生的同时，要申请赴美留学，而且要把重心放在后者。

20 世纪 80 年代初，国内公派留学稍稍有些动静，如李政道建议的"中美联合招考物理研究生项目"在 1980 年开始小范围实施。阮建忠和几个同学闻讯，想去报考，但未获校方允准，也可能教育部未给报考名额。至于自费申请赴美留学渠道，还是闻所未闻。建忠在大哥的点拨下，已开始在杭大图书馆寻找如何申请留学的资料。然而那时这方面的资料稀少得像熊猫，千寻万觅，终于在《科技导报》上找到了《怎样申请奖学金留学》一文，阮如获至宝，全文抄下，读得滚瓜烂熟。

考虑到自己还是在读大学生，又考虑到此时杭大在国际上的知名度尚不是很高，阮与大哥商量决定，向全美排名前三十的大学递交申请，但不申请前五名的。申请的学校有华盛顿大学、凯斯大学、莱斯大学等。然而递交留美申请要解决两个难题，一是外语成绩。其时国内尚未有 GRE 和 TOEFL，而这个外语标准是美国接受留学生与否的重要指标，甚至是前提。这横亘的“大山”如何面对？其二，阮尚是大三年级在读生，离本科毕业尚有一年多时间。这次申请是直读对方著名大学的物理系研究生，又是一个跳跃。阮自思凭他的专业成绩，对方接受的可能性较大，但外语成绩怎么填写，对方又怎么衡量你的外语水平呢？于是他随留学申请书，诚恳而又坦率地写上一封信，请求对方考虑到中国大陆还没有 GRE 和 TOEFL 考试的现状，这英语成绩，可否到美国以后再补考，如果不合格，愿接受退学处理。

阮建忠自费出国留学的举动得到物理系负责人高琴、陈茂定等老师的积极支持。教统计物理的洪士福教授和教数学的郑德昌教授，凭着他们对阮建忠的了解，愿意做他的推荐导师。高、陈二位老师又将阮的学业情况向资深的物理学家朱福炘教授作了报告。朱福炘副校长也成为阮建忠的导师，并亲自给凯斯大学写了一封推荐信，三位教授联袂推荐，自然加重了推荐书的分量。

美国之所以能汇四方英才，成为世界人才集聚高地，自有其道理。凯斯大学，这个世界一流的学堂，竟接受了阮建忠这个既没有外语成绩，又尚未本科毕业的在读生的申请，于 1981 年 3 月份向他发出了录取通知书，欢迎他到该校直接读研究生，给他提供全额奖学金每月 1050 美元，其中学费 450 元，生活费 600 美元。

1981 年 4 月，也即大四上半学期开学未久，阮建忠向系里提出申请，请求不随同级生上课和考试，为出国留学和考研作准备。系里有点担忧，关切地问他，如果出国留学不成功咋办？阮说，出国留学是否能成行心中确实无底，但如不成功，自信还是能够考上国内研究生的。如再考不上，请求系里同意我留级一年，与 1978 级本科生一起考试毕业。系里见他如此坚定，又考虑到他出色的学业，便批准了他的要求。由此，阮建忠开始了峰回路转的护照申请之途。这又是一个值得回味深思、令人一唱三叹的故事。

二、护照申请，一波三折

凯斯大学是美国著名的研究型学府。学校创立于 1882 年，位于美国俄亥俄州克利夫兰市。经过院校合并，壮大发展，终成为世界名校。凯斯大学向阮建忠发录取通知书是 1981 年 3 月份。其时杭州的邮政投递人员英语水平有限，没有看懂这封邮件的收件人，不知投向哪里？便来了一个自作聪明的推测——当时的杭州饭店（今香格里拉）是杭州唯一的外事接待宾馆，尚有外国人员往来，于是将这封满是洋文的邮件送到杭州饭店。杭州饭店收下一段时间后，见无人认领，便请懂英语的人看了，才知是美国一所大学寄给杭州大学物理系阮建忠的。两个单位相距不到两公里，一个居宝石山之北，一个居宝石山之南，由于邮政投递之误，时间耽误了一个多月！谢天谢地的是，经过辗转，这份来之不易的录取通知书在 4 月份终于送达主人阮建忠手上。

报经系里同意以后，阮建忠就跑到省公安厅申请护照了。省公安厅告诉阮，需要先将他在杭大的学籍档案转过去，审核后才可以办理其他手续。阮返回学校说明情况，系里说他们调档没问题，但涉外事情先要经过杭大保卫处同意。阮跑到校保卫处说明情况，保卫处回应，涉外转档要经有关部门批准才允许，他们也做不了主。阮将此情况向几位推荐导师报告。老师们说，这事得找陈立校长。陈立校长是享有国际声望的著名心理学家，是一位资深的“海归留学生”，是科技界、教育界名副其实的大咖。他看了美国凯斯大学的录取通知，又询问了阮是如何申请成功的，顿时喜上眉梢，说阮不简单，为杭州大学的学生出国留学蹚出了一条路子。马上通知保卫处，将阮的档案尽快寄到省公安厅，以保证他能够领出赴美护照。杭州大学保卫处自然遵令而行。

档案有了，美国大学录取通知也有了。省公安厅仔细地审查了阮的申请书，发现有两处明显不足：其一，阮建忠在美国没有亲戚，也没有美国实力人士担保；其二，凯斯大学的录取通知仅告诉提供第一年的奖学金，没有承诺第二年乃至以后的奖学金。如果发生了“供一不供二”的情况，那么一个社会主义的中国公民就将流落在资本主义国家的他乡。作为护照签发者，他们责任重大，所以这个护照不能签发。省公安厅将上述意见通知杭大保卫处，让他们转告阮建忠。

接到这个结果，阮一时束手无策。省公安厅说的都是事实，在美没有亲戚，没有担保，录取通知也仅告诉提供第一年奖学金，未涉其后。第一条一时无法改变，第二条的疑问，阮向凯斯大学物理系主任哥顿（Gordon）教授写了封信，说护照签发部门有这样那样的担心。没有想到的是，凯斯大学物理系主任很快回信，书面承诺：“奖学金是一年一年给的，但是根据你的特殊情况，我们保证给你奖学金直到取得硕士学位为止。综合你的成绩和推荐信，我相信你会通过博士资格考试，所以你可以期待超过第一年的奖学金。”阮建忠收信后十分高兴，连忙送到省公安厅，认为这样省公安厅所提出的问题有答案了。然而，凯斯大学的来函依然推动不了护照签发进程。

阮建忠只有通过杭大保卫处不断询问护照进展情况。不知是有意还是无意，杭大保卫处负责人对阮说："你是到美国去读书的，资本家是见钱眼开的。怎么会给你这么多的钱？他们到时候肯定让你去干特务工作。你既然成绩好，为什么不考国内的研究生？跑到帝国主义国家去干什么？"任阮建忠怎么解释也无用。此时的他，似乎有点明白护照迟迟签发不出来的原因了。

阮建忠只得再去找陈立校长。不巧，陈校长去北京开会了。他便找到了朱福炘副校长。朱副校长对他说："我们来想办法，待陈校长回来后，我会告诉你。"得到了这样的回答，阮建忠心里轻松多了。

于是他又一头沉浸在图书馆。有一天他正心无旁骛地看书，想不到的是，朱福炘副校长拄着拐杖已无声地站立在他面前，急切地告诉他："陈校长回来了，你快去见他，你自己会说得更清楚一些。"那时没有手机，没有电话，阮建忠看着德高望重，已近八十岁的朱教授为他留学一事，亲自跑到图书馆来找，心中升起无限的敬意，感愧歉疚难以言表。

陈立校长看了凯斯大学物理系的主任哥顿（Gordon）教授的亲笔复函，又听了阮建忠所陈述护照申请的前后情况，便告诉阮建忠："你先回去，此事我们好好商量一下。"很快，阮建忠知道了杭大校方采取了两个措施。第一，陈立校长召开校长办公会议，在会上通报并商量阮的赴美护照签发问题。陈立、朱福炘、薛艳庄等校级领导一致同意阮赴美求学，为此特地发公函给省公安厅，意思是杭大校级班子支持阮建忠赴美深造。阮在美国读书时，万一对方不提供奖学金了，阮在美的所有学习费用均由杭州大学承担。第二，陈立校长亲自出面，去找浙江省省长，讲明阮是一个优秀的学生，现在美国接受他读研究生，我们应支持他。但眼下护照签发受阻，希望领导能够关心过问。不用多说，杭州大学支持阮建忠出国留学的举措，特别是社会声望卓著的陈立校长亲自出面协调，直接推动了阮的护照签发进度。回想当年，对比现在，那纯洁无瑕的师生关系真成了一个美丽的传说。

经过多年闭关，面对刚刚开启的国门，不少人依然跟不上时代的潮流，阶级斗争的观念根深蒂固，对人们的思维仍然产生着深刻的影响。尤其是美国著名的大学让你去读书，不但不用缴学费，还给你如此多的美元，世上真有这么美妙的事？20 世纪 80 年代初期，美元与人民币的官方汇率限在 1:1.77 元左右，事实上，人民币此时很难转换成美元。如确有需要，必须层层审批，才能给吝啬的额度，同时配上相应的“外汇券”，相当于外币的“粮票”。此时民间调汇价在 1:5 元左右，这是市场的实际汇率。如果转换一下，凯斯大学当时给阮建忠每月 1050 美元奖学金，折算成人民币是 5250 多元。

阮建忠大哥阮耀钟是中国科技大学首届毕业生，毕业于 1963 年，因为成绩优秀留校任教。作为讲师的他，此时每月工资是 56 元人民币；1977 级本科生于 1982 年 2 月开始就业，第一年每月工资是 43.50 元，俗称“4350 部队”。一个在读硕士生的奖学金，竟比已工作的大学生工资高出 120 倍左右。这硬邦邦的实证摆在那里，某些执事者有这样那样的想法，甚或抱着“美帝贼心不死”的思路似乎也可以理解。还可以提供一个背景，当时国家层面推动的“中美联合招考物理研究生”也受到非议。一些有名望的人士给中央领导人写信,反对这个项目。更认为联合招考的试卷由美国大学来出题,是丧权辱国。因而导致这个项目进程缓慢，几近停摆。

阮建忠明白，该做的，该帮的，已是最高级！等待，只有难熬的等待。显然,杭大的公函,浙江省主要领导的过问终于发挥了作用。于是省公安厅将阮建忠的档案直接报送国家公安部和教育部，请求上级指示。当然，这些美妙的故事是事后才了解的。

绝不能消沉叹息！阮建忠排除各种干扰，同时投入到国内大学考研准备中，这第二条路不能放弃。阮建忠报考的是中国科技大学物理系的研究生。阮记忆，考研时间是 1981 年 9 月 15 日至 16 日两天。考研期间阮不回学校。与他一起考研的一位同学，有一天中午回到杭大，下午赶回，大概在考试前半个小时，突然告诉阮建忠：“系里已在传你的赴美护照批下来了，让你赶快去省公安厅领取。”阮狂喜不已，心扑通扑通跳个不停，一时无法平静下来。然后他嗔怪地对那位同学说：“你老兄等我考好后告诉我，不是更好吗？”按捺住内心的激动，收拢杂乱的思绪，阮建忠尽力平复心情，完成了研究生最后一门课的考试。

经过五个多月的多方努力，千呼万唤的赴美护照终于签发。阮建忠的赴美之行又进入了下一个程序。凯斯大学接收研究生有个硬性规定,即必须要有大学本科毕业证书。于是阮建忠又去找陈立校长。陈立校长告诉校教务处，让教务处将阮的情况写一报告给他。教务处处长与阮建忠一起再到校长室，陈立校长签批：同意阮建忠自费赴美留学，同意阮建忠提前毕业，准发本科毕业证书。时在 1981 年

9月中下旬。就这样，阮建忠成了第一个拿到杭大本科毕业证书的77级学生。

阮建忠又转到另外一层担心。因为按照要求，自费留学的人在美国要有亲属或者有实力的人士担保，而这一项，阮做不到。阮建忠以及在美做访问学者的大哥也曾努力过，但依然一无所获。更让人担心的是，凯斯大学新学期在8月下旬已经开始，阮建忠在9月中旬才拿到赴美护照。为使凯斯大学了解情况，阮建忠将此情况紧急报告物理系主任哥顿（Gordon）教授。哥顿教授写了回信，信的大意是：欢迎阮建忠来校读研，虽然时间略晚，但还是希望尽早在美国见到你。阮收到哥顿教授的信函约在1981年10月上旬。

10月12日，阮建忠从杭州跑到了上海美国领事馆，递交了赴美申请。心中多少有些忐忑，因为新学期已过去了一个半月，美领馆可以开学时间已过而拒签。面签官看了材料，问了阮建忠一些问题，然后让阮回去等候结果。按照一般的进度，签证的成功与否要二三个星期后才告知。不知是美领馆通人性或还是其他因素，10月17日阮建忠接到通知，让他19日到美领馆去领签证书。五天之内，通过签证，可谓神速。而1981年10月19日是什么日子？这一天正是阮建忠24岁生日，按照中国传统习惯是属相本命年。这份最好的生日礼物，也许是人际的努力，也许是上天的馈赠，也许是哥顿教授“尽早在美国见到你”的信函发挥了作用。人生的偶然和巧合，有时候确实难以解释。更巧的是，阮建忠在美国的大哥给他订好了从上海虹桥飞往美国纽约的飞机票。在机票有效期内，其中的某一天，只要飞机有座位都可成行。阮建忠打听到21日有空位。于是19日从上海赶返杭州，匆匆打理行装，与有些老师同学也来不及招呼，即或想去与老母亲告别一下都无时间，就于20日晚赶宿上海。次日，也即1981年10月21日，阮建忠就坐上了上海飞赴纽约的航班。虽然抑制不住内心的激动和兴奋，还是抵挡不住连日奔波的疲倦，不知不觉间进入了甜蜜的梦乡。当他一觉醒来，已是美国的蓝天白云。

三、美国之行，别样人生

由于时差的关系，阮建忠也是1981年10月21日傍晚到达美国纽约。幸运的是同机有几位公费访问学者，他们要去中国驻纽约领事馆借宿，领事馆派车来接。同是天涯求知人，他们友好地邀请阮建忠也一同前往，领事馆欣然同意，花费2.5元美金住了一个晚上。阮飞赴美国时，身上只有100美金，而这100美金还是杭州大学开出证明，才从中国银行调换来的。从纽约飞到克利夫兰市的机票要100多美元，阮身上的钱显然不够用。他打听到纽约至克利夫兰市的大巴只要70多美元，但要傍晚发车，时间需要12多个小时，别无选择。经过长途劳顿，阮建忠于23日上午风尘仆仆赶到学校。

稍作安顿，阮即向凯斯大学物理系主任哥顿（Gordon）教授报到。哥顿教授告诉他，由于开学已近二个月了，这个学期你就不一定去上课了，还是训练训练英语吧。当然，你如愿意，去听听课也可以，目的还是提高你的英语水平。阮点头说好，第二天他就去听了一门量子力学课。又是一个巧合，听课的第一天，他碰上了量子力学的期中考。打开试卷一看，傻眼了，这第一道题是无解啊！难道美国出的试卷，我看都看不懂，差距如此之大？这不是给杭大丢人现眼了吗？幸亏，阮物理功底扎实，有考试经验，他马上避开这道怪题，先做其他题目。另外的题其实并不难，他很快就做完了。此时有人已开始交卷。阮抬头一看黑板上有文字，写明本试卷所出第一道题目有误，须作如此更正。其实，第一题有错，老师下发试卷时已口头讲明，只不过阮此时的英语听力还不行，没有听明白教授在讲什么。于是他问这位教授，可否再给他几分钟时间，让他做完第一道题，教授同意了。题目一旦改误为正，阮觉得就不难了，很快做完交卷，这次考试得了98分。听第一堂课即参加考试，还在晕晕乎乎的时差之中，实际上是对他学业水平的一次突击检测。从此，物理系的老师，对这个来自当时还略有神秘国度的新生刮目相看。阮建忠增强了自信心，要求系主任允许他与其他同学一起正常听课，也同步参加考试。自然，阮必须尽力补上拉下的课程，其中熬过的长夜，投入的辛劳，也只有建忠自己知道了。

当阮建忠在凯斯大学刚刚进入角色，国内又传来他被中国科大录取为硕士研究生的消息，而且以第一名的成绩录取。有趣的是，中国科大的录取通知书先寄到浙江大学物理系再转过来的。当中国科大得知阮建忠已赴美留学，便请杭大物理系代致祝贺，同时他们非常欢迎杭大物理系的学生报考他们的研究生。朱福炘副校长专门致信已在美国求读的阮建忠，在告知有关情况后，说阮建忠又为杭大争了光。

1982年5月，是凯斯大学博士生资格考试时间。通常的情况下，参加博士资格考试至少需要学习两个学期，也即要完成6门必修课程。凡读博的学生对此都看得很重，须作精心准备，因为博士资格考试只给每人两次机会，两次测试不合格，就过期不候了。一位来自中国台湾的留学生是1981年8月入学的，恐准备不周，要求推迟到1982年8月考试。但阮建忠不这样想，为摸摸美国的博士资格考试水平到底如何，阮向系主任提出申请，他能否一试，希望这次不算在2次以内；如果通过考试，他在夏天就可以专注于科研了。系主任在铁面无私的答复下也流露出柔情：你可以参加考试，但我们从来不提供任何尝试。我不能承诺给你增加机会，但对你这种特殊情况，我们会有所考虑。

就这样，阮建忠这个尚未“足月”的本科和硕士生，到美国仅仅7个多月时间，且仅仅修了三门必修课程，就大胆去参加美国的博士生资格考试了。结果，他不但第一个交卷，而且是最高分通过，令凯斯大学教授们再次刮目相看。哥顿教授在同意阮建忠免修其他三门必修课的同时，还问他，愿不愿意做他的研究生，因为他和另外一位高分子教授正在合作一个课题，让阮建忠也参与进来，阮欣然答应。自此后，这位系主任对阮本人和其他中国大陆留学生都很友善，而对台湾来的就不怎么样了。有人开玩笑说，哥顿教授大概是位共产党人吧！

阮建忠1986年获博士学位照片

阮建忠的大哥阮耀钟享有盛誉，他本身就是一位著名的超导物理学家，博士生导师，曾出任过中国科大材料科学与工程系副主任。他如此评价这位小弟：

建忠念博的第一步棋就走对了。因为交叉学科容易出创新成果。据我所知，我弟弟选的这位高分子教授 Morton Litt，在全美具有知名度和权威性。他对学生的要求非常严格，严格得近乎苛刻，一般要6至7年才能取得博士学位。刚开始，我真为建忠捏一把汗，因为他从来没有念过有机化学。令我想不到的是，我弟弟仅用了4年半时间，也即在1986年5月就获得了博士学位。随后，我弟弟又在这位高分子教授手下做了两年博士后，由此可见这位名教授对我弟弟的赏识和喜欢。

1988年8月，阮建忠入职美国雷可德化学公司，任高级化学分析师。这个公司原来分析化学涂料的颗粒大小分布，需先用照相机拍摄，然后冲洗胶卷再制成照片，最后再根据手工测量照片上的颗粒大小。因为手工操作，既费时又麻烦。

阮建忠觉得要改变这个手工操作的状况。为此他自学了计算机C语言，钻研了编程和计算机图像识别。经过一段时间摸索，取得了突破性进展。对于这一成果，建忠的大哥又是这样评价的：

中国有句老话很有道理，一句是“男怕入错行，女怕嫁错郎”。对于科学工作者而言，选择什么行业，实际上是选择什么研究课题。我弟弟选择的是计算机图像识别，这一课题很有意义，很有前途。我认为这是我弟弟参加工作后，走了一步最好的妙棋。他采用计算机图像识别，由相机镜头获得的图像，直接用计算机图像识别，得到颗粒大小分布，在公司首次实现了自动化监测，受到公司领导高度赞扬，并获公司首次特等贡献奖，也展示了他的聪明才智。在此我想到爱因斯坦的一句名言，爱因斯坦在《论教育》里说：“教育就是忘了在学校所学的一切后剩下的东西”。我弟弟学业事业很成功，靠的不是学校里所学的知识，而是能力。另一句老话是“三十而立”，1988 年我弟弟三十一岁，他就选定了自己的研究方向——计算机图像识别，并开始在这一领域立住了脚，真正做到了“三十而立”。

对于阮建忠学习和工作的投入，他大哥又讲了几个故事：

1979 年暑假，我要建忠来合肥我家学英语，一个暑假他成天闭门苦学，只出了三次中国科大校门。一次是我们请他到电影院看了场电影，第二次是他去买火车票，第三次是回杭州。那时候，我家连电风扇也没有，合肥夏天很热，他一手拿把扇子，一手拿块毛巾擦汗。我大女儿当时念小学，问他：“小叔叔，你有这么多暑假作业吗，为什么这样用功？”他回答说：“我在农村劳动了多年，知道学习机会来之不易。”是啊！生活的磨难，加剧了他的紧迫感。

当年建忠在波士顿工作时，我大女儿也在波士顿。有一年我到大女儿那里过年，得知弟弟和弟媳妇要去外地参加学术会议，家里两个小孩没人照顾，我就去帮弟弟照顾，主要是帮两个小孩做做饭。我弟弟的房子是花 100 万美元买的，有游泳池、网球场，是我所见到的最好的房子，占地面积有 25 亩，周围全是树林。但到弟弟家一看，我傻眼了，家里没一粒盐，米最多也只够一顿。住一百万美元的房子，家里居然无盐、无米，简直不可想象。显然他们不是没钱买，而是没时间去买！忙成这样，我以前也是想不到的。我们很多人往往只看到美国人生活好的一面，但没有看到他们忙的一面。有言道“巧妇难为无米之炊”，何况我还是一个笨男？幸亏有面粉，我还能做面食，于是我给侄女、侄儿包豆沙包，做各种面点，使他们吃得很开心。

还有一次，我与弟弟在枫桥老家，不知为一件什么事，我与他的看法一致。我随口说了句：“英雄所见略同。”他马上接了句：“笨蛋的看法也差不多。”我听了大笑。“笨蛋的看法也差不多”——太妙了，既符合事实，又显得谦虚、风趣。我以后常常引用他的这句名言。一个人说话，讲课、作报告，要学会风趣。我虽然从未听过弟弟作的学术报告，我相信他的报告决不会缺少幽默风趣。

看来兄弟俩惺惺相惜，是“英雄”与“笨蛋”的集合体。在我看来，阮建忠敏于思，勤于行，讷于言，性情温润，谦逊和善，率真坦荡。

1992年10月，阮建忠转到全世界最大的医药公司英国葛兰素史克（美国）公司工作。这个大公司对员工通常是五年提一级。而阮在这公司工作九年，竟提了五级，最后任职公司技术副总监。2001年5月，阮建忠又到美国千年医药公司担任首席软件工程师和总监之职。

四、回国创业，再闯新路

早在2007年之前，阮建忠在美国的年薪已有几十万美元，还有公司股份奖励，在波士顿买了大别墅，成家立业，娶妻生子，后来女儿又考入麻省理工学院。阮建忠在业内有很高的声望，所供职的都是世界著名的生物医药公司，先后出任过高级分析化学家、副总监、首席软件工程师、总监等职。曾获得英国葛兰素史克（美国）公司、美国千年医药公司等颁发的“杰出研究成果奖”、“不可缺成员贡献奖”、“特殊贡献奖”，经常被猎头公司光顾。可以说阮建忠在美国已事业有成，过上了光鲜亮丽的生活。

左：陈侃章，右：阮建忠

然而驿动的心永远在追求的路上。

而追求这条新路，与他的妻子俞敏子有很大关系。俞敏子是浙江杭州人，祖籍是浙江诸暨次坞，与中共创始人之一俞秀松是同宗。俞敏子是1978年9月考入中国科技大学近代物理系，本科毕业后分配到中国科学院，做了院部秘书，其时的中科院院长为著名物理学家周光召。俞敏子的工作与科学院所属单位打交道，在科研经费的分配上有一定的话语权，应当说是相当体面的一份工作。然而在1986年，俞敏子辞职，也到美国凯斯大学物理系读研，并于1992年获得博士学位。真是一对“读书种子”。

20世纪90年代到21世纪初，夫妻俩时不时回到中国，被中国生气勃勃的开发景象所吸引。他们看到听到不少留学生回国创业成功的实例，怦然心动。经过一段时间的考察，决定回国一试身手。

他们认为凭阮建忠丰富的知识储备，掌握先进的软件技术和相关专利技术，是可以创办一家高科技公司的。当然他们亦咨询我，我凭有限的识见，向他们提供了一些建议。

这里要简述阮建忠的知识结构。他大学本科打下了物理基础，参加杭大数学竞赛，获得第2名，说明他的数学知识也非常扎实。又在美国获得物理硕士学位，最后取得物理化学博士学位。特别是他师从的Morton Litt教授是具有国际声望的高分子科学家，凯斯大学高分子系的专业水平在美国位居前三位，所以阮在化学上也别有建树。加之阮熟练地掌握了计算机编程和图像识别，又在国际领先的几家医药公司得到历练，集物理、数学、化学、生物医学、计算机图像分析技术和人工智能等专业知识于一身，这种高端混合型人才凤毛麟角。千年医药公司资深总监在年终评定会上曾如此表彰："阮建忠先生所做的贡献，需要广博的知识和技能，从光学到视觉处理，到算法，再到软件工程，将相关前沿交叉学科融会贯通，这样的人才非常罕见。"

其夫人俞敏子博士擅长对外拓展和交往。我说，你们"夫妻老婆店"会成功。在公司运作上，由其夫人俞敏子打理，而在技术开拓上则有阮建忠研发。他们的核心科技是医药软件，即检测疑难杂症。如现在国内还是凭医生通过看片，检测病源病因病灶，一天看下来，医生容易疲劳；一旦疲劳过度，检测判断容易导致误差。而他们开发的软件以大数据为基础，以人工智能为主导，以医生判断为辅助，大大提高了诊断的准确性。也就是说，他们设计开发了居世界先进水平的分子生物医学应用软件，攻克了高新技术应用于生命科学领域的产业化瓶颈，功能和准确性居世界领先水平。目前，他们在美国波士顿办有微因泰克公司，在中国杭州、南京、马鞍山及浙江诸暨都创办了几家高科技生物医疗公司。这几家公司蓬勃兴盛，经济效益和社会效益前景一致看好。

阮建忠多次谈起，在美国多年，他始终惦记着中国，关心着国内的举措和脉动。回到国内，感觉到还是故乡最亲。无论是人际交往、饮食习惯、语言投缘，都能天然地融合，心灵与故乡融为一体。四海为家应当敬重，但灵魂安放只有一处。我们奋斗在时代的片断里，生活在纷繁的琐碎间，徜徉在时间的长河中，持续创新永远在路上。毫无疑问，新兴科技改革带来的影响会超出人们的想象。勇于追赶时代的步伐，多做有益于社会、服务于社会的事，是人生最大的价值和最大的欣慰。

刘海峰、宣成：与高考终生结缘

77 级大学毕业生由国家统一分配，就业比较容易，进入党政机关也不难。但 77 级毕业生终身从事高考、研究高考，且卓有成效的，也许并不多。这里列举在全国高考行业中较有影响的两位，一位是厦门大学历史系 1977 级毕业生刘海峰，一位是杭州大学（今浙江大学）物理系 1977 级毕业生宣成。他们在高考理论和实践中作出了开创性贡献。

刘海峰，福建惠安人，1982 年 1 月毕业后留在厦门大学工作，曾任厦门大学高等教育研究所所长和教育研究院院长。历史学博士，长江学者，特聘教授，2019 年被聘为浙江大学文科资深教授。著述颇丰，已出版著作 30 余部，并多次获部、省级优秀科研成果奖。是高考改革和科举学的首创者、高考改革稳健派的代表

刘海峰

性学者。他在教育部有多个兼职，如兼任国家教育咨询委员会委员、国家考试指导委员会委员、教育部全国高等学校设置评议委员会专家、中国高教学会学术委员会副主任等职，并任上海、南京中国科举博物馆名誉馆长。刘海峰还有一个特殊经历：既参加1977年11月的艺术类高考，又参加了12月的正式高考，且两次高考都考出了优异成绩。然命运的安排，让他最终进入了厦门大学历史系，并在那里发出了光彩。

宣成，浙江诸暨人。1982年1月毕业后分配到浙江省高校招生办公室工作，从普通办事员干到计算机室主任、信息中心主任。教授级高工。浙江大学、杭州电子科技大学兼职教授。参加并组织主导了高考手段从全手工到现代化的进程，以及全国高考现代化标准系统的起草和建立，浙江高考网络招生系统的研制和推广，全国高校网上远程录取系统的研制，使浙江省高校招生信息化始终处于全国前列，名副其实的实干派。

这两位的人生经历充满着高考因子，且非常有代表性，刘海峰以理论研究为主，研究高考的昨天、今天、明天，结合历史和现状，鲜明地亮出高考需坚持，方式需稳步改进的观点。宣成以高考实务为主，考虑的是如何利用科学手段，改进招生方法，

宣成

公平且快速地招到既满足考生志愿，又能匹配社会需要的优秀学子。他们为高考事业所作的贡献可以写出不少事例。在恢复高考周期性纪念的节点上，他们都写过忆述文章。有趣的是，两位文章的题目和内容都围绕高考终生之“缘”展开。笔者提炼节选了他们的相关故事，当然，这提炼并不能反映其全貌，只能管中窥豹。

一、刘海峰：我与高考不解之缘

有的事物深埋在岁月中便成了尘土，有的事物深埋在岁月中却成了琥珀。1977 年恢复高考，不仅是我个人命运的转折点，而且成为一个国家与时代的拐点。它是一段值得珍藏的历史，是一种历久弥新的记忆，是一个永留史册的传奇。

我的高考故事并没有在上大学后就结束。绝大多数 77 级大学生只与高考结缘一次，我却将与高考结缘一世。只是 1977 年我的高考故事是参加高考的故事，后来的高考故事则是研究高考的故事。本科毕业，我直接考上厦门大学历史系的研究生。1984 年硕士毕业，我到厦门大学高等教育研究所任教。从那时起，我便开始研究中国古代的高考——科举考试，继而又研究现代高考制度。

在恢复高考 30 年之际，许多 77 级大学毕业生沉浸在对当年高考的回忆当中，回顾壮怀激烈的高考场面，或写一篇关于自己的高考故事。而作为一个与高考关系特别深厚的学者，我不仅讲述我的高考，关注你的高考，还研究中国的高考；不仅回顾高考的过去，探讨高考的现在，还展望高考的未来，并与大家共同书写跨越时空的高考故事。

厦门大学是全国高考研究的重镇，是全国研究高考制度最多的研究机构之一。作为这些机构的负责人，2007年，我广泛地参与到各类纪念恢复高考活动中去，在北京举办了全国性的纪念活动，既作为主持人，又作了主题演讲。

作为考试研究的“专业户”，我与高考的关系持续不断。2008年，我在《教育研究》第12期发表《时代与人物的互动：77、78级大学生群体扫描》一文，在回顾77、78级大学生成长历程的基础上，分析其群体特征，并探讨该群体的命运与作为。

77、78级大学生是改革开放的受惠者、推动者和维护者，其命运与改革开放息息相关。历史时代与教育群体之间存在一种互动互造的关系。作为一个在特殊历史时期产生的特殊群体，77、78级的经历和道路不可复制，其经验和精神却可以传承。1977年恢复高考的重要意义，不仅仅是邓小平顺应时势的英明决断所赋予的，而且还是由77、78级等恢复高考后考上大学的人才的所作所为中体现出来的。

我担任首席专家完成的教育部哲学社会科学研究重大课题攻关项目的最终成果《高校招生考试制度改革研究》，2009年由经济科学出版社出版。该书在全面研究古今中外招考制度的基础上，提出了若干高考改革的政策建议及可供选择的具体改革方案。该书的观点和政策建议，被部分吸收进《国家教育中长期改革和发展规划纲要》，并为国家教育咨询委员会考试招生改革组制订高考改革总体方案所参考。

将来我还会长期研究高考，一直延续到生命的尽头。参加过高考的人千千万万，但像我这样跟高考结缘如此之深的人可谓凤毛麟角，我的人生中充满了高考的元素。1977年，我走进了高考考场。

三十多年后，我走进了高考世界。

二、宣成：我与高考终生结缘

参加了1977年的高考，却与高考终生结缘。这，是我做梦也没有想到的。

我出生没多久，父亲就因右派问题被处理回老家诸暨务农了。只有母亲、外婆带着我和弟弟在杭州，全家仅靠母亲一人的工资过日子。1971年我初中毕业。因为我出生月份小，没够上去内蒙古和黑龙江支边，而幸运地被安排在杭四中读高中。由于那年代小学初中基本没读什么书，高中班摸底考我傻眼了，几乎门门垫底。但幸运的是我遇到了班主任张老师。张老师以各种方式鼓励、鞭策我。从未被关注的我像被注入了春风，对未来有了憧憬和渴望，慢慢地我真下了决心要发奋努力。从此起早贪黑，勤勉刻苦，半年之后成绩就有了起色，张老师常常会在数学课上表扬我数学测验又得了第一名。

我1975年初高中毕业。作为知青下乡，我插队到临安西天目坦上这个小山村。残酷的现实给我们这些单纯的年轻人补上了深刻的一课。夜晚，我孤独地守望着渺无人烟、刺骨寒风中的天目山，在和月光下潺潺溪水作伴时，不由自主地想起“回乐峰前沙似雪，受降城外月如霜。不知何处吹芦管，一夜征人尽望乡”的古诗。孤独凄凉，寂寞无边。“喜马拉雅山再高也有顶，雅鲁藏布江再长也有源，藏族人民再苦啊再苦也有边……”我的“边”在哪里呢？我难道要在这里消磨无边人生？

1977年的秋天，天目山的树叶已开始变色。突如其来的恢复高考的消息，令我们喜出望外，好似绝处逢生一般！不过，大家还是将信将疑，谁都不敢想象真会被这幸运砸中。但纵然虚幻还是要试一试啊！我们几个知青开始四处找复习资料，找来的残段篇章大都是油印的，更糟糕的是许多关键字看不清楚，但大家还是把它当宝贝。那时山里电压不稳，晚上经常要停电，我只能在油灯下学习。记得初试那天就像大赶集，人山人海，不过等复试的通知下来只有寥寥数人了。但不期然磨难降临，离正式高考前没有几天，我眼睛突然痛得要命。大家赶忙把我送往附近的高岭卫生所（后来才知是烧电焊将眼睛灼伤：我没注意戴好护目镜）。记得那天天特别黑，风很大，山路弯弯没有一点灯火，眼睛却越来越痛，痛得在大板车上直打滚。到了卫生所，好半天才找到赤脚医生，敷一些药后疼痛还是不减，浑身衣物都湿透了。直到第三天，眼睛才渐渐能见一点光。此时离高考只剩几天时间了。悬啊！伤再重一点不仅眼睛可能要瞎，我的高考缘也就戛然而止了。参加全省统考总的还算顺利。有一天，突然接到妈妈来信，说她生病住院时认识的一个杭大物理系的病友跟她说："你的孩子好像被录取了。"会是真的吗？我不敢有任何奢望，也没敢与别人说，没几天公社就来通知了，还贴出红榜，我们周边大队众多知青点的考生中只有我一人考入本科院校。1978 年那个春天，我终于踏入杭州大学的大门。1982 年 2 月，作为恢复高考后的首届毕业生，我被分配到当时的浙江省高教局，当时的省高校招生办公室梁主任已在那儿等我，从此我成了浙江省招办的一员。

这么多年过去了，我国的高等院校招生已从精英选拔迈入选拔与普及相结合。浙江高考也从 1977 年录取 5346 人，录取率为 1.4%，到 2017 年录取 27.2 万人，录取率在 90% 左右，数量大幅度上升。

全民素质实现跨越式的提高。全国从1977年起到其后的40年内，仅普通高校考生就已录取1.15亿人，浙江省已录取460多万人。1982年后，浙江省经过我手录取的各类考生，包括普通高校、成人高校、单考单招、中专、研究生等至少有1100多万人。

从当初的省招办到后来的省教育考试院，从一名普通大学生到计算机室主任、信息中心主任。高考招生从全手工阅卷评分、全手工统分、全手工录取，经历了光电阅卷机的研制、检测和应用，从简单计算机辅助到省市考试、招生录取网上计算机系统的研制和应用，最后建立了大规模远程招生数据安全系统、全国网上远程招生录取系统、全国网上招生考试指挥系统和信息系统平台。30多年来，我有幸参与、主导了高考管理手段现代化的全过程。我带过的博士生、研究生、本科生等投入高考信息化管理的少说也有100多人。年复一年，目送千百万青春学子，通过我们研发的这套计算机系统，踏入自己心仪的大学，我感到无比的欣慰——结缘高考一生，值了！

饮水思源：77级熊晓鸽、周全设立“查全性1977奖教金”

熊晓鸽和周全都是恢复高考入学后的1977级本科生。熊毕业于湖南大学外语系英语专业，获学士学位，后就读于中国社科院研究生。1987年获美国波士顿大学硕士学位。他是最早将国际资本引入中国投资的风投人士。

周全是中国科技大学1977级本科生，获学士学位，1984年获科学院硕士学位。其后进入美国罗格斯（Rutgere）大学获光纤专业博士学位。在美国获两项专利注册。

1977级熊晓鸽、周全捐资1977万元，在武汉大学设立“查全性教授1977奖教金”

IDG资本1992年创立于美国波士顿，1993年成为首家进入中国市场的外资投资机构。熊、周各展所长，珠联璧合。一个是投资界的“著名文科生”，一个是投资界的技术流大咖。经过多年历练，IDG 成就卓著，成为驰誉国内外的投资机构，熊、周二人自然成为社会上颇有声望的成功人士。

熊、周深知只有当年恢复高考，才能使他们有机会进入大学，走出国门，融入世界，从而成为资本市场的弄潮儿。饮水思源，不能忘却掘井人，在 2017 年纪念恢复高考四十周年之际，两人谋定而动，向倡导恢复高考第一人致敬，而致敬的方式别有纪念意义——以捐资 1977 万元（以示恢复高考之年）人民币，在武汉大学设立“查全性教授 1977 奖教金”。

怀着满满的诚意，熊晓鸽本人并代表周全专程赶到武汉大学，拜谒查全性教授，向他鞠躬致敬。熊晓鸽深情款款地撰成《致敬难忘的 1977》发在“新三届”上。蒙允准，现将此文实录如下：

致敬难忘的 1977

2017 年的岁末，热闹，繁忙。看过台北璀璨的圣诞灯火，接着赶赴香港友人丰盛的节日家宴，又到珠海、顺德开了几个工作会议，12 月 27 日从广州乘高铁，来到武汉。已是黄昏，东湖畔的珞珈山幽静巍然，一山灯火如繁星洒落，晶莹灿烂。在武汉大学的院士楼，我终于见到了他，查全性教授。

紧赶慢赶，就想赶在年前，拜见查教授。我握着他的手，向 92 岁的老先生，鞠了一个躬。

40 年前， 1977 年的 8 月 6 日，在北京人民大会堂举行的科学与教育座谈会上，武汉大学化学系副教授查全性在一张普通的格纹纸上，用铅笔涂涂改改，写下不足 6 行字的发言提纲。因为激动，或者还有几分紧张，铅笔断了好几次。

在前两天的会议中未发一言的他，向会议的主持人、刚刚恢复职务的邓小平建议，改变当时“推荐与选拔相结合”的大学招生制度，恢复高考，而且越快越好。

邓小平从善如流，当场决定推迟当年的大学招生工作，恢复中断了 11 年之久的高考，以考试成绩择优录取大学生。

1977 年年底，中国有 570 万人参加了高考。我与周全，就是那年通过高考走进大学的 27 万莘莘学子中的两个幸运儿。我俩都在钢铁厂长大，被“文化大革命”耽误的青春年华，有懵懂无知的快乐也有前途迷惘的苦闷。当时在南方的我，是少年不知愁何味的工厂学徒，而北方的周全，是日日汗滴禾下土的插队知青。

天南海北的两个人，因为查教授的一席谏言，邓小平的一锤定音，命运从此改变：我们都幸运地通过高考的独木桥，跨进大学的门槛，又先后去美国求学，然后陆续回国，汇入创业兴邦的时代洪流。

我们俩的经历不过是一代人的剪影。77 级是中国恢复高考后招收的第一批大学生，也是唯一在冬季入学的一届大学生。在那个百废待兴的冬天，我们是最早感受到喜悦和春意的人，曾被誉为“天之骄子”。其后，78 级、79 级接踵而至， 中国的高等教育终于冬去春来，迎来欣欣向荣的季节，为国家培育英才，为社会输送栋梁。

1977 年，是一位学者的勇气和一位领袖的果决，改写了一代人的命运，也改变并且加速了一个国家繁荣昌盛的历史进程。

于是，在我们许多人心里，1977 似乎成了一个无形的密码。

这些年，在风风雨雨的经商生涯里，“77级”好像是个“芝麻开门”的灵咒。谈判桌前双方博弈中，酒会应酬觥筹交错间，前一秒还是公事公办锱铢必较的生意人，后一刻只要有谁偶然提起“我也是77级的”，空气中即刻像通了一股无形的暖流，霎时间冰消雪融，双方的眼神里交流着理解与亲切，似乎不马上再握一次手，便不足以表达内心的百感交集。

因为我们记得1977年，记得那年4.8%的最低高考录取率，记得身边伙伴名落孙山的失意或者范进中举般的狂喜……也因此，格外懂得个人和历史机遇的失之交臂或千载难逢，也许就在一念与一瞬之间。不能以“幸运”一言以蔽之，也不能因“幸运”而一念释怀。

于是，年复一年，对这“幸运”的感念和感恩，居然渐渐累积出沉甸甸的宿命与使命，想有所为，也想有所不为。我庆幸，40年后，还有机缘登门拜谢查教授，并在武汉大学设立“查全性教授1977奖教金”，是一了夙愿，也是饮水思源——我和周全，虽不曾在武大受教，却都是高考1977的直接受益人，由我俩创始的IDG资本，更是有幸伴随着中国史诗般恢弘的经济腾飞不断成长壮大。IDG资本将出资1977万元，从2018年教师节开始，每年奖励20位武汉大学本科任课老师。

77级入学的时候，中国的大学校园已经荒芜11年，终于盼到可教之材的老师们，满怀热情地向学生传授平生所学，而同学们也如久旱逢甘霖，如饥似渴地忘我学习。坚实牢固的本科教育成为我们一生事业的基础、扬帆远航的起点，也让我们无论走了多远，飞得多高，都不会忘记当初传道授业的恩师们——那些如春风化雨润物无声的启蒙者。

本科毕业之后，辗转中美求学，我曾先后就读于中国社会科学院研究生院、美国波士顿大学、弗莱彻法律与外交学院、哈佛商学院，并从2005年至今，在波士顿大学担任校董。虽说学历和资历都在岁月与汗水的洗礼中有所长进，但心里最珍爱的，仍是那本湖南大学的本科文凭。

我和中国科技大学本科毕业的周全有个共识：优良的本科教育会在很大程度上决定一个学生未来发展的高度，也是一所大学真正竞争力之所在。我们也一直在寻找机会，能够将这一点感悟，化为真正的行动力。

这次来到武汉大学，站在百年名校高大的梧桐树下，神思遄飞，时光倒流，仿佛又看见了当年嗷嗷待哺求学若渴的学子，还有呕心沥血倾囊相授的师长。

此刻，惟愿我们的绵薄之力，能让更多学养深厚的教授从研究所里走出来，走向没有鲜花和掌声的讲台，走进平日因为高深的课题研究而无暇多顾的本科生课堂。

在奖教金的签约仪式上，刚当选为中国科学院院士的武汉大学窦贤康校长深有同感并表示，下个学年，他也要亲自为本科生上课。感谢窦校长对奖教金的热诚支持且身体力行。对教育的尊崇，不仅只是盖华堂，建大厦；教育最朴素的初衷，无非是教书和育人。

而我和周全的初衷，则只想简简单单地，以“查全性教授1977奖教金”，致敬难忘的1977。

知恩图报：78 级黄卫、黄麓兄弟致敬查全性别具一格

因恢复高考而得以入学的学子，深知读书机会来之不易，懂得立业后应知恩图报，回馈社会。其中成为大学教授的，传道授业解惑；成为企业家的，把可观的资金反哺，以期文明传承代代有序。在庆祝中华人民共和国成立 35 周年之时，北京大学的学子于天安门广场自发打出“小平您好”的横幅，向这位伟大的改革家表示由衷的敬意。这种真挚感情的流露通过电视直播，瞬间影响到海内外。而黄卫、黄麓昆仲，这两位因恢复高考后得以进入大学校门的学子，则以他们特有的表达方式，向在混沌未明情况下建议恢复高考的功勋人物查全性教授，致以别具一格的敬意——在恢复高考四十周年之际向查老敬献塑像。

1978 级黄麓与哥哥黄卫敬赠的查全性雕像

2017 年 12 月 9 日，黄卫、黄麓兄弟从长沙专程赶到武汉大学查全性教授家中，敬献了由黄麓亲自制作的查老胸像和

头像。引起查老惊叹连连："太像了，太像了，难道你们是用 3D 打印技术吗？"

黄卫是湖南师大 78 级学生，逐步成长为该校教授；黄麓是 78 级广州美术学院学生，已成为著名的雕塑艺术家。他们在一个偶然的机会，得知查全性先生是"提议恢复高考第一人"。是查老他们这批科教精英恢复高考的建言被邓小平采纳，才使得他们有机会走上这公平公开的竞争舞台，有幸成为通过独木桥的幸运者。他们在征得查老同意以后，用这种特有的方式向查教授表达敬意。黄麓教授还为此撰写了塑像的来龙去脉。此文原发于"新三届"，现征得同意，辑录于下：

向改变我们命运的查全性先生敬赠雕像

知　恩

获悉武汉大学查全性院士是我和哥哥 1978 年有幸考上大学的幕后大恩人，是今年（2017 年）7 月初的事。当时我和哥哥在我家晚餐，边聊天边看凤凰卫视，其中一个频道正在回顾 1977 年冬季恢复高考的历史。片中一段往事的叙述让我们全神贯注起来：在 1977 年 8 月的全国科学与教育工作座谈会上，由于查老的积极建言和强烈要求，邓小平当场拍板，1977 年冬季恢复高考！

节目播完后，我们马上打开电脑，一篇篇有关查老当年与会情况的纪实报道文章和视频映入眼帘，直击心扉。

我高中毕业后即下农村苦做惨挨，四望皆黑，然后喜从天降，两考得中。哥哥因眼睛近视、得留城市，然就业无门，在长沙城乡四处流荡打临工，彷徨挣扎，且因未下农村而1977年冬不准参考，1978年高考前不到20天又突然允考，靠平常酷爱读书的积累而幸运考上大学，由此改变命运。

一幕幕悲喜往事如潮而起，翻涌心头。不觉之间，兄弟相顾，皆已泪流满面……

感　恩

千幸万幸，1978年我和哥哥双双考上大学，从此命运全改，人生发生了翻天覆地的变化，我成长为一名雕塑工作者，哥哥成长为一名大学教授。

一直以来，我们以为我们1978年能考上大学，并由此改变命运，只是邓小平和当时的中央领导和有关部门的恩德，从不知道还有查老在其中起到了关键性作用。如今方知，没有查老的大声疾呼，强烈建议，高考虽仍会恢复，但那就是1978年夏季的事了，而且会两条腿走路，生源一半继续是工农兵大学生，一半是社会和应届高中毕业生。

倘若1977年冬季未即时恢复高考，十多年沉淀的社会青年菁英与应届毕业生们都会在1978年夏季扎堆齐考，我们还能否走进大学?

这只有天知道了！

我能于1978年考入理想中的广州美术学院雕塑系（当时每年仅在湖南招一人），哥哥能在高考前不到20天才被允许参考的情况下考取湖南师大，查老此恩此德今日方知未报，实实羞愧莫名。

报　恩

知道查老是我们的大恩人后，我们马上想到，查老当年与会时是52岁，今年2017年，距1977年已弹指40年过去了。查老还健在吗，若还健在就应是90多岁的高龄了。

滴水之恩当涌泉相报，何况查老这如山高似海深的厚德洪恩，不管查老还在不在世，我们都应想法报答啊。

灵光一现，忽然想到，我从事的是雕塑职业，当年也是拜查老洪福才考上广州美术学院雕塑系，经过大学深造，成长为一名雕塑艺术家的。决心已定，我们要为查老做一尊雕像，若查老健在，今年正好是恢复高考40年，我和哥哥将雕像敬献给查老。若查老已辞世，我们就将雕像敬置在他的墓地，以聊表我们的知恩报恩之心。

第二天上午，我们就打电话给武汉大学有关部门，终于得知查老尚健在，并与查老的秘书王老师取得了联系。在王老师的积极帮助下，我和哥哥从长沙来到武汉大学查老府上，拜望了查老与夫人，并向查老献花鞠躬，深表我们对查老的崇高敬意和万分感激之情，然后我们向查老表述了我们想为他敬献雕像的意愿，并得到了查老与家人的书面认同。

由此，黄麓、黄卫弟兄俩为查老敬塑、敬献雕像的知恩感恩报恩之举正式启动，这也是77级、78级大学生的共同心声。

下篇

恢复高考文献辑存和释义

全国性政策文献

《教育工作中亟待解决的若干问题》

中国科学院、教育部编《科教工作座谈会简报》第8期节选（1977年8月7日）

8月6日上午，科教工作座谈会集中谈了教育工作中亟待解决的若干问题。

路线不分清、积极性难调动

许多同志说，“四人帮”对教育的破坏极其严重。但是，至今若干重大的路线是非还没有得到澄清。因此，干部不敢抓工作，教师也持观望态度，积极性难以调动。

上海交大×××同志说，教育战线“文化大革命”前十七年和以后的十一年究竟应当怎样估计？下面议论是很多的。十七年培养了那么大量的知识分子，现在大都是各条战线的骨干，为什么还说是基本上没有执行毛主席革命路线呢？各条战线尽管受修正主义路线的干扰有轻重之分，但却同样是在毛主席革命路线的指引下，为什么其他各条战线如科技、卫生等都是以红线为主，惟独教育成了黑线统治呢?

这十一年，打倒了 ×××、林彪和“四人帮”，领导权夺回来了，大家都得到锻炼，这个成绩的确是伟大的。但是，就教育革命说，讲成绩很大，我是怀疑的。招生走后门，教育制度搞乱了，学生的政治质量业务质量都下降了，还说成绩很大?应当实事求是，总结经验教训。

清华大学 ××× 同志说:对十七年和十一年的估计还没解决好，教师普遍持观望态度，不能甩开膀子大干。希望全国教育工作会议能明确地回答:（1）十七年到底黑在什么地方?哪些是黑的，哪些还是正确的?（2）十一年哪些是新生事物，必须坚持?（3）“四人帮”的干扰、破坏究竟在些什么地方?

必须尽快确定学制

大家建议要把学制尽早订下来。小学、中学和大学毕业要求达到什么水平要明确。这样教材编写和师资提高才有一个目标。

多数同志都认为，在城市里小学5年、中学5年为好。大学的年限，不同的专业有不同的要求，一般可以4年或5年，前3年着重打基础。这样全部学习时间为14年到15年，比过去17年到18年缩短很多了。再有可能逐步做到6岁入学。那么，大学毕业时是20岁左右。

清华大学 ××× 同志说:从高中直接上大学的，要多安排一点劳动，外语的基础还要加强，负担又不能太重，考虑到这些，大学一般还是5年为好。

医学科学院 ××× 同志说:医学4年不够。学医必须先学二三年理科的基础课。解放前，一般大学是4年，医学是6年。现在我主张定 5 年，重点学校可以 6 年。

大学专业设置不能太窄

大家普遍反映，现在高等学校专业设置分得太细，培养出来的学生知识面很窄。长春光机所 ××× 同志说：有的专业设置是按所谓典型产品来分的。据知，北京工业学院原有指挥仪专业。但是，指挥仪开始是全机械式的，后来发展为电模拟的，最近又应用电子计算机控制了。按机械式的指挥仪进行教学，等毕业时已经不适用了。只有把基础的东西学好，学得宽一点，才能适应技术上的不断革新和发展。

武汉大学 ××× 同志说：我们专业分得细是抄苏联的。但是，苏联还是注意基础课的。我们这几年又削弱了基础课。变成取人之短，危害很大。

如何加强重点大学

××× 同志说：清华这几年把教师都分到班上，几个教师包一个班，三年一包到底，各门课都要你教。“教师越教越宽，学生是越学越窄！”“文化大革命”前，清华 2500 名教师，教 1 万名学生，还有 30% 的教师搞科研。现在学生程度悬殊，教材年年要编，3600 名教师，教 9 000 名学生，科研很少，还累得不行。有的教师说：“四人帮”把我们骂臭了、累垮了。

××× 同志说：办重点大学，在措施上要真正重视起来。在学生来源上，要有一个优先挑选的办法。经费、物资上要有重点照顾。

领导体制，建议党的工作归地方党委，行政业务归教育部。

《必须立即改进大学招生办法》

《科教工作座谈会简报》第 9 期节选（1977 年 8 月 7 日）

8 月 6 日下午，武汉大学 ××× 同志在发言中，分析了当前大学招生中存在的问题，他强烈呼吁采取坚决措施，从今年开始就改进招生办法，切实保证招收新生的质量。

他说，招生是保证大学教育质量的第一关。它的作用，就像工厂原材料的检验一样，不合格的原材料，就不可能生产出合格的产品。当前新生的质量没有保证，其原因：一是中小学的质量不高，二是招生制度有问题。但主要矛盾还是招生制度。不是没有合格的人才可以招收，而是现行制度招不到合格的人才。如果，我们改进了招生制度，每年从 600 多万名的应届高中毕业生和大量的知识青年、青年工人中，招收 20 多万合格的学生是完全可能的。

现行的招生制度，有四个严重弊病：（1）埋没人才。一些热爱科学、有前途的青年选不上来，而那些不想读书、文化程度又不高的人，却占去了招生名额，这是极不合理的。（2）从阶级路线上看，现行招生制度卡了工农子弟上大学，他们如果没有特殊关系是上不了大学的，这一点比文化大革命以前还严重。群众反映说：“解放前上大学靠钱，十七年靠分，现在靠权。解放前，我们没有钱，现在没有权，靠分还能有份。”（3）坏了社会风气，助长了不正之风，而且越演越烈。据我所知，今年招生还没有开始，但已经有人在请客送礼，走后门。制度不改，走后门不正之风刹不住。（4）严重影响了中小学生和教师的积极性。现在，甚至连小学生也知道，今后上大学不需凭文化，只要有个好爸爸。

×××同志还就改进招生制度，提出了建议。他认为：招生的总原则，应该是在无产阶级政治挂帅的前提下，要从制度上保证录取政治上、业务上优秀的青年，要不拘一格选人才。应当建立全国统一的报考招生制度，并应体现以下精神：（1）名额不要下到基层，由省、市、自治区掌握。现在名额分配上很不合理，走后门很严重。“多的撑死，少的饿死”。（2）按照高中文化程度统一考试，并要严防泄漏试题。考试要从实际出发，重点考语文和数学，其次是物理，化学和外文可以暂时要求低一点。从语文和数学的成绩，可以看出学生文化程度和抽象思维能力。（3）真正做到广大青年有机会报考和自愿选择专业。学生可以从应届高中毕业生中招，也可以从社会青年中招。有些人没有上过高中但实际上达到了高中的程度，可不受资历的限制。各级领导、各单位，对于确有培养前途的优秀青年，要支持他们报考大学，不得阻挠。×××同志认为，只要采取了这些措施，今年新生的质量，就会大为改观，收到十分显著的效果。×××说，一定要当机立断，只争朝夕，今年能办的就不要拖到明年去办。

参加座谈会的同志插话踊跃、情绪热烈，对招生问题进行了认真的讨论。数学所×××、长春光机所×××、上海有机化学所××、科技大学×××等许多同志，先后都发了言。他们都表示赞同×××的意见，建议中央、国务院下大决心，对现行招生制度来一个大的改革，宁可今年招生晚两个月。不然，又招来20多万人，好多不合格的，浪费损失可就大了。

《只有分清路线，才能调动积极性》

《科教工作座谈会简报》第10期节选（1977年8月7日）

几天以来，参加座谈会的代表，对把教育搞上去表示了极大的关心。大家认为，打倒了“四人帮”，思想大解放，但是教育战线思想并没有解放；各行各业大干快上，而教育战线还迈不开步。什么原因呢？大家认为，关键是如何正确地估价“文化大革命”以前的十七年和“文化大革命”以后的十一年，分清路线是非，这样才能调动广大干部、教师的积极性。

××× 同志说：“如何准确地、完整地领会毛主席的教育思想体系，是个突出的问题。应当用毛主席的教育思想体系，正确估价十七年和十一年。”

他说，我作为一个党员，要如实地反映情况。绝大多数教师对十七年“两个估计”想不通，感到泄气，教书倒霉，教书危险，灰溜溜的。十七年各行各业都是红线。为什么惟独只有教育是黑线呢？

××× 认为，十七年 ××× 修正主义路线的影响是严重的，但是要看到在毛主席领导下，教育所取得的伟大成绩，广大干部和教师是按毛主席革命路线办事的。具体表现：（1）广大教师参加了毛主席领导的各项政治运动，如土地改革、三反五反、肃反、反右斗争、大跃进、社会主义教育运动等，经受了锻炼。这些都是红线指导的。（2）解放后，新建了一大批高等学校，教育质量不断提高，开展了科学研究，做出了贡献，这也是红线。（3）学生的成分逐渐改变，到“文化大革命”前，大学工农子弟已达80%以上，这是符合党的阶级路线的，是在培养无产阶级自己的知识分子。（4）十七年培养了上千万的知识分子，现在35至50岁的都是各行各业的骨干，他们已经而且在做出贡献，这是事实，必须这样估价。

中国农林科学院 ××× 同志说，解放前，农学院没有几个，解放后我国农业教育有了很大的发展，现在每省都有农学院，培养了许多人才。解放后，在毛主席领导下，开展了土改、农业合作化的运动，我们农业院校都是坚决拥护的，并积极帮助农村搞规划，发展生产，这些都是红线。教育和科技是孪生兄弟，科技是红线，教育也应当是红线。修正主义路线确有严重干扰，那也应当“三七”开。

在发言过程中，一些同志还对教育部草拟的《教育革命汇报提纲》，提出了意见。××× 同志说：“看了教育部的汇报提纲，感到很失望。我们等了九个月，等来了这样一个提纲，大家感到不满意，不解渴，不鼓舞人心，通不过。”大家一致要求，对十七年和十一年的问题一定要讲清楚。成绩要讲够，问题要讲透，是非要分清，要害要抓准。否则，路线是非不清，无所适从，方向不明，劲不知往哪使。

邓小平《教育战线的拨乱反正问题》

（1977年9月19日）

最近《人民日报》记者找了六位参加过一九七一年全国教育工作会议的同志座谈，写了一份材料，讲了《全国教育工作会议纪要》产生的经过，很可以看看。《纪要》是姚文元修改、张春桥定稿的。当时不少人对这个《纪要》有意见。《人民日报》记者写的这份材料说明了问题的真相。

《纪要》里讲了所谓“两个估计”，即“文化大革命”前十七年教育战线是资产阶级专了无产阶级的政，是“黑线专政”；知识分子的大多数世界观基本上是资产阶级的，是资产阶级知识分子。这个问题究竟怎么看？建国后的十七年，各条战线，包括知识分子比较集中的战线，都是以毛泽东同志为代表的路线占主导地位，唯独你们教育战线不是这样，能说得通吗？《纪要》是毛泽东同志画了圈的。毛泽东同志画了圈，不等于说里面就没有是非问题了。我们不能简单地处理。一九七六年天安门事件中关于我的问题的决议，毛泽东同志也是画了圈的。天安门事件涉及那么多人，说是反革命事件，不行嘛！说我是天安门事件的后台，其实，当时我已经不能同外界接触了。《纪要》引用了毛泽东同志的一些话，有许多是断章取义的。《纪要》里还塞进了不少“四人帮”的东西。对这个《纪要》要进行批判，划清是非界限。我们要准确地完整地理解毛泽东思想的体系。我提出这个问题，可有人反对哩！大家知道，对马克思列宁主义，应该准确地完整地理解它的体系。对毛泽东思想就不这样？也应该如此嘛，否则非犯错误不可。毛泽东同志在延安为中央党校题词，就是“实事求是”四个大字，这是毛泽东哲学思想的精髓。

“两个估计”是不符合实际的。怎么能把几百万、上千万知识分子一棍子打死呢？我们现在的人才，大部分还不是十七年培养出来的？原子弹是一九六四年搞成功的。氢弹虽然是一九六七年爆炸的，但也不是一下子就搞出来的。这些都是聂荣臻同志抓那个一九五六年制订的十二年科学规划打下的基础。你们的思想没有解放出来。你们管教育的不为广大知识分子说话，还背着“两个估计”的包袱，将来要摔筋斗的。现在教育工作者对你们教育部有议论，你们要心中有数。要敢于大胆讲话。我在八月八日科学和教育工作座谈会上的那篇讲话，是个大胆的讲话，当然也照顾了一点现实。对我的讲话，有人反对，这不要紧。一个方针政策，总会有人反对和不同意的。他们敢讲出来就好，可以开展辩论嘛！

一九七一年全教会时，周恩来同志处境很困难。一九七二年，他和一位美籍中国物理学家谈话时，讲要从应届高中毕业生中直接招收大学生。在当时的情况下，提出这个问题是很勇敢的。这是要教育部门转弯子，但是教育部门没有转过来。为什么要直接招生呢？道理很简单，就是不能中断学习的连续性。十八岁到二十岁正是学习的最好时期。过去我和外宾也讲过，中学毕业后劳动两年如何如何好。实践证明，劳动两年以后，原来学的东西丢掉了一半，浪费了时间。采取直接招生的办法，并不是不要劳动，劳动可以在中小学就注意。从青少年起教育他们热爱劳动有好处。到大学以后，重点是结合学习搞对口劳动。到农村劳动也可以搞一点，但不能太多。

毛泽东同志的七二一指示要正确地去理解。七二一大学、共产主义劳动大学，各省自己去搞，办法由他们自己定，毕业生不属国家统一分配范围。但是清华大学、北京大学恐怕不能这样办，并不是所有大学都要走上海机床厂的道路。毛泽东同志一贯强调要提高科学文化水平，从来没有讲过大学不要保证教育质量，不要提高科学文化水平，不要出人才。

教育部要争取主动。你们还没有取得主动，至少说明你们胆子小，怕又跟着我犯“错误”。我知道科学、教育是难搞的，但是我自告奋勇来抓。不抓科学、教育，四个现代化就没有希望，就成为一句空话。抓，要有具体政策、具体措施，解决具体的思想问题和实际问题。

你们要放手去抓，大胆去抓，要独立思考，不要东看看，西看看。把问题弄清楚，该怎么办就怎么办。该自己解决的问题，自己解决；解决不了的，报告中央。教育方面的问题成堆，必须理出个头绪来。现在群众劲头起来了，教育部不要成为阻力。教育部首要的问题是要思想一致。赞成中央方针的，就干；不赞成的，就改行。

要健全教育部的机构。要找一些四十岁左右的人，天天到学校里去跑。搞四十个人，至少搞二十个人专门下去跑。要像下连队当兵一样，下去当“学生”，到班里听听课，了解情况，监督计划、政策等的执行，然后回来报告。这样才能使情况反映得快，问题解决得快。可以首先跑重点大学，跑重点中学、小学。这些就是具体措施，不能只讲空话。

工宣队问题要解决，他们留在学校也不安心。军队支左的，无例外地都要撤出来。学校里这些问题不解决，扯皮就扯得没完没了。

重点大学搞多少，谁管，体制怎么定？我看，重点大学教育部要管起来。教育部直属重点大学，双重领导，以教育部为主。教育部要直接抓好几个学校，搞点示范。学校每周学习时间多少，政治活动时间不能超过多少等等，这些都要具体化，教育部要干预。人民大学是要办的，主要培养财贸、经济管理干部和马列主义理论工作者。师范大学要办好。省、市管的师范院校，教育部也要经常派人去检查。不办好师范教育，教师就没有来源。

大学学制本科一般定为四年，这个问题认识基本一致了。医科不同，可以长一些。还有个别专业也可以长些。所谓四年，基础课恐怕要两三年。基础打得不好，搞科研是有困难的。我看了你们编的外国教材情况简报。看来，教材非从中小学抓起不可，教书非教最先进的内容不可，当然，也不能脱离我国的实际情况。

你们起草的招生文件写得很难懂，太繁琐。关于招生的条件，我改了一下。政审，主要看本人的政治表现。政治历史清楚，热爱社会主义，热爱劳动，遵守纪律，决心为革命学习，有这几条，就可以了。总之，招生主要抓两条：第一是本人表现好，第二是择优录取。

科学研究机构已经确定实行党委领导下的所长负责制，并决定恢复科研人员的职称。这是很大的决策，解决了很多重要的问题，会引起震动，会影响到教育、工业等方面。教育部门要紧紧跟上。大专院校也应该恢复教授、讲师、助教等职称。多年来，许多同志考虑恢复职称的问题，这次中央在召开全国科学大会的通知中把这个问题解决了。

科研、教育的后勤部门，工作量大，政策性强，十分重要。大学里应当有一批热爱本职工作、勤勤恳恳为教学和科研服务的人，把这方面的工作管起来，使教学和科研人员能够集中精力做好业务工作，不要让他们为了设备和工作条件问题到处奔跑。

要加强学校的教师队伍，科研系统有的人可以调出来搞教育，支援教育。搞教育是很光荣的，要鼓励大家热心教育事业。对科研系统抽出来支援教育的那些同志，教育部要在政治上、物质上安排好。今后我们要很好地研究科研和教育如何协调、人员如何经常交流的问题。人员不流动，思想就会僵化。外国科研机构很注意更新科研队伍，，经常补充年轻的、思想灵活的人进来。我们也要逐步实行科研人员流动、更新的制度。要注意发现人才。现在有些人的成就外国人都公认，我们反而不了解，说明我们的一些制度有缺陷，不能发现人才，要认真改进。

教育要狠狠地抓一下，一直抓它十年八年。我是要一直抓下去的。我的抓法就是抓头头，抓方针。重要的政策、措施，也是方针性的东西，这些我是要管的。教育方面有好多问题，归根到底是要出人才、出成果。

总之，教育部要思想解放，争取主动。过去讲错了的，再讲一下，改过来。拨乱反正，语言要明确，含糊其词不行，解决不了问题。办事要快，不要拖。

——录自《邓小平文选》第二卷，人民出版社 1994 年版

《国务院批转教育部关于一九七七年高等学校招生工作的意见》

（1977 年 10 月 12 日）

国务院同意教育部《关于一九七七年高等学校招生工作的意见》，现转发给你们，望研究执行。

高等学校招生工作，直接关系大学培养高级专门人才的质量，影响中小学教育，涉及各行各业和千家万户，是一件大事。为快出人才，早出成果，迅速改变教育与社会主义事业发展严重不适应的状况，在本世纪末把我国建设成伟大的社会主义现代化强国，各地要加强对招生工作的领导，深入批判“四人帮”的反革命修正主义路线，努力提高招收新生的质量，切实把优秀青年选拔上来。要认真总结经验，逐步健全和完善无产阶级的招生制度。

教育部关于一九七七年高等学校招生工作的意见（节选）

一、招生对象、条件

凡是工人、农民、上山下乡和回乡知识青年（包括按政策留城而尚未分配工作的）、复员军人、干部和应届高中毕业生，年龄 20 岁左右，不超过 25 周岁，未婚；对实践经验比较丰富并钻研有成绩或确有专长的，年龄可放宽到 30 岁，婚否不限（要注意招收 1966、1967 两届高中毕业生），符合下列条件者，均可申请报名：

（1）政治历史清楚，拥护中国共产党，热爱社会主义，热爱劳动，遵守革命纪律，决心为革命学习；

（2）具有高中毕业或相当于高中毕业的文化水平（在校的高中学生，成绩特别优良，可自己申请，由学校介绍，参加报考）；

（3）身体健康。

二、招生办法

为了保证招收新生的质量，在各级党委领导下，贯彻群众路线，根据德、智、体全面衡量，择优录取的原则，实行自愿报名，统一考试，地市初选，学校录取，省、市、自治区批准的办法。

（1）自愿报名。各级领导要积极支持和鼓励优秀青年报名。符合招生条件者，均可向自己所在的单位报名，按学校和学科类别填写二至三个报考志愿。由公社、厂矿、机关、学校等单位按招生条件进行审核，符合条件者，报县（区）招生委员会批准后，参加统一考试。

（2）统一考试。考试的目的主要是了解掌握基础知识的状况和分析问题、解决问题的能力。今年的考试分文理两类。文科考试科目：政治、语文、数学、史地。理科考试科目：政治、语文、数学、理化。报考外语专业的加试外语。由省、市、自治区拟题，县（区）

统一组织考试。

（3）地市初选。地（市）招生委员会组织评卷，根据考试成绩提出参加政审、体检的名单，并征求所在单位群众的意见。

由公社或厂矿、机关、学校的党组织负责政审。主要看本人的政治表现。

按照现行体检标准，由县（区）统一组织，到指定医院进行体检。

地（市）招生委员会根据政审、考试和体检的情况提出初选名单（全省的初选总数应为录取总数的二倍或稍多于二倍），并汇总全部材料报省、市、自治区招生委员会。

（4）学校录取，省、市、自治区批准。在省、市、自治区招生委员会领导下，组织招生院校对地（市）上报的初选名单及全部材料进行认真审查，参考本人志愿，德、智、体全面衡量，择优确定录取名单，报省、市、自治区招生委员会批准后，由学校签发入学通知书。

根据专业的不同情况，对考试成绩的要求，可以有所侧重。

录取学生时要优先保证重点院校。

医学院校要注意招收表现好的赤脚医生，师范院校要注意招收表现好的民办教师，农业院校要注意招收表现好的农业科技积极分子。

要注意招收少数民族学生，文化程度可适当放宽，但入汉语授课院校的要具有一定的汉语听写能力。

要注意招收一定数量的台湾省籍青年、港澳青年和归国华侨青年。

要注意招收女学生。

今年招收应届高中毕业生的比例，占省、市、自治区招生总数的20%—30%。以选优为原则，可高于或低于这个比例。

解放军干部、战士到地方院校学习，由中国人民解放军总政治部根据文件精神，制订具体办法。

艺术、体育院校或专业的招生，由文化部、国家体委根据本文件精神，制订具体办法。

学生入学三个月内，发现有不符合招生条件和手续的，报请学校所在的省、市、自治区招生委员会批准，在有关单位的协助下，退回原单位，原单位应予接受。

三、招生计划和分配计划

普通高等学校招生和毕业生分配按照国家计划执行。必须注意做到专业对口，学以致用。面向全国的院校及专业实行全国招生，面向地区的院校及专业在地区范围内招生，面向省、市、自治区的院校在本省、市、自治区招生。

学生毕业后，除“社来社去”外，由国家统一分配。分配计划由国家计委负责制订，调配计划由教育部负责制订。面向本省、市、自治区院校的毕业生，原则上由省、市、自治区分配，国家根据需要，进行适当调剂。

四、招生经费和学生待遇

高等学校招生经费由地方教育事业经费开支。

参加统一考试者缴报名费五角，用于招生工作所需的费用。赴考的往返路费、体检费和食宿费等，均由本人自理。录取新生的赴校路费，国家职工由原单位按火车硬座或轮船最低一级舱位发给车船费；其他学生因路途较远、家庭经济确有困难的，可持证明向所在县（区）招生委员会申请补助。所有新生赴校期间的食宿费、行李托运费等，均由本人自理。

国家职工入学时工龄满五年的，在校学习期间，工资由原单位照发，毕业后一般回原单位。其他学生从今年开始，一律实行人民助学金制度，具体办法由教育部、财政部另订。

国家职工在校学习期间仍计算工龄。

五、有计划地招收“社来社去”的学生（节略）

纳入国家招生计划上普通高等学校学制在一年以上的“社来社去”班的学生，在校期间转户口，其口粮、副食品供应和生活待遇，应同普通班学生一样。学生毕业后户口转回原社队。

六、进修班、研究班招生（略）

七、共大、“七·二一”大学、“五·七”大学招生（略）

八、中等专业学校招生（略）

九、坚决反对“走后门”等不正之风

要发扬党的优良传统和作风，坚持抵制和纠正不正之风。对群众揭发“走后门”的问题，一定要及时调查了解，情况属实的，坚决不予录取，已入学的要退回原单位。对“走后门”的人要进行批评教育，情节恶劣的及招生工作人员中营私舞弊的应予必要的纪律处分。

十、加强党对招生工作的领导

各级党委要加强对招生工作的领导。

省、地、县要建立高等学校招生委员会，由党委负责同志挂帅，有关部门负责人和教师代表参加。

在各级党委的领导下，招生委员会要坚持党的基本路线，认真贯彻执行毛主席的无产阶级革命路线、方针、政策。要将今年的招生办法在群众中公布，广泛宣传大学招生的重要意义。要深入进行政治思想教育。教育青年树立为革命努力攀登文化科学高峰的雄心壮志，接受祖国的挑选。录取后要为革命而学习，服从国家的统一分配，到祖国最需要的地方去，到最艰苦的地方去；没被录取，要坚守工作岗位，愉快地上山下乡，抓革命、促生产，在实践中学习提高。各级领导要注意工作方法，改进领导作风，深入基层，抓好典型，总结经验，以点带面，切实把招生工作搞好。

在外省有招生任务的院校，可以派出招生人员，由省、市、自治区统一组成招生组，在当地党委和招生委员会领导下进行工作。

今年招生推迟到第四季度进行，1977 年的新生于明年 2 月底以前入学。从 1978 年起，普通高等学校，6 月份开始招生，9 月上旬开学。

各省、市、自治区在不违背本文件规定的基本原则下，可结合当地实际情况，作一些具体实施性的规定。

各省、市、自治区1977年高考作文题目辑录

北　京：我在这战斗的一年里

浙　江：路

上　海：知识越多越反动吗

在抓纲治国的日子里——记先进人物二三事

江　苏：苦　战

内蒙古：谈《实事求是》

在红旗下

吉　林：英明领袖华主席和吉林各族人民心连心

伟大的胜利——难忘的1976年10月

湖　南：心中有话向党说

甘　肃：不到长城非好汉

四　川：《一个青年矿工的变化》读后感

江　西：难忘的时刻（理科）

当我想起雷锋的时候（文科）

河　北：我将怎样度过今后不平凡的二十三年

园丁之歌——记我最尊敬的一位老师

湖　北：学雷锋的故事

青　海：一万年太久，只争朝夕

山　东：难忘的一天

新　疆：每当想起敬爱的周总理（文科）

大治之年里的几件小事（文科）

在攀登的起点上（理科）

驳“难”（理科）

山　西：心里的话儿献给华主席

为实现四个现代化贡献力量

河　南：我们的心飞向了毛主席纪念堂

为抓纲治国初见成效而欢呼

广　西：难忘的日子

我们要继承革命前辈艰苦奋斗的优良传统

云　南：攻书莫畏难

青松赞

辽　宁：在沸腾的日子里

宁　夏：谈青年时代

在我报考大学的时候

陕　西：难忘的一天

致全国科学大会一封信

贵　州、广　东：大治之年气象新

福　建：《大庆见闻一则》读后感

黑龙江：每当我想起《东方红》

天　津：他像雷锋同志那样

宏伟的目标鼓舞着我

安　徽：紧跟华主席，永唱东方红

科学有险阻，苦战能过关

西　藏：我的革命思想

难忘的一件事

批判“四人帮”的一个反动论点

全国报考大学和录取人数（1952—2018）

1. 中华人民共和国成立后，1952 年全国开始统考直到 1965 年，这十四年全国共计招收大学生 220 万。大学招生名额随国家经济发展而起伏，有些年份，高中毕业生还没有国家下达大学招生计划数多，因而动员机关、工人和部队在职人员也去报考。具体见下表：

1952—1965 年报考大学及录取新生名额

年　份	考生（人）	录取新生（人）	录取率（%）
1952 年	7.3 万	6.6 万	90.3
1953 年	9 万	7 万	77
1954 年	13.4 万	9.4 万	70
1955 年	17.4 万	10 万	60
1956 年	35 万	18.2 万	52.85
1957 年	25.2 万	10 万	42.06
1958 年	27.4 万	26.6 万	97.08
1959 年	32.7 万	27.4 万	83.79
1960 年	35 万	32.2 万	92
1961 年	37.2 万	16.9 万	45.4
1962 年	44 万	10 万	24.3
1963 年	43.3 万	13.3 万	30.7

续表

年　份	考生（人）	录取新生（人）	录取率（%）
1964 年	45 万	15.5 万	34.3
1965 年	36 万	16.5 万	45.6
合计	410 万	220 万	

注：主要根据杨学为编著《高考文献》、《中国高考史述论》摘录，有几个年份的数据统计口径不一，参照其他资料择一选录。

2. 1966 年“文化大革命”开始，直至 1969 年，这四年高校完全停止招生。1970 年，为落实毛泽东主席“大学还是要办的……”指示，北京大学、清华大学进行试点招生，中央于 1970 年 6 月批准试招方案。稍后有招生任务的相关院校参照北大、清华招生经验招生，所招学生在 1971 年 3 月入学，开启了推荐入学的工农兵学员时代（1971 年不招生）。1972 年所招学生在 9 月份入学，直至招到 1976 年为止，计 7 年 6 届，总共招收 94.5 万人。在校就读时间为 1970 年 9 月至 1980 年 7 月，共计 11 年。具体见下表：

1970—1976 年大学招生人数（工农兵学员时代），共计 94.5 万

年　份	人　数
1970 年 9 月至 1971 年 3 月	招收 9 万
1972 年	招收 13 万
1973 年	招收 15.3 万
1974 年	招收 16.5 万
1975 年	招收 19 万
1976 年（1977 年 3 月入学）	招收 21.7 万

注：主要根据杨学为编著《高考文献》、《中国高考史述论》和网络资料。

3. 1977 年 10 月中央决策恢复高考，刚开始几年考生众多，录取率很低，其后招生人数逐年增加，录取率也随之上升，若干年份虽有起伏，但总体上升明显。从精英教育走向大众教育的轨迹在数据上反映出来。具体见以下表格：

1977—2018 年报考大学及录取新生名额

年　份	报考人数（万）	高校录取人数（万）	录取比例（%）
1977 年	570	27.3	4.8
1978 年	610	40.2	6.6
1979 年	468.5	28.4	6.06
1980 年	333	28	8.41
1981 年	259	28	10.81
1982 年	187	32	17.11
1983 年	167	39	23.35
1984 年	164	48	29.27
1985 年	176	62	35.23
1986 年	191	57	29.84
1987 年	228	62	27.19
1988 年	272	67	24.63
1989 年	266	60	22.56
1990 年	283	61	21.55
1991 年	296	62	20.95
1992 年	303	75	24.75
1993 年	286	98	34.27
1994 年	251	90	35.86
1995 年	253	93	36.76
1996 年	241	97	40.25
1997 年	278	100	35.97

续表

年　份	报考人数（万）	高校录取人数（万）	录取比例（%）
1998 年	320	108	33.75
1999 年	288	160	55.56
2000 年	375	221	58.93
2001 年	454	268	59.03
2002 年	510	320	62.75
2003 年	613	382	62.32
2004 年	729	447	61.32
2005 年	877	504	57.47
2006 年	950	546	57.47
2007 年	1010	566	56.04
2008 年	1050	599	57.05
2009 年	1020	629	61.67
2010 年	946	657	69.45
2011 年	933	675	72.35
2012 年	915	685	74.86
2013 年	912	694	76.10
2014 年	939	698	74.33
2015 年	942	700	74.31
2016 年	940	705	75.00
2017 年	930	700	75.27
2018 年	975	791	81.13

注：主要根据杨学为编著《高考文献》、《中国高考史述论》和网络资料。

1977年浙江省相关高考文献资料

1. 1977年11月8日《浙江省高等学校招生委员会关于一九七七年高等学校、中等专业学校、技工学校招生工作的实施意见》。

浙革【1977】70号批转
《省高等学校招生委员会关于一九七七年高等学校、中等专业学校、技工学校招生工作的实施意见》

各地、市、县革命委员会，省属各单位：

现将《省高等学校招生委员会关于一九七七年高等学校、中等专业学校、技工学校招生工作的实施意见》转发你们，请你们认真研究，贯彻执行。

在华主席为首的党中央的领导下，今年高等学校的招生工作，有了重大改革。这对广开材路，选拔优秀青年，快出人材，早出成果，尽快改变教育与社会主义事业严重不相适应的状况，具有十分重要的意义。由于今年报考人数多，要求严，时间紧，任务十分繁重。各级教育行政部门，在最近一段时间内，要集中力量，会同有关单位，认真抓好这项工作。在整个招生工作中，要坚持以揭批“四人帮”为纲，广泛发动群众，深入细致地做好考生的思想政治工作，真正做到“一颗红心，两种准备”；要严格执行党的政策和有关招生工作的规定，把握每一个工作环节，坚决杜绝“走后门”不正之风，保证今年招生任务的胜利完成。

浙江省革命委员会

一九七七年十一月九日

浙江省高等学校招生委员会
关于一九七七年高等学校、中等专业学校、技工学校招生工作的实施意见（节选）

为了坚决贯彻国务院批转教育部关于一九七七年高等学校招生工作的意见，切实做好我省今年的招生工作，提出以下实施意见：

一、要充分认识，广泛宣传高等学校招生的重要意义。（内容略）

二、高举毛泽东思想的伟大旗帜，深入揭批“四人帮”篡改毛主席教育革命路线，破坏招生工作的罪行，肃清其流毒和影响。（内容略）

三、要在各级党委领导下，贯彻群众路线，做好报名、审核，统一考试和初选工作。

（1）今年扩大了招生对象的范围。凡符合国务院文件规定的招生对象，均可向自已所在的单位申请报名。工矿企业职工向所在的工矿企业报名；农民、上山下乡、回乡知识青年向所在的人民公社报名；应届高中毕业生（包括已下乡的）向原毕业学校报名；往届毕业生准备留城尚未分配工作的和城镇复员军人尚未安排工作的，到户口所在地街道办事处或城镇革委会报名；在校的高中生成绩特别优良已达到高中毕业水平的，由自己申请，经学校介绍报名。

国务院文件规定的“实践经验比较丰富，并钻研有成绩或确有专长的”，是指理论上钻研有成绩，实践上有科研成果或技术革新成果者。这类青年的报名，应由本人提供可资证明的材料，或由本单位出具证明（以上对象包括工作有显著成绩的优秀民办老师、代课教师、赤脚医生和农业科技积极分子）。年龄在三十岁以内，婚否不限。

我省农业院校今年均招收具有二年以上实践经验、符合招生条件的上山下乡、回乡知识青年和农业科技积极分子。

高等学校和中等专业学校、技工学校不能重复报考。报考高等学校的青年中，具有两年以上实践经验，愿意服从国家分配录取到中等师范学校学习的，可在填表时说明。

（2）公社、厂矿、机关、学校等基层单位，要严格按照国务院文件规定的招生条件，对报考对象的政治表现、文化水平、身体健康等方面进行审核。对文化水平的审核，可在县（区）或地（市）统一组织下，由基层单位进行。

符合条件者，报县（区）招生委员会批准，发给准考证，参加统一文化考试。

省、地（市）所属工矿企业、机关、学校等单位的青年，均在所在县（区）报名、考试。

报考高等学校的考生年龄不超过二十五周岁（一九五二年七月一日以后出生）。

（3）统一考试，由省拟试题，由县（区）组织统一考试，由地

（市）招生委员会组织评卷。

文化考试，要加强思想政治工作，教育考生正确对待。应坚持生产和工作，就地利用业余时间复习迎考。考试前，应安排适当的时间组织报名青年复习。上山下乡和回乡知识青年由公社安排，在职职工、应届高中毕业生和留城待分配的青年，由有关单位或学校安排。

县（区）组织统一考试时，对考场的设置要方便考生，尽量减少路途往返，并要切实解决路程较远的考生的食宿问题。商业、交通、出版、卫生和公安等有关部门要积极支持和配合，从政治上、组织上、物质上保证统一文化考试工作的顺利进行。

地（市）招生委员会要加强领导，组织一定力量，做好评卷工作，并将考试成绩报省招生委员会。

（4）地（市）汇总考试成绩，报省招生委员会统一平衡后，确定地（市）初选名额（全省的初选总数为录取总数的二点五倍），由地（市）招生委员会确定参加政审和体检的名单，由县（区）招生委员会组织政治审查和体格检查。

政治审查由公社、街道、厂矿、企业、学校、机关的党组织负责，主要看本人的政治表现。要向所在单位群众公布名单，广泛征求意见，对群众的意见，大队和公社（包括街道、厂矿、学校、机关等单位）要认真听取，并由所在单位党组织按照中央文件规定的条件对本人作出实事求是的鉴定。对考生父母的政治情况和主要社会关系有重大政治历史问题的要调查清楚，并取得旁证材料。

体格检查，由县（区）招生委员会指定县级医院，统一组织进行。卫生部门要重视这项工作，切实搞好。

地(市)招生委员会,按照政治审查,文化考试,体格检查的情况,确定初选名单。并汇总全部材料包括考生的试卷,报省招生委员会。

四、根据德、智、体全面衡量,择优录取的原则,认真做好录取工作。

在省招生委员会领导下,由招生院校对地(市)上报的初选名单及全部材料,进行认真审查,参考本人志愿,德、智、体全面衡量,择优确定录取名单,报省招生委员会批准后,由学校签发入学通知书。

要贯彻党的阶级路线和政策,在德、智、体诸条件相同或相近的情况下,要优先录取工人和贫下中农子女。

录取时,要优先保证重点学校和绝密、机密专业。

各类学校根据专业的特点,对考试成绩的要求,可以有所侧重。各地(市)初选中即应予注意。

医学院校、师范院校、农业院校要注意录取表现好的赤脚医生,民办教师和农业科技积极分子。其中要注意录取实践经验比较丰富并钻研有成绩或确有专长的优秀青年(包括一九六六、一九六七两届高中毕业生)。医、农、师范,农机各专业,对有丰富实践经验并钻研有成绩的农村赤脚医生、民办教师、农业科技积极分子,由省另行下达部分初选指标,择优录取。

面向全省的高等学校录取新生时,对中等教育事业基础较差的边远山区、海岛、少数民族地区,在择优录取的前提下,给予适当照顾。

要注意招收女学生。

五、做好中等专业学校、技工学校招生工作。(内容略)

六、有计划地招收"社来社去"的学生。(内容略)

七、切实加强党对招生工作的领导。

今年的招生工作，面临着考生特别多的新情况，时间紧迫，工作繁重，政策性强，各级党委必须切实加强领导。要做到有利于广开材路，有利于促进教育革命，有利于上山下乡，有利于抓革命，促生产。要保质保量按时完成任务。

地、市、县（区）建立招生委员会，由党委负责同志挂帅，下设办公室。根据今年的招生任务，抽调政治可靠，业务熟悉，作风正派，组织纪律性强，能认真执行党的政策的人员参加招生工作。公社、城镇、街道、厂矿、机关、学校等基层单位也要建立必要的机构或指定专人负责招生工作。

高等学校应成立招生机构，并抽调人员由省招生委员会统一组织招生工作组。中等专业学校、技工学校也应抽调必要的力量，在省、地（市）招生委员会统一领导下进行工作。

各级招生委员会及办事机构，要在各级党委的领导下，举旗抓纲，统筹兼顾，坚持群众路线，发动和依靠广大干部、教师和工农兵群众搞好今年的招生工作。

各级领导干部要深入实际，调查研究，认真抓点，总结经验。

加强政治思想工作，教育报名青年“一颗红心，两种准备”，接受祖国的挑选。录取后要为革命而学习，服从国家的统一分配，到祖国最需要的地方去，到最艰苦的地方去；没被录取，要坚守生产、工作岗位，愉快地上山下乡，抓革命，促生产，在实践中认真学习政治，刻苦钻研业务，精益求精，向四个现代化进军。

要发扬党的优良传统和作风，坚决抵制和纠正不正之风。对群众揭发“走后门”和考生有不符合招生条件的问题，一定要及时调查了解，情况属实的，坚决不予录取，已入学的要退回原单位。对“走后门”的人要进行批评教育，情节恶劣的及招生工作人员中营私舞弊的，应予必要的纪律处分。

今年高等学校和中等专业学校、技工学校的招生工作需于一九七八年一月底以前结束。保证招收的新生于一九七八年二月底前入学。各地（市）县招生委员会要在党委统一领导下按下列时间进行工作：

十一月上旬—十二月十四日，建立机构，培训骨干，宣传发动，报名和基层单位初步审核（包括进行文化水平审核），县（区）招生委员会批准参加统一考试的名单。

十二月十五日、十六日，全省统一文化考试。

十二月二十三日以前，各地（市）将考试成绩上报省招生委员会，二十七日由省招生委员会下达初选名额。

一月十二日以前，地（市）招生委员会初选结束。将名单，并汇总全部材料报省招生委员会。

一九七八年一月十五日起，学校录取，省招生委员会批准。

关于高等学校招收研究生的计划和办法另行布置。

浙江省高等学校招生委员会

一九七七年十一月八日

2. 全国各高等院校在浙江省录取的1977级大学生各县市分布表

一九七七年全国各高校浙江招生录取人数（1978年2月24日）

全省总数：5346				舟山地区	176	云和县	18
杭州地区	1657	桐乡县	60	定海县	94	庆元县	9
上城区	318	德清县	27	普陀县	50	遂昌县	40
下城区	219	平湖县	31	嵊泗县	11	龙泉县	12
西湖区	243	嘉善县	32	岱山县	21	**温州地区**	391
江干区	115	**绍兴地区**	433	**金华地区**	636	温州市	142
拱墅区	103	诸暨县	104	江山县	18	平阳县	69
萧山县	171	绍兴县	154	常山县	15	泰顺县	9
桐庐县	57	新昌县	63	开化县	18	文成县	18
富阳县	76	上虞县	39	衢县	60	瑞安县	29
余杭县	131	嵊县	73	金华县	129	乐清县	86
淳安县	30	**宁波地区**	1045	东阳县	66	永嘉县	34
建德县	76	宁波市	389	浦江县	33	洞头县	4
临安县	118	镇海县	145	义乌县	131	**台州地区**	370
嘉兴地区	461	象山县	48	兰溪县	61	临海县	119
吴兴县	92	慈溪县	144	永康县	92	天台县	29
嘉兴县	77	余姚县	103	武义县	13	黄岩县	86
长兴县	44	奉化县	57	**丽水地区**	177	仙居县	20
海宁县	45	鄞县	80	丽水县	50	三门	13
海盐县	26	宁海县	79	青田县	6	玉环	19
安吉县	27			缙云县	42	温岭	84

注：1. 本表从浙江省档案馆查得时为手写体。

2. 本表统计截止日为1978年2月24日。4月5日以后扩大招收一批本科和专科生。扩招一般不能超过已招名额的30%，约增加1600人。

1977 年高考试卷选录

准考证号……………… 评分………………

浙江省1977年高校招生语文试卷

一、写出下列加点字、词的意思。

①欲盖弥彰（　　　　　　　　）②色厉内荏（　　　　　　　　）

③叱咤风云（　　　　　　　　）④高屋建瓴（　　　　　　　　）

⑤流水不腐，户枢不蠹（　　　　　　　　）

二、改正下列病句，并说明原因。

①看完电影《创业》，主人公周挺杉的高大形象在我心中久久不能平静。

②为了抢救国家财产和阶级兄弟的生命安全，哪怕刀山火海，我们就要上。

③许多老一辈无产阶级革命家，一生光明磊落，作风正派，他们大义凛然，毫不退让，表现了坚定的无产阶级原则立场。

三、学习毛主席诗句：1、解释诗句中加点的词；2、扼要地写出诗句的含意。

①宜将剩勇追穷寇，不可沽名学霸王。（《七律·人民解放军占领南京》）

②为有牺牲多壮志，敢教日月换新天。（《七律·到韶山》）

四、阅读古代寓言《齐人攫金》：1、译成现代汉语，2、简要地写出它的寓意。

齐　人　攫　金

昔齐人有欲金者，清旦衣冠而之市，适鬻金者之所，因攫其金而去。吏捕得之，问曰："人皆在焉，子攫人之金何？"

对曰："取金之时，不见人，徒见金。"

（选自《列子·说符篇》）

五、作文题：路。（不要用诗歌的形式写）

准考证号……………… 评分………………

浙江省1977年高校招生数学试题

一、计算：

1. $\sqrt[6]{8^5}+\sqrt{8}\times\sqrt[3]{8}\div(\frac{1}{8})^0$；

2. $\frac{\lg 4+\lg 25-\lg 10}{\lg\sqrt{1000}}$；

3. $\frac{1}{100\times 101}+\frac{1}{101\times 102}+\frac{1}{102\times 103}+\cdots\cdots+\frac{1}{149\times 150}$。

二、1. 已知 $\text{tg}\,\alpha=\sqrt{2}$，求 $\frac{\cos\alpha+\sin\alpha}{\cos\alpha-\sin\alpha}$ 的值；

2. 求 $\sin^2 62°+\text{tg}54°\cdot\text{tg}45°\cdot\text{tg}36°+\sin^2 28°$ 的值；

3. 某生产队要新建贮粮用的“土圆仓”，如果土圆仓下部圆柱和上部圆锥的底面半径都是1.5米，高分别是3米和0.6米，计算它的容积。($\pi\approx 3.14$，精确到0.1立方米)

三、求平行直线 $3x+2y-3=0$ 和 $3x+2y+2=0$ 之间的距离。

四、已知 α 和 β 是三角形的两个内角，并且 α 是锐角，而 $\cos\alpha=\frac{3}{5}$，$\sin\beta=\frac{5}{13}$，求 $\sin(\alpha+\beta)$ 的值。

五、解不等式：$\log_5(x^2-2x-15)<\log_5(x+13)$。

六、点O为△ABC内任意一点，连结AO并延长交BC于点D，连结BO并延长交AC于点E，连结CO并延长交AB于点F，则

$$\frac{OD}{AD}+\frac{OE}{BE}+\frac{OF}{CF}=1。$$

七、设：x，y，z为三个互不相等的实数，且 $x+\frac{1}{y}=y+\frac{1}{z}=z+\frac{1}{x}$。

求证：$x^2y^2z^2=1$。

参考题（不计分，可以不做）

1. 将抛物线 $y=x^2$、直线 $x=2$ 与x轴围成的曲边三角形，绕x轴旋转一周形成一个旋转体，求此旋转体的体积。

2. 求不定积分：$\int\frac{6x^2+22x+18}{(x+1)(x+2)(x+3)}dx$。

注意事项

1. 书写必须清楚；
2. 解题或证题时，首先应标出题号，但题目可以不抄；
3. 解题或证题步骤必须明确，不得写入草稿栏内。

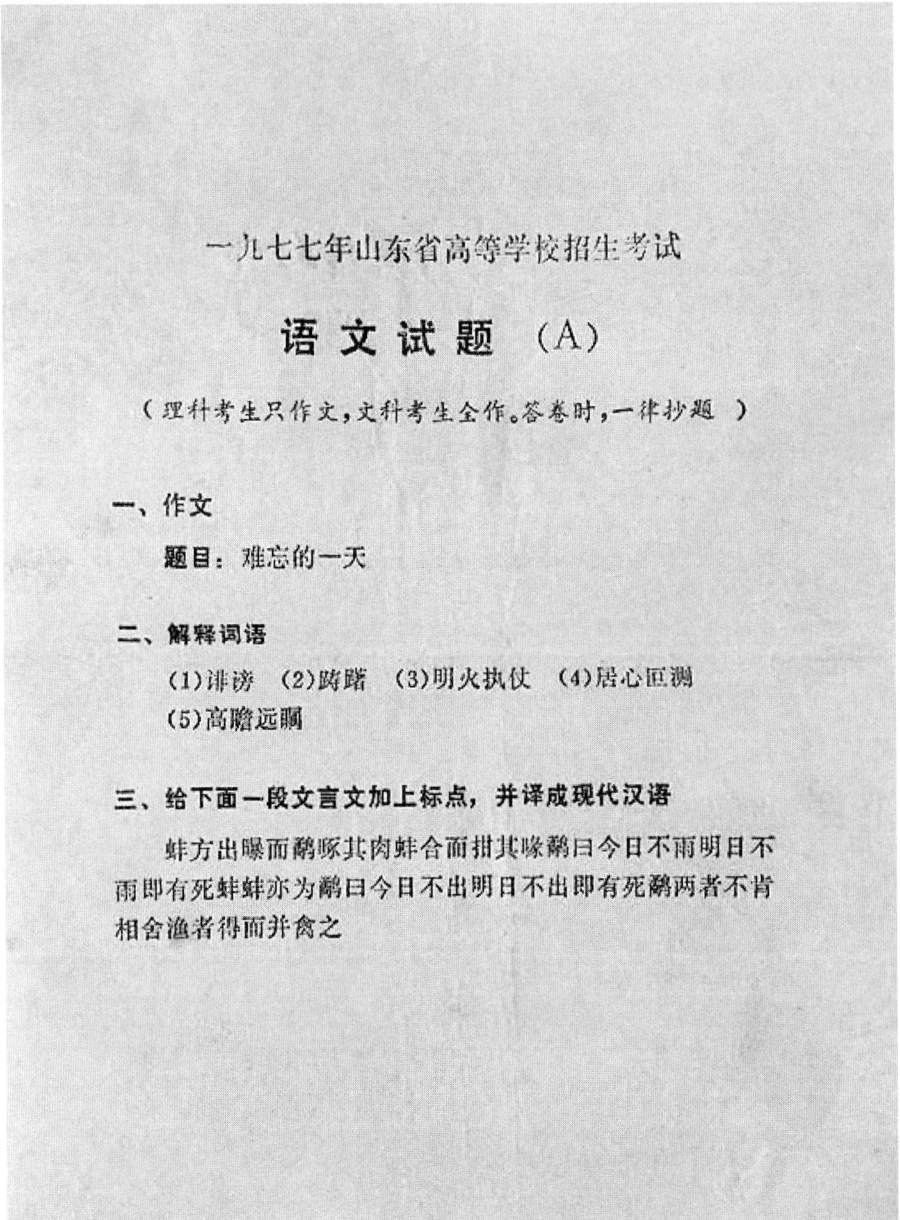

一九七七年山东省高等学校招生考试

语 文 试 题 （A）

（理科考生只作文，文科考生全作。答卷时，一律抄题 ）

一、作文

题目：难忘的一天

二、解释词语

（1）诽谤　（2）踌躇　（3）明火执仗　（4）居心叵测
（5）高瞻远瞩

三、给下面一段文言文加上标点，并译成现代汉语

蚌方出曝而鹬啄其肉蚌合而拑其喙鹬曰今日不雨明日不雨即有死蚌蚌亦为鹬曰今日不出明日不出即有死鹬两者不肯相舍渔者得而并禽之

山西省一九七七年高等学校招生语文试题

一、语文知识（30分）

1．用比喻、反问的修辞手法，各造一个揭批“四人帮”的句子。（10分）

2．写出毛主席词《沁园春·雪》中的“须晴日，看红装素裹，分外妖娆”的含义。（10分）

3．将下面一段文言文翻译成现代汉语（10分）：

……余夷脱逃者，或坑水冲淹，或因失路饥毙，无一漏网。各处乡民来攻逆夷者尚源源不绝。而英夷亦从此胆裂潜踪矣。

二、作文（70分）

心里的话儿献给华主席

为四个现代化做贡献

（两题选作一题）

说明： 1．字迹要工整，卷面要整洁。

2．写字必须规范化。

3．作文不能写成诗歌。

文献档案及参考资料

一、文献档案类

1. 中共中央文献编辑委员会编《邓小平文选》第二卷，人民出版社，1994 年

2. 杨学为编《高考文献》（上、下），高等教育出版社，2003 年

3. 中共中央文献研究室编《邓小平年谱》（1975—1997，上、下），中央文献出版社，2004 年

4. 中共中央文献研究编《邓小平决策恢复高考讲话谈话批示集》（一九七七年五月—十二月），中央文献出版社，2007 年

5. 中共中央党史研究室著《中国共产党历史》第二卷（1949—1978），中共党史出版社，2011 年

6. 中共中央文献研究室编《毛泽东年谱》（1949—1976），中央文献出版社，2013 年

7.《人民日报》、《人民政协报》、《中国教育报》、《浙江日报》、《羊城晚报》等

二、专著类

1. 杨学为著《中国高考史述论》，湖北人民出版社，2007 年

2. 杨学为著《中国考试改革研究》，北京大学出版社，2001 年

3. 刘道玉著《一个大学校长的自白》，长江文艺出版社，2005年

4. 刘西尧著《攀峰与穿雾》，武汉大学出版社，2007 年

5. 陈芳著《拜访京华名家》，中央文献出版社，2012 年

6. 刘海峰著《高考改革的理论与历史》，华中师范大学出版社，2016 年

7. 刘海峰著《考试历史的现实观照》，北京师范大学出版社，2016 年

8. 程中原著《转折年代：邓小平在 1975—1982》，当代中国出版社，2014 年

9. 侯福兴主编《中国历代状元传略》，中国人事出版社，1998年

10. 毕竟悦著《1978—2018 中国四十年社会变迁》，清华大学出版社，2018 年

三、高考回忆著作类

1. 祝毅主编《120 个回望——纪念高考恢复 40 周年》，浙江人民出版社，2018 年

2. 王辉耀主编《那三届——77、78、79 级大学生的中国记忆》，中国对外翻译出版有限公司，2014 年

3. 未名主编《往事与随想——永远的 1977》，北京大学出版社，2007 年

4. 钟岩著《中国新三级学人》，浙江人民出版社，1996 年

5. 赵书生主编《我的高考》，人民教育出版社，1999 年

6. 拉家渡主编《八二届毕业生》，广州出版社，2003 年

7. 陈建功、周国平等著《我的 1977》，中国华侨出版社，2007 年

8. 马国川、赵学勤著《高考年轮》，新华出版社，2007 年

9. 本书编委会编《大学梦圆》，宁夏人民出版社，2008 年

10. 马国川著《我与八十年代》，三联书店，2011 年

11. 余玮、吴志菲著《见证共和国往事》，当代中国出版社，2016 年

12. 丁仲礼等著《绝代回眸——七七、七八级大学生八人行》，浙江人民出版社，2018 年

四、综合参考资料

1.《邓小平与恢复高考》（上、下篇），《北京日报》，2004 年 8 月 11 日

2. 大型口述历史电视纪录片《百年小平》，中共中央文献研究室、中央电视台联合摄制 2004 年 9 月摄制

3.《查全性：我发了言，邓小平拍了板》，《新京报》，2007 年 3 月 27 日

4. 杨学为、潘际銮对话：《恢复高考亲历者：邓小平最不满政审条件繁琐》，新浪网 2007 年 5 月 21 日

5. 温元凯《邓小平采纳我四分之三意见》，大河网 2007 年 5 月 28 日

6. 樊克宁、杨学为对话：《恢复高考，历史记住这条脉络》，《羊城晚报》，2007 年 6 月 16 日

7. 沈克琦《原始记忆：1977 年邓小平主持科教座谈会记录》，《人民政协报 · 春秋周刊》，2007 年 9 月 7 日

8. 朱学勤《邓小平恢复高考是极重要的制度选择》，凤凰网 2009 年 12 月 14 日

9.《1966 年“文革”当时为什么取消高考？》，人民网 2010 年 2 月 2 日

10.《邓小平与恢复高考》，人民网 2014 年 3 月 7 日

11.《查全性与恢复高考》，《人民日报》海外版，2014 年 10 月 10 日

12.《刘源高考：给邓小平写信　首师大开会研究后录取》，中国青年网 2016 年 3 月 19 日

13. 朱悦华《恢复高考 39 年前那不能忘却的记忆》，《北京日报 · 公道》，2016 年 6 月 7 日

14. 尹俊骅《高三那年废除高考，我们连夜给毛主席致电表忠心》，《新三届》，2017 年 1 月 16 日

15. 刘道玉《刍议恢复统一高考的得失与对策》，《教育与考试》，2017 年第 3 期

16.《1977年邓小平决策恢复高考始末：查全性、温元凯回忆》，新浪网2017年5月24日

17.《高考四十周年专题：查全性，恢复高考第一人》，《团结报 · 文史 e 家》，2017 年 6 月 7 日

18. 刘海峰《恢复高考的史实复原》，《中国科学报》，2017 年 8 月 29 日

19.《高考 1977——决策内容》视频，中央电视台中文国际频

道 2017 年 12 月 5 日

20.《恢复高考四十年原高教司司长刘道玉：邓小平批教育部胆子小》，看看新闻网 2017 年 12 月 10 日

21.《温元凯：恢复高考的一场座谈会》，中央人民广播电台 2018 年 5 月 16 日

22.《我（温元凯）向邓小平提出了恢复高考十六字方针》，中国网财经 2018 年 7 月 17 日

23. 钱江《独具特色的 77、78 级大学生》，《党史博览》，2018 年第 8 期

后记

“春闱”走过一年四季

陈侃章

恢复高考是中国教育史上的丰碑。这场“春闱”，从夏日酝酿，秋天初定，隆冬考试，春季入学，走过了一年四季，可谓史无前例。说起这本《冬季里的春闱——1977年恢复高考纪实》的成书，还得稍稍绕个弯子。

20世纪80年代，我因缘际会结识了吴江先生。吴老是中央党校原第一副教育长兼理论研究室主任。《实践是检验真理的唯一标准》由他统筹修改定稿，《马克思主义的一个最基本的原理》由他撰写，他参与了真理标准讨论的全过程。他在世时，叮嘱我写写真理标准讨论这件大事，因而我有意识地搜集这方面的资料，后在沈宝祥、俞可平教授的帮助下，到中央党校查阅了这段时期的文献资料。80年代起，我陆续撰写了有关真理标准讨论的文章，有些在《北京日报》、《文汇读书周报》、《南方都市报》、《钱江晚报》、《悦读》等报刊上先后发表，人民网、新华网等主流网媒转载。真理标准讨论这件大事，除沈宝祥教授曾有力作巨著问世外，其他有质量的书籍凤毛麟角。某位学者写过相关的回忆文章，但不少问题在不同时期有不同说法。如将其纵向串连，可看出先见或后见之明的痕迹明显，或因这件大事渐行渐远，记忆有所失真。不知情者一路跟进高歌，一时看不清背后风起云涌，就有可能留下与事实不太相符的历史。我试图接近真相，着手撰写了关于真理标准讨论的书稿，并已形成相当数量的文字。几位知情好友闻知此事，认为写这件大事诚有意义，但希望我先写出另外一本书稿——因为他们关注过我原发表过的关于恢复高考的文章，认为再拓宽深入，可以成书；既有现实意义，也有历史意义。

作为恢复高考第一届的受益人，觉得于情于理写写此书很有必要。

众所周知，撰文与写书侧重不同，写书需更系统地了解背景资料，尽可能地还原历史场景。借助现代科技的强大搜索功能，在不太长的时间内我就找到相关原始文献资料。又因写过“真理标准讨论”的书稿，知晓恢复高考实际上是否定“两个凡是”的前哨战，两者前后衔接，背景有序依存。如此，原先的积累就发挥了作用。我又设法找到一些纪念恢复高考的节点性书籍，这些书籍精彩纷呈，各有特点，把我们带回了那个年代。也许是体裁关系，不管是著作还是影视剧，大多是 77、78、79 级学生的个人回忆，然后结集成书，没有看到讲清恢复高考来龙去脉，特别是运用档案文献资料写成的书籍。这倒激发了我的兴趣，我的着力点不是可以放在这个支点上吗？

自中华人民共和国成立到恢复高考，大学招生可分三个阶段，即五十年代初到“文化大革命”发生，十多年时间招生基本正常，这是第一阶段。1966 年“文化大革命”发生，高校停止招生，凡高中毕业生和未升学的初中生或上山下乡或回乡务农，高校整整四年未招（1966—1969）。后来为落实毛泽东主席“大学还是要办的……应从有实践经验中招收学员”的指示，北大、清华及少数高校从1970年开始招收工农兵学员，其后推向全国，直至1976年止，这是第二阶段。1977年秋冬之交，复职不久的中共中央副主席邓小平主导恢复高考的决策，这是第三个阶段。自此后，高校招生进入了正常阶段。这第三个阶段的奠定和发展，正是本书写作的重心所在。

撰写这本书稿时，更感到邓小平无与伦比的政治智慧。比如说，按照常规，要恢复高考招生，须先从理论上推翻“两个估计”，否则无从深入。而邓小平则叮嘱教育部，暂不纠缠是非，先避开“文化大革命”，在恢复高考实施时，再批判“两个估计”。当时思想尚未解冻，文化仍未破冰，“文化大革命”依然在结束之中。如果没有邓小平的远见卓识、崇高威望、坚定意志、果断魄力，还真没有其他要人敢在混沌未明的情况下恢复高考。因为“推荐入学”是老人家定的，“两个凡是”是新当家倡导的。邓小平知难而行，拨这个乱，反这个正，确是一个无所畏惧、具有历史担当的大政治家。

夜深人静，那飘忽的思绪从远处袭来，时间的折叠本一页一页被打开。设想一下，如果没有1977年恢复高考，我们这些有时想要舞文弄墨的小人物，不知今天身处何方？不得不承认命运的眷顾，时代的变化，伟人的执着，使我们沐浴到喷薄而出的第一缕阳光。回首望去，当初惊天动地的改革，实际上不过是恢复常识而已。北大教授，77级毕业生陈平原曾经说过：作为当事者“很容易有意无意中夸大了自己的感受，以为全世界人民都跟我们一样，特别看重恢复高考这件事”。这话在“踌躇满志”中带有一点揶揄的意味。是的，放在漫长的历史时空中，可能只是颗小小的“芝麻”，但放在一代乃至几代人的身上，也即中国现代史的转弯处，则是一个大大的“西瓜”。如今，恢复高考之事渐渐走入历史深处，有些已随风飘逝。若亲身经历者不写，又寄望谁来写呢？特别是一些细节，当事者写起来可能更真实鲜活。叙写这伟岸大事，笔者明知力有不胜，但心还向往之。于是，感恩与怀念交织，记述与反思并行，梳理记录恢复高考波澜壮阔的重要场境，就这样呈现在读者面前。其中的是非正误，将接受社会和时间的检验。

为本书作序的刘海峰先生是厦门大学77级学生，现为浙江大学文科资深教授，浙江大学科举学与考试研究中心主任，教育部长江学者，国家教育咨询委员会委员，享有盛誉的高考研究专家。成书之前，我尚无缘结识。承蒙著名学者龚延明教授将书稿推介给刘海峰教授，他审读后，不但慨然为拙著作序，还将其中的几篇推荐给相关教育刊物发表。刘教授是科举学的创立者。由他作序，颇为本书增光添彩。他的评价自是对我的鞭策和激励，在此向刘、龚两位教授致以深深的谢意。

本书在撰写时得到了钟桂松、寿剑刚、祝毅、王立嘉等先生的鼓励和支持。陈平原、孙嘉萍同意收录其当年高考作文；徐启华已归道山，收录其文，作为纪念。郭少达先生支持本书出版，同意收录“新三届”发表过的熊晓鸽、黄卫、黄麓昆仲等的文章。书中所涉其他人物故事，或得到事主的同意，或注明参考书籍。浙江古籍出版社寿勤泽社长、况正兵副总编及郭大帅编辑等为此书付出心力。在此一并致谢。

有些篇章在不同时间写成，原本单独成篇，而汇到本书后发现若干地方有重复之处。为保持原貌，不再改动。特此说明，敬希读者谅解。

恢复高考的故事已经说得不少。那特定的历史背景下，排除各种干扰，冲破重重阻力恢复高考，发生的故事和蕴含的重大意义，还会绵绵不绝地说下去，有可能成为永恒的话题。就此而言，本书是企盼来者的引玉之砖。谢谢读者。

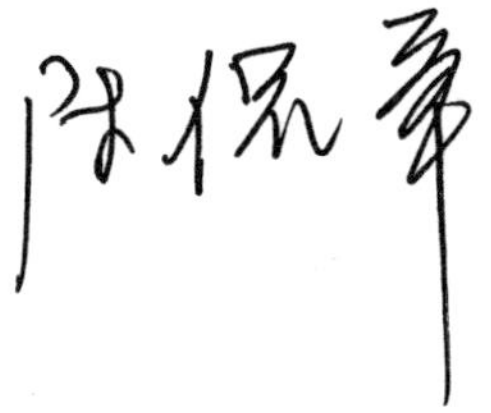

2019 年 12 月于杭州